EL DILEMA DE UN PUEBLO

EL DILEMA DE UN PUEBLO

ALEJANDRO BENJAMIN

Número de Control de la Biblioteca del Congreso de EE. UU.:   2019909767
ISBN: Tapa Dura   978-1-5065-2953-0
                          Tapa Blanda   978-1-5065-2952-3
                          Libro Electrónico   978-1-5065-2951-6

Esta es una obra de ficción. Todos los personajes, nombres, incidentes,
organizaciones y diálogos en esta novela son o bien producto de la imaginación
del autor o son usados de manera ficticia.

Editado por Elizabeth Matthews
Portada por Nestor Montilla, Sr.
Arte de portada por Ezequiel Jimenez

Información de la imprenta disponible en la última página.

Fecha de revisión: 05/08/2019

Para realizar pedidos de este libro, contacte con:
Palibrio
1663 Liberty Drive
Suite 200
Bloomington, IN 47403
Gratis desde EE. UU. al 877.407.5847
Gratis desde México al 01.800.288.2243
Gratis desde España al 900.866.949
Desde otro país al +1.812.671.9757
Fax: 01.812.355.1576
ventas@palibrio.com
799983

CONTENIDO

DEDICATORIA

A mi querida familia, Yolanda,
compañera y esposa, Jessica,
Raquel y Alejandro III, por la paciencia que
han tenido conmigo en mis aventuras de
hombre que sueña.

GRACIAS

La lista es larga pero deseo dar la gracias, por su paciencia y cooperación, a mis lectores y a los que tomaron el tiempo para revisar el manuscrito.

En especial a los lectores que me entusiasmaron a publicar y a todos gracias. Sin embargo, no puedo dejar de mencionar a Fernando Aguas Vivas, Doctora María Teresa Montilla, Nestor Montilla, Altagracia Corazon, Jose Filpo, Juan Matos, Hector Tamburini, lectores originales, Dr. Julio Vargas, Gilberto Tejada, Julesy Geraldo, Eddy Mateo, Dr. Carlos Lugo y Guillermo Villegas, y Doctora María Adames.

La contribución de mi querida esposa Yolanda Benjamin, con su múltiples escritos. Ezequiel Jiménez y Sergey Pchelintsev, quien contribuyo con la portada y por la magnífica contribución de Jennifer Ovalles.

PROLOGO

El *Dilema de un Pueblo* es un viaje literal y figurativo a un pueblo olvidado por el tiempo. *Es* un conjunto de contradicciones que reflejan la realidad social de un pueblo y el paradigma encontrado del autor, el prolífico Profesor Alejandro Benjamin.

El dibuja hábilmente un cuadro pintoresco de su pueblo natal, mientras desmenuza los retos sociales y económicos de una gente que clama por justicia, ajusticiamiento y dignidad. Lleva al lector de la mano por las calles de su pueblo, entrando en casas, yendo al mercado, hablando con viejos sentados en el parque y hasta lo lleva al mar y a los cañaverales con fuerte olor a grajo. El lector queda con la certeza de que sintió el calor del trópico, olió fragancias de la naturaleza, tocó frutas y vegetales y saboreó carnes apetitosas y la esencia gastronómica neta de ese pueblo de melaza y sol.

La obra enmarca la imaginación incesante de su autor y le permite urgir más allá de su nostalgia para construir, con palabras concatenadas cuidadosamente, la fantasía y realidad de su propia vida y la de su pueblo vetusto. Conjuga magistralmente la realidad y la fantasía hasta el punto de confundir la una con la otra. Es una obra universal preñada de personajes vernáculos misteriosos, como extraídos de la mitología griega.

La narrativa es pomposa, pero seminal; la igualo a un libreto cinematográfico, detallado y fascinante. Desde que lee la primera oración, el lector no puede detenerse un momento hasta devorar el contenido de cada una de sus páginas, llenas de prosa libre, sencilla y a la vez intensa.

El autor establece claramente su obsesiva anexidad a Barahona, su pueblo natal; lo hace al comienzo de la obra. Se desahoga con ansiedad. Traga en seco y a menudo, cuando recuerda el oprobio de la sociedad porque su piel es del color de la melaza. Y le duele, siempre. Admite que emigró involuntariamente a los Estados Unidos, sin llevarse consigo lo más importante de su existencia—su alma—porque ésta la dejó 'guindando' en una mata de mango en el barrio donde nació. Con ese tipo de testimonio, toca las fibras sensibles del lector, llevándolo a un trance hipnótico que le altera los sentidos. Así, de pasaje en pasaje, al lector le brotan lágrimas disimulables de impotencia y en ocasiones, incontenibles por la tristeza detallada. De igual manera suelta risas viscerales y sonrisas a flor de piel.

La obra habla de dimensiones arcoirescas, y tonalidades cambiantes. El autor hila su experiencia vivida con su identidad, que aparenta estar como atrapada en su imaginación, suspendida en el tiempo, y moldeada por los linderos e idiosincrasia del lugar donde nació.

Al final, el lector se queda con una certeza: la historia del inmigrante – de cualquier parte del mundo – ha sido contada con la sensibilidad, complejidad e integridad que amérita.

Néstor Montilla, Sr.

INTRODUCCIÓN

La realidad que plasmo en estas páginas puede darse en cualquier lugar del mundo para cualquier emigrante, que cada noche se presta a que los Ángeles del Desvelo lo mantengan espabilado. Es una realidad ineludible de estar viviendo fuera del pueblo que nos vió nacer, con la esperanza de regreso de forma triunfante, con los bolsillos llenos de dólares, a descansar y divertirse. A hacer las cosas que nunca pudo hacer antes de emigrar.

El recuerdo del pueblo natal se lleva muy profundo y cada viaje a esa tierra es una especie de esperanza de regreso permanente y fantasías mentales. Es una relación simbiótica que parece no resolverse.

Este pueblo está dentro de mí desde que salí de él siendo un jovenzuelo en busca de mejor vida, como hacen todos los emigrantes, especialmente en la etapa de juventud cuando estamos dispuestos a realizar aventuras y conquistar el mundo. El tiempo pasó y no nos dimos cuenta.

El reloj biológico no alarmó el cuerpo a la realidad mental. Estamos detenidos en el tiempo. Solo estos viajes esporádicos nos despiertan a la realidad y a hacer comparaciones para darnos cuenta que realmente no somos los mismos.

La emigración es y será el producto de la aventura. Siempre incluye un cruce de fronteras, nadar cuarenta pies de agua en un río tempestuoso, caminar el desierto en las noches, ser violado o violada, hacerle guardia[1] a la patrulla fronteriza, sobornar al cura, al coyote o al traficante; darle los genitales en un placer rabioso para que te permitan pasar. Perder la vergüenza por un tratado de hambre.

Después, quedarse en el país huésped de forma ilegal, con un pasaporte visado por unos días. Días que se transforman en décadas. Casarse sin amor por papeles; buscar papeles donde estén, entre pierna y pierna, en besos fingidos o mentiras blancas. Dando papeletas al ritmo de cintura. Vivir inseguros por un tiempo, sin saber cuál será el destino final. Esta realidad incluye cambiarse de nombre y residencia con incierta regularidad para confundir las autoridades de Migra[2].

Todos estos riesgos en busca de mejor vida. La promesa de una tierra que fluye leche y miel encontrada en la palabra de Dios es transferida de los escritos antiguos y aplicada por los emigrantes a la ciudad de New York. Todos traemos un envase para recoger esos líquidos de fuentes ubicadas en las tierras de El Norte.

En El Norte la vida por lo menos se mejora, se resuelven algunos de los problemas fundamentales de la existencia. En esa verdad nos apoyamos para tratar de adaptarnos a unas tierras ajenas, con lejanas posibilidades de considerarlas nuestras. La promesa

---

[1] Cuidarse de
[2] Servicio de inmigración

de libertad y oportunidad de empleo son los atractivos originales. La tierra de emigrantes por excelencia, sin importar el pensar de los agentes de migración, con sus redes tendidas para atrapar como pescados a quienes pasan por la frontera; o indiferentes a legisladores, sentados muy cómodos en sus oficinas, preocupados por perfeccionar una legislación para regular las condiciones migratorias de aquellos aventureros deseosos de una mejor vida. Los mata la xenofobia.

Es instinto humano irse a buscar mejores condiciones de vida. Es un derecho con matices legales descrito en la declaración de la Revolución Francesa hace muchísimo tiempo. Total, el asunto no es filosófico, ni legal. Es un asunto de hambre, hambre física y libertad de acción y libertad de tránsito consagrada por esa misma revolución.

Los habitantes de mi pueblo no tienen esa libertad de transitar. Son muy pobres. Solo transitan en sus sueños. Viajan todos los días en aviones fantásticos; en vuelos de fantasía rumbo a New York; así, manifiestan un deseo comprimido de salir a volar, y llegar al Bronx. Paraíso perdido.

Nosotros los emigrantes, sin importar la procedencia, las condiciones de raza, etnia o de nacionalidad, llevamos nuestros pueblos en la mente y el corazón; los revivimos en los retornos ocasionales y temporales o los pensamos en la distancia. Soñamos el reencuentro con nuestro pueblo y lo imaginamos en constante cambio y movimiento tal como sucede en la realidad.

Más aún, tenemos el dibujo mental del barrio donde se nos quedó el alma enganchada en un árbol de mango. Esta experiencia sustituye todo lo vivido en El Norte o cualquier lugar del mundo; es síntesis de continua y eterna elaboración. Deseamos saborear ambas cosas: no regresar a las condiciones de pobreza del pasado y quedarnos como huéspedes en el país de acogida pero al cual no terminamos de adaptarnos. Millones de personas emigran de su pueblo todos los días tras los mismos objetivos: trabajar, educarse, prosperar y si pueden, regresar. Si nunca regresan a su pueblo, se quedan con un amargo de ilusión en el alma.

En este escrito trato de plasmar a mi pueblo en forma novelesca y mediante descripciones reales y fantásticas; no como fue, es o será, sino como lo siento en el alma. Este escrito es licencia para mezclar mi nostalgia con el patriotismo restringido, hechos más notables en El Norte. Sirve de ventilación al alma para quienes sabemos vivir en el limbo al no saber con certeza dónde se quiere vivir, aquí o allá. Desde las palabras inspiradas por la añoranza deseamos el regreso, pero nos acostumbramos a un confort relativo y a condiciones materiales difíciles de substituir. Añoramos y con valentía nos mudamos al calor ofrecido por el regreso, para disfrutar del amor perdido, con todas las consecuencias de la realidad del tercer mundo.

Capítulo 1

Anticipación

En esta ocasión preparé mi viaje al pueblo natal con mucho entusiasmo. Había vivido en El Norte por muchas décadas, pero este evento de viajar a mi lugar nativo era único, aunque han sido incontables las veces de realizar la tarea de preparación de viaje para reencontrarme con el pasado. No obstante, siempre se asoman el mismo sentimiento y la misma anticipación; el paso del tiempo los agudiza. No reconciliaba el sueño la noche anterior a mi viaje; Pensaba: me montaría en el avión, viajaría a experimentar de nuevo mi pueblo, mi pasado, presente y futuro. Tiempos de la vida en apariencia irreconciliables. Cada viaje era una experiencia diferente.

Este viaje, como los demás, tiene como destino un pueblo fantástico perpetuado en la mente. Es cierto; mi pueblo existe en tiempo y espacio geográfico; está en el sur de una isla maravillosa, pero podría estar en cualquier otro lado del planeta o más aun, de las galaxias.

Esta experiencia de viajar me parece única cuando la ejecuto. Mis percepciones y vivencias me hacen narrarla como una forma de hacer constar por escrito, sentimientos reprimidos por mucho tiempo. Es bálsamo para mi espíritu, adentrarme en mis viajes fantásticos a las regiones más recónditas del pasado.

Por otro lado, está la realidad ineludible de mi familia nuclear formada y establecida aquí en USA; esta a veces no logra comprender a cabalidad las razones de estos sentimientos reprimidos y cercanos a mi euforia. Mi familia siente una especie de compasión al no entender mi apego a ese pasado; ese apego en ocaciones impide el disfrute del presente. Es fijación permanente con un lugar; hace muchísimo tiempo lo abandoné en circunstancias muy precarias; ya no aparece en mi espectro visual pero a menudo reaparece cuando sueño despierto. No he podido olvidar ese pueblo.

La distancia y tiempo me hacen amarlo más. Para mí ese pueblo no ha cambiado, porque en él encontré una especie de felicidad; la edad de la inocencia y los juegos de amigos. Siempre en mi cabeza volarán mariposas de colores y provocarán un cosquilleo de alegría descriptible únicamente por quien lo siente. Para mi familia no son convincentes mis argumentos.

_ Con vehemencia lo digo: *es en ese pueblo donde existe un pedazo de mi ser. Donde mi madre y mi partera enterraron mi obligo debajo del árbol de mango en la casa donde nací. Esas razones son suficientes para hacerme sentir como el hierro ante el imán -*.

Una última argumentación ante mi educada familia fue el asunto de mi identidad como persona, y mi deber de "renovar" los votos genéticos y emocionales de cuando en cuando. Sus miradas son incrédulas.

_ Les aseguro: cuando llego a mi pueblo me da algo en el alma, les digo mirándole a los ojos.

_ Déjate de vaina Papi, ya tú tienes cuchucientos[3] años en América. ¡El Norte is very very good! _ me respondió mi hija en inglés.

_ Pero no me acostumbro, hija...... tiempo...... el tiempo.... - le comento bajando el rostro.

Todos mis hijos son nacidos en USA, producto de mi matrimonio con una mujer también nacida y criada en este inmenso país. Por tanto, esto de salir del confort de la 'post modernidad' para estar en un lugar en apariencia detenido en el tiempo, les era muy difícil de aceptar, además, mi ausencia que para ellos se tornaba en una eternidad. Cuatro semanas son tiempos incontables; para un ser tan apegado a sus labores y familia, eran siglos. Con un agravante: al decir de muchos, los días en mi pueblo tienen mucho más de veinticuatro horas.

Es el único lugar en el planeta donde el tiempo no cuenta. Por lo menos se siente así. Es una sensación indescriptible. El mismo fenómeno vivido por Josué en el relato sagrado cuando el sol se paró. Al parecer el tiempo se detuvo también en mi pueblo; así lo percibo porque las condiciones permanecen relativamente iguales y la calidad de vida para muchas familias sigue sin solución.

Además, sus habitantes viven por siglos, es el caso de los Cocolos, el grupo de inmigrantes llegó a mi pueblo en busca de mejores condiciones de vida. Arribaron detrás del dulce de la caña de azúcar.

---

3   Muchos

Algunos le atribuyen a los Cocolos el descubrimiento de un té de hierbas amargas; este solo crece en los campos de mi pueblo, la bebida los conserva viriles, fértiles y deseosos, no importa la edad. Es un secreto muy bien guardado; a nadie se le comparte mientras no sea comprobado, mediante prueba de sangre, el origen Cocolo. El orín de los Cocolos tiene un sabor a Mabí de Bejuco de Indio, o a Cacheo, del centro del árbol de Palma.

Presentan como muestras de estas condiciones reproductiva y longevidad a mi abuela Mrs. Dony; ella murió pasado el centenar de años y a Sony James, un viejo eterno padre de un ramillete[4] de hijos peloteros quien engendró muchachos después de los cuchucientos años de edad; todas las mañanas se bebía su poción, seguida de un ponche de huevos crudos de pato con un poco de azúcar morena. La capacidad prolífica del viejo Sony era atribuida a esta dieta matutina. Además, leía el Salmo 42 de la Biblia con la mirada dirigida al este y dándose un traguito y medio de ron, en uno de los vasitos pequeños; en ceremonia asemejada a un rito traído de los países árabes.

En el pueblo piensan desenterrar el cadáver de Sony, con todos los permisos reglamentarios del cura párroco del pueblo, de los reverendos de la Iglesia Evangélica Dominicana, de la cual fue miembro prominente por los pasados doscientos años; de los Rosacruces, grandes maestros de la Logia Masónica; del barón del cementerio y el Zacatecas de turno. Echando agua bendita por

---

[4]　Mucho

cuarenta y cinco días y medio, para que no haya vainas después. Porque los Cocolos son así, supersticiosos, aunque no entiendan a plenitud todos sus actos.

De esa forma, el ministerio de salud pública hará un estudio especial de los genitales de Sony, para confirmar hipótesis sexual, famosa en mi pueblo gracias a un viejo prolífico. Me interesa participar el día del hallazgo confirmatorio de la hipótesis; así se lo comuniqué a mi familia para asistir sin falta cuando llegue la fecha del evento.

Somos una familia unida respecto a mi núcleo; sin embargo, los argumentos y posiciones por el asunto del viaje solo tenían un veredicto: pérdida de tiempo y dinero.

_ ¡Eres Incompresible Papi! _ eran sus firmes argumentos acompañados de acciones y gestos de incredulidad.

_ Te gusta la gente de tu pueblo y la política de tu país, admítelo! no es otra cosa _ Intervino la Esposa.

_ ¿Y? ¿Qué hay de malo en eso? Pregunté mientras levantaba los hombros y mostraba el apego a lo mío.

_ Eso es pérdida de tiempo querido. Los políticos de tu país no cumplen. Dijo la mujer con un tono afirmativo, como si conociera el intríngulis de un país lejano.

Ella había visto parcialmente el comportamiento de algunos de los ilustres ciudadanos de mi pueblo. Era un juicio con evidencias.

_Lo mismo pasa aquí en América. En El Norte, le respondo, lo esconden mejor, mucho mejor. Solo lo hacen en inglés y nosotros en español, es la misma vaina.

Pese a este dialogo entre amistoso y tenso, mi familia me ayudaba en el empaque y al tiempo exhibía una especie de compasión y empatía adquiridas de mis experiencias del pasado y de miles de narrativas.

Haciendo uso de argumentos rabiosos, sostenía que mi pueblo era mejor, con mucha más solidaridad humana y costumbres poco practicadas en El Norte insensible; no cesaba de contarles como hacíamos todo en mi pueblo natal. El respeto a los individuos mayores, y a las canas, escasa criminalidad, no hay rapto de niños, sin tiroteos de Gangas ni escuelas llenas de drogas y armas de fuego.

_ ¿Entienden? _ les dije.

_ Aquí no hay tiempo para eso. Esta es una sociedad moderna Papi. Esas consideraciones sociales, según Tu las refiere, no aplican aquí! En estas ciudades las reglas son otras! - afirmó la hija historiadora.

_ ¡Las buenas costumbres no tienen fronteras ni tiempo! le repliqué.

_ ¿Tú crees que puedes cambiar algo Papi? Lo dudo _ insistió con mucho interés en incorporar en la discusión los factores históricos. No caí en la trampa. No era el momento.

_Trataré de hacer algo por el cambio, en mi espacio. Cada persona nace con algunas responsabilidades ineludibles y yo me siento comprometido con mi pueblo.

_Se me vio el patriotismo oculto, antes del viaje.

_Déjalo tranquilo, hija. Tu padre siempre sueña; intervino de nuevo mi esposa ante la discusión filosófica en ciernes.

_Además, los pobres me necesitan. Quienes se quedaron en mi pueblo se gozan mi presencia. Ellos esperan en algún momento un cambio benefactor de parte mía

_suspiré y entre dientes solté una mala palabra. Con certeza me sobrecogía la impotencia. Nada los convencía. El silencio se apoderó del ambiente. Continuamos en la tarea de selección y empaquetamiento. Debía callar para evitar momentos de ánimos encendidos y trapos lanzados por el aire en lugar de buscar su acomodo en las maletas. O quizás irme a la parte trasera de la casa en busca de un respiro; entendía la tensión por la incomprensión de una familia cuyo desacuerdo de fondo, estaba radicado en la inversión de tiempo y dinero en una quimera de frutos inciertos. No entendían el corazón de un emigrante; ahora deseaba un reencuentro tras llegar al Norte con ilusiones.

Cuando la vida y las finanzas me lo permiten, me concentro en juntar algunos regalos para dárselos a mi llegada, a quienes se quedaron a vivir en mi pueblo. Los beneficiarios son familiares, conocidos, desconocidos, nuevos amigos, gente común; todos ven esos pequeños regalos como conectores mágicos empatados a un lugar desconocido: El Norte soñado por ellos.

Estos compueblanos siempre esperan algo del otrora compañero de barrio. Interpretan, de una forma amorosa-odiosa-envidiosa, que respecto a ellos, quienes partimos del pueblo a vivir en El Norte tuvimos mejor "suerte" al poder radicarnos y sobrevivir por largo tiempo en el extranjero.

Esto es simple desconocimiento de la realidad. Ellos se aferran a una ilusión. Lo dicen todo en la mirada.

Si entendiesen a plenitud, no desearían abandonar su pueblo.

Se interesan en buscar contacto con los migrantes al Norte en esa ansiedad de comunicación no verbal propia de los pobres acosados por el afán de solucionar sus problemas existenciales. La miseria es mala consejera y se convierte en co-dependencia con el tiempo.

Esto me lleva a preveer numerosos encuentros con personajes de mi pueblo; por eso pongo en las maletas del recuerdo, paquetitos de colores, perfumitos no muy caros, llaveros, corta-uñas, relojes regalados, espejuelos plásticos de sol y algunos teléfonos celulares en desuso donados por algunos familiares y vecinos. Los amigos en el pueblo conectan esos teléfonos con números ficticios, para llamar a sus familiares y amistades en New York. En mi pueblo hay constantes llamadas al extranjero porque muchos de sus hijos se fueron, algunos para jamás regresar.

También pongo entre mis paquetes, algunas gorras de béisbol de los diferentes equipos de grandes ligas y futbol, allá se las ponen todas, siempre y cuando anuncien algo en inglés. La verdad, no entiendo el afán de mi pueblo en seguir los deportes americanos. Son mulatos influenciados por la cultura anglosajona.

_ Asegúrate que no se te quede nada. _ Dijo mi esposa con ojos inquisitivos.

_ Siempre se queda algo mujer, en ese país falta de todo. Le contesté un poco entristecido y atento a las maletas.

_ Tú no puedes remediarlo todo, eso ni Dios.

El silencio comenzó a tenderse como una sábana sobre aquel lugar. La oposición y resistencia eran el preludio de un viaje más. Era común el asunto. Es resistencia a lo desconocido. Sentimientos de inseguridad.

_ Algún día Dios nos mirará, eso creo y espero. Contesté con acento religioso, quizás en oración de fe.

Se electrizó el aposento. Reinó un deseo confuso de no interrumpir mi presencia en la familia por un inútil viaje, porque entendían la dificultad, por no decir imposibilidad, de hacer algo por aquel pueblo. Para mi argumentación interna, era una acción casi inhumana mantenerse indiferente ante realidades crudas de un pueblo con dificultades para resolver su dilema de los pasados doscientos años. Hablé sin hablar en ese momento. Seguí con el trabajo de empacar maletas.

Las gorras acomodadas con cuidado en la maleta eran usadas o compradas al descuento. También llevaba dulces de chocolate, frutas secas, algunas botellas de vino, una que otra camiseta a colores con figuras monstruosas y letreros en inglés referidos a alguna insolencia o grosería de la cultura gringa; mensajes grotescos entendidos por muy poca gente de mi pueblo. Además, pantalones de cualquier talla con múltiples agujeros, con parches y arrugados; ni en mil años yo usaría pantalones así. Objetos comunes como hebillas para el pelo de las mujeres, botellitas de coloretes, desodorantes, zapatos usados, y otras cosas inaccesibles para la gente de aquel campo de pocas luces; todo "*made in USA*". De verdad, existe un deseo casi incontrolable de consumir cosas del extranjero, especialmente de los Estados Unidos de América. Un sentido de superioridad en las marcas extranjeras. Los 'AMERICANOS' todo lo hacen bien; es el pensar de la gente de mi pueblo.

La lista era larga; tal vez por ello tenía la sensación de cierto olvido, siempre había algo en espera de ser empaquetado; tal sensación era reforzada por el iluso deseo de cargar cosas de imposible transporte, o por ser consciente de la inutilidad de ciertos artefactos y bienes en ese pueblo entre montañas y mar.

_¿A veces te registran en el aeropuerto? pregunta el hijo menor.

_A veces, otras veces no. Siempre estoy preparado para cualquier cosa, le contesté.

Por supuesto, aparte tenía guardados algunos dólares para dárselos a los más indigentes y a la gente del aeropuerto.

Todos estos artículos estaban apretados hasta no quedar un solo espacio y alcanzar al peso de las maletas requerido por las aerolíneas. Empujábamos hasta agotar la capacidad máxima de aquellas maletas de adolorida apariencia.

Era necesario copar la capacidad del equipaje para estar preparado ante la pregunta rigurosa de quienes, sin lugar a dudas, me encontrarán en algún paseo por cualquier calle de este pueblo olvidado:

_ ¿Qué me trajiste de Nueva Yol?

Este cuestionamiento es infaltable en el vocabulario de muchos; es complemento obligado del saludo; me lo harán todos mis efímeros y callejeros conocidos. Esa pregunta te chantajea, obliga, compadece y responsabiliza con tono inquisidor. La vergüenza se pierde en medio de la pobreza. Las esperanzas se depositan en alguien recién llegado de New York; allá hay posibilidades para todos. Así es simplemente porque te fuiste del pueblo.

Estos compueblanos no saben dónde vivo; todos me imaginan residente de New York. Para ellos USA completo es New York. No doy explicaciones porque mi pueblo es un lugar olvidado en una isla con muchas limitaciones y dilemas no resueltos. Viven en el limbo; especie de ilusión creada por culturas impuestas, creándoles un sentido de co-dependencia con las luces de una ciudad inmensa en la costa este de Estados Unidos de Norteamérica, la cuidad de New York.

Todas esas imágenes mentales y reales se usan para ser impresas en las postales de Navidad y Año Nuevo, típicamente representadas por mesas repletas de regalos, árboles alegóricos y comidas exquisitas. Todo muy bien diseñado en revistas a todo color con uvas, peras, manzanas, arroz, pavos, perniles y nueces acompañadas de botellas de todos los licores deseados. Todo en una música mental, evocación de las noches largas de invierno en Alaska con un personaje llamado Santa- Claus montado en un trineo movido por venados (renos). Este personaje vestido de rojo entra con todo y gordura de una forma mágica por las chimeneas de las casas - que pueden tener menos de cinco pulgadas de diámetro – cargado de regalos para niños y adultos de buen comportamiento durante el año.

Navidad y Año Nuevo, fechas para excesos y glotonería pagables a posteridad con tarjetas de crédito y compromisos económicos de difícil cumplimiento.

Los potenciales emigrantes de mi pueblo quieren ir a esa ciudad y sentarse en esas mesas, pero muchos se quedan en el camino. Provocación de cualquier revista americana para llenar los ojos a los insensatos. Detrás de eso hay amarguras.

Los pobres de mi pueblo tienen fantasía de consumo con ansiedad de viaje; los pocos ricos con sus viajes, crean unas fantasías inalcanzables para la inmensa mayoría. Todos están encadenados a una especie de grifos invisibles, hechos en el tiempo. Los pobres de mi pueblo son materia de consumo de la desesperanza, los poderosos, observan como en el Circo Romano.

Sin embargo, continuaba en mi faena de empaquetar mis regalos, mientras pensaba en todo esto.

Colocaba los regalos en maletas hechas de cuero con algún maltrato por el uso; como siempre, seguía en la reflexión acerca de mis intenciones: ¿remediaría alguna pobreza oculta?, ¿sería partícipe de una deuda social contraída en los pasados doscientos años de vida de un país complicado?

Lo hacía como una especie de Epifanía o una experiencia religiosa; esta se produciría cada vez, en cuanto las manos de algunos pobres reciban de mi un regalo. No estoy resolviendo nada, eso lo sé. Solo paliar, solo eso y punto. No me engaño ni me presto a engañar. Les digo a los beneficiarios: es solo una expresión de amor. Es una especie de extensión de ese sentimiento asentado en lo más profundo de mi corazón.

La verdad, amigos y familiares se imaginan de nosotros los emigrantes hacia El Norte, como los nuevos ricos, poseedores de dólares, prendas, carros, brillos, televisores a colores, peinados elegantes, espejitos, música, casas hechas a la "americana" con marcos de color blanco y jardines al estilo Hollywood. Para ellos, nuestro mundo es una especie de vacaciones largas, donde nuestras ropas siempre tienen el mejor color y disfrutamos de la música de Rock and Roll, etc. Ellos no han viajado y quizás sus apreciaciones son fruto de comerciales televisivos, con propagandas falsas. En esos anuncios no presentan la cruda realidad de vivir o sobrevivir en un sistema mecánico y a veces inhumano; un mundo áspero dispuesto para quienes emigramos al Norte, lleno de discriminaciones, limitaciones, prejuicios y racismo. Esa verdad debe decirse, aunque ellos no la comprendan en su totalidad: la vida no es fácil en El Norte. Es adentrarse en un laberinto del cual es muy difícil encontrar la salida. Se sabe cuándo se entra y del entusiasmo al hacerlo, pero salir es en definitiva una pesadilla.

Ellos no tienen la culpa de considerar al Norte como lo mejor. Más aun, desearían tener la 'suerte' de salir del pueblo e irse a New York, donde todo se resuelve, según lo piensan con cierta ingenuidad.

Algunos harán lo imposible para salir de sus circunstancias guiados por el axioma: viajar lejos es la salida a todos los problemas de pobreza. Irse en lo que sea y como sea; en yolas o embarcaciones maltrechas, avión, de polizonte, amarrados de la cola de un barco, meterse en un contenedor de cargas, comprar papeles falsos, venderse en amor fugaz por papeles; o a nado si es posible, sin importar convertirse en bocado de la voracidad de un tiburón Tíguere[5], al intentar cruzar el

---

[5] Hombre

Canal de la Mona rumbo a Puerto Rico. Fascina pero no sorprende esa forma de pensar.

En resumidas razones, este asunto de viajar de regreso a mi pueblo, me provoca una sensación incomparable. Es ventana de respiración para un encarcelado mental. Esta es mi realidad, siempre mi Meca viajar a mi pueblo, dejado a lo lejos por tantas décadas pero nunca olvidado. Regresar se había convertido en el objeto de mis sueños, como supongo lo es para cada emigrante. Es una oportunidad única preparar maletas para irse al pueblo natal cuando así lo desee.

El estómago se revuelve y se confunde la anticipación con ansiedad. Es como si la etapa de niñez embargara el alma. Es un escalofrío de esperanzas ligado al encuentro. Asuntos indescriptibles con palabras del diccionario. Solo ciertas lágrimas de impotencia, en mi caso, consuelan; solo es entendible por quienes hemos vivido tan lejos del hogar de origen.

Este hogar fantástico, toma formas acomodaticias, épicas, alegrías de cuando éramos felices. Eso no lo sustituye nada. Sin embargo, es indiscutible la transformación física del pueblo; lo sabemos, pero la mente está detenida, suspendida, no ha pasado el tiempo desde la partida, puede el deseo de imaginar una estática, una permanencia de todas las características dejadas atrás: los olores, sabores, sensaciones, costumbres, ritmos, gente, árboles y edificios antiguos del teatro que una vez fue. Todo lo deseamos encontrar en una esquina del ayer. Lugares de infancias, tiempos de amoríos.

Simplemente deseamos regresar al pasado. Navegar con rumbos retroactivos, tocar y oler en pretérito; el regreso despertará el subconsciente dormido de una deshumanización paulatina adquirida al integrarnos, sin quererlo, a nuevas costumbres. Nosotros tampoco somos los mismos. El Norte nos ha influido y transformado. A pesar de eso le pedimos al pasado una espera, no hay prisa. Quizás un romance a la espera de tornarse realidad, o el amigo y compañero de aventuras de juveniles; romance y amigo deseamos que estén ahí cuando regresemos al lar nativo. Un imposible; ya no es el mismo pueblo, la realidad es terca y nos contradice. No importa.

Me inserté de nuevo en la realidad de la anticipación de mi viaje. Realicé los trámites de salida del país que me aceptó. Lo hice de forma rápida y mecánica. Los agentes del aeropuerto hicieron preguntas rutinarias, trataron de identificar algún fraude o cualquier rasgo de terrorista. Revisaron mis documentos con una luz azul y una linterna infrarroja, como traída de los espacios siderales de Júpiter. Podría decirse, un vuelo a prueba de extraterrestres y ciertas amenazas sociales. Con algunos comandos nos pusieron en línea como en una procesión religiosa. En silencio de multitudes solo se escuchaban murmullos y mujeres blancas y flacas quitándose sus zapatos.

Clones de diferentes colores, barbas, sombreros, pantalones cortos, sonrisas fingidas de la encargada de la terminal. Algunos desesperados se introdujeron en líneas incorrectas. No leyeron el letrero. No importa, lo importante es irse. Los esperaba el pasado.

_Por ahí no señor estos FOKXXXXX, inmigrantes...
no hablan inglés... no sé qué hacen en este país... Dijo
entre dientes la rabiosa[6].

Nos metieron a todos los pasajeros en una máquina
de rayos X para saber si cargábamos explosivos u otras
substancias. Todo pasó muy rápido. Levanté las manos
en obediencia al comando de un agente vigilándome con
la punta del ojo izquierdo. Mirando mi pulso intentaba
comprobar si yo era uno de esos seres extraños afanoso
de abordar el avión con malas intenciones.

Terminado el rito, embarqué. Un sonido sordo de
un micrófono con voz agripada anunciaba algo sobre
los equipajes de mano y la posibilidad de ubicarlos en el
compartimiento superior del avión. No le presté mucha
atención. Me desplomé en la silla número J-14.

La joven siguió su discurso aprendido sobre el tipo
de avión y las instrucciones al pasajero en caso de
una emergencia. En definitiva, nadie escuchó nada.
Despegamos suavemente del aeropuerto. La altura
permitió ver la inmensidad del territorio, los edificios,
carros, ríos, mares. Todo se puso muy pequeño mientras
ascendíamos al territorio de Dios en las nubes. El avión
me ensordeció. Tras buscar altura dio saltos y emitió
quejidos que los pasajeros respondieron con gritos
entrecortados. Estábamos a merced de las alturas y
un piloto americano del oeste. Este nos consoló con el
pronóstico del tiempo y la temperatura. Todo pasó muy
lento.

---

[6]   Molesta

El avión del viaje de retorno a mi pueblo, parecía carecer de suficiente velocidad, porque en algún instante lo sentí como detenido en el aire. Pese a la rapidez, no percatada por mis sentidos, se hacía una eternidad esperar el aterrizaje, - en 3 ó 4 horas llegaremos - me repetía la mente. Era un deseo comprimido entre la realidad de estar a merced de un piloto y la llegada al Sur de mis recuerdos.

Entre dormido y saltitos de vacíos en el aire, deseaba contemplar la silueta geográfica isleña, tal como la dibujábamos en clase de geografía en los años mozos de la escuela primaria. Esa figura de montañas y mar cuya aparición esperaba entre nubes grisáceas y fondo de agua azul turquesa. Esta realidad se acercaba mientras se ponía la tarde y los rayos del sol reflejaban la velocidad y figura de tiburón del avión.

_Llegaré con sol a mi poblado me dije con voz entrecortada; solo yo entendía lo dicho. Son apenas la 1:45 de la tarde. Pese a los trámites burocráticos de emigración y aduanas llegaría temprano al Sur.

El Sur me esperaba para mostrarme su ansiedad producida por mi llegada, final de una larga espera. No me importaba nada más. El Sur es un lugar con olores, colores y sabores contradictorios. Un fuerte olor a salitre en el aire, esperanzas y montañas llenas de minerales de colores específicos en la tierra. Suelos agrestes y árboles demorados en crecer por la falta de lluvia; y sobre todo, el sol radiante de un calor sureño especial. En ningún lugar del planeta existe un pueblo como el mío; sus condiciones son especiales. Es pobre, con grandes dilemas.

El Sur es flor de cactus medicinal y nadie lo usa; cocos verdes y espigas de caña de azúcar parecen endulzar la amargura del abandono. Todo dormido.

El Sur me sobrecoge con su encanto. Mucho antes de poner mis pies en él, la mente retorna al pasado para recrear los instantes de felicidad; estos se niegan a abandonar la memoria porque esperan despertar. En cada regreso la sensación es la misma.

Capítulo 2

Choque de Realidades

Al salir del Aeropuerto Internacional, la brisa me dio un golpe caluroso en el cuerpo; esto abrió todos mis sentidos. Un fuerte olor a gasolina quemada parecía impregnarlo todo. Ruidos de gente hablando en voz alta, para que todos oyesen. Sin embargo, no se entendía nada de lo expresado porque hablaban de prisa, a muchas palabras por minuto, en un esfuerzo de influenciar con un chorro de palabras a su interlocutor. Era imposible comprender lo que pasaba. La gente de mi pueblo a veces dice toneladas de palabras carentes de sentido. Nos perdemos en el enredo de ser y no ser.

De momento, un intenso olor a carne frita apareció en el ambiente. Este olor entraba por ráfagas intermitentes; salía de algunas frituras del contorno y pronto me hizo salivar. A una distancia prudente note una familia de cuatro miembros, montada en una motocicleta japonesa en plena avenida. Era una especie de costumbre en el país. Se había perdido el miedo a los accidentes. Todo pareció normal.

El sonido de una bachata nostálgica de amor traicionado, parecía hablar, en lo profundo, de una ruptura amorosa. *Ay....Ay...*

La venganza estaba propuesta a sangre fría en aquellas letras; estas se pegaban a las paredes en un ritmo que todos parecían bailar. Movían las cabezas y cinturas en piquetes discretos. A veces levantaban las manos y se miraban los pies. Como en ritual de cintura y rodillas. Como dándole salida a una pena profunda para hacerla pública. Todos bailaban el dolor del cantautor.

A poca distancia se acercó un señor con el rostro quemado, ofreciéndome Billetes para el Loto de esa noche. Pegándomelos muy cerca a los ojos e invitándome a ver el número, invadía mi espacio personal.

_Cómpreme; Ud. viene con suerte de "Nueva Yol" me dijo. Su camisa maltrecha y olor peculiar a sudor caribeño, me indicaban que las cosas no estaban buenas en el país. Su pobreza era obvia. Parecía no haber vendido nada en todo el día, por la desesperación y tristeza reflejadas.

Era tiempo de mirar. No de buscar suerte con los ángeles del juego. Tal parece, mi pueblo lo juega todo. Día tras día transcurre en la búsqueda de una ilusión en la Lotería Nacional. Eso se quedó allí. Sin comentario. El Billetero se alejó al ver mi reacción negativa. No estaba dispuesto hacerme rico esa noche. Estaba en medio de la pobreza. Además, mi suerte no está en los billetes de la Lotería.

A cuatrocientos cincuenta pasos de distancia, noté dos jóvenes mulatas; con un caminar lento, y movimientos de mano, parecían figuras de otro planeta. Sus pantalones reclamaban en voz alta y con misericordia, un espacio de respiro. Es como si los pantalones se los confeccionaran ellas puestas de pie. Era imposible haber sido puestos por sí mismas. ¡Toda una contradicción!

Miré sin contemplar aquellos dos especímenes. Eran el producto de los quinientos años de amalgama fraguada en un país donde el asunto de raza, color y origen, parecen tener una discusión permanente. Ellas no sabían a ciencia cierta que eran. Su pelo plástico; a sus camisas de colores refulgentes se les rompía el botón del centro, dejando ver el alimento de los niños. Parecían estar buscando suerte con algún viajero y la consecuente invitación a un refresco. Mientras el día continuara poniéndose caluroso y pegajoso, no eran momentos para hacer sociología; queda como una tarea pendiente; de acuerdo con la disponibilidad de tiempo indagaré.

Al otro lado de la carretera, había taxistas en vehículos japoneses, destartalados, de muchos años de uso, estos llamaron mi atención.

Todos los vehículos tenían pinturas de diferentes colores, azul el lado izquierdo, rojo el derecho y sus puertas no cerradas totalmente. Había colores morados y blancos. Para cerrar las puertas se requería tirarlas muy duro una, dos, tres veces. Me llamó la atención el conjunto de tres pasajeros en la parte delantera del vehículo cuya capacidad era para dos personas; era necesario maximizar los viajantes, y el chofer estaba dispuesto a todo.

A corta distancia noté una guagua llena de pasajeros; algunos iban de pie y saliéndose por la puerta de entrada. Todos se invadían entre sí la solemnidad del cuerpo, mientras se conjugaban y adherían, como sardinas en cardumen, señoras, niñas, hombres engrasados, guardianes privados de paga con su uniforme azul y marrón y armados con escopetas que les llegaban a la cintura, con balas cruzadas a la mejicana.

Noté cinco soldados, muchos estudiantes con mochilas a las espaldas, empujando y dando gritos:

_ Distinguí cinco soldados; muchos estudiantes con mochilas a las espaldas empujaban y daban gritos.

El vehículo se movía y dejaba un humo oscuro y ruidos espantosos en su movimiento lento y forzado por la carga, en evidente violación de las reglas de tránsito. No importa... el mofle[7] de aquel vehículo nunca se había cambiado desde su fabricación; además, el país no ha tenido reglas claras de peligros contaminantes o número de pasajeros por vehículo. Todo el que quepa, y punto.

Observé, además, a doscientos pies de distancia, un policía vestido de uniforme verde y gorra de 'boy scout' con los ojos brotados, relojeando[8] el contorno. Hacia sonar un pito estridente para controlar el tránsito. Sin embargo, con el accionar de sus manos, dejaba ver su hambre. El detenimiento a los choferes era selectivo. Al parecer, él sabía a quién detener; lo dejé así.

Pobre medio ambiente, pobres vehículos y pobres reglas de tránsito. El país de las formas y los fondos dantescos. Pensé con mente gringa, no aplicable. Llegué a mi país, dije en una voz no entendible por los demás. Me conformé, porque aquí las cosas son diferentes y el

---

[7]   Silenciador de coche

[8]   Observando

único remedio era comenzar a adaptarse a una situación sobre la cual no tenía el control. Eran los contrastes propios del choque cultural sufrido por quienes se van y regresan de temporada en temporada. Sin embargo, había un sabor de alegría en aquel desorden organizado y todo lo contagiaba. Conformidad con la realidad. En apariencia todo funcionaba y a la gente le gustaba esa aparente contradicción.

Entre bienvenidas cortas de amigos y familiares que fueron a recibirme al aeropuerto y un calor espantoso pregunte: ¿Cuándo no vamos al Pueblo? Esta Capital no me gusta... estoy harto de capitales.

_¡Ya... tío, ya nos vamos! Me comunica el sobrino Carlos, en un intento de calmar mi ansiedad de viaje y de salir de aquella urbe.

Solo falta llegar a mi pueblo; de nuevo me espera junto al Mar Caribe; me ha esperado con paciencia por las últimas décadas. Ese mar, siempre invitándome de forma silenciosa y abrupta al regreso permanente. Le hago promesas falsas cuando lo veo. Pienso: 'algún día lo disfrutaré permanentemente'. Me une al mar un compromiso casi amoroso; esto solo es entendido por quienes se han criado junto a sus saladas aguas. Ellos saben de su voz audible y su capacidad comunicativa. Pero el mar ya no cree mis promesas; así lo interpreto porque cuando lo veo comienza a agitarse; sus olas me mojan con rabia, indicándome su desesperación de propiciarme un baño, antes del eterno oscurecimiento cuando mis ojos queden atrapados en una sombra perpetua.

Si esto sucediera, no me podré bañar más en sus aguas voluntariamente, antes de que me sienten en una silla de ruedas y no me pueda mover...ni en el pensamiento. Quizás no podré disfrutar del fuerte olor a sal y perfumes delicados que emanan de él. Pero el mar sera siempre un pensamiento y una ilusión en mi camino. Camino eterno, de todos los que tienen dilemas.

En el trayecto hacía el pueblo, entre análisis y sentimientos, pudimos cruzar el primer puente sobre el Rio Ozama. En el fondo

del puente, había un cuadro dantesco de gente habitantes de las proximidades de ese rio navegable, por tiempos inmemorables. Quienes vivían en ese lugar olvidado por el tiempo y los gobiernos. Descalzos, con la barriga grande, desesperados, a la espera del próximo desbordamiento de las aguas del Río Ozama.

Al otro lado estaba la Capital del país, donde tres grandes Monstruos, traídos del extranjero, se disputan la silla llena de alfileres[9], que es un termino de cuatro años consecutivos; dependiendo del presidente que se siente en esa silla. Usando el termino después hablamos para reelegirse. Al parecer les gusta sentir los ponzoñosos.

Ellos, los monstruos, no se imaginan ni les interesa mucho la existencia de unos seres que, con mucha compasión y comprensión, vemos nuestra nación en la distancia y en la nostalgia, y soñamos retornar, pese a la imposibilidad de concretar esas ilusiones. Ese sueño nadie nos lo quita. A esos tres Monstruos no les importa,

---

[9]   La presidencia

a ellos solo les interesa sentarse en la silla con asientos de alfileres.

Invade el ambiente la abundancia de propaganda política, con unos cuadros y portales gigantescos puestos en vallas luminosas y parpadeantes, en lugares y ángulos estratégicos, con fotografías de políticos sonrientes de orígenes blancos y morados; estos buscan venderse como santos. Garantizan solucionar los problemas del país con juramentos solemnes porque ellos, en su fuero interno, se creen capaces de borrar todas las miserias y males de la nación, acumulados por los pasados doscientos años. Lo harían con un solo plumazo, con un decreto. Semidioses de corbatas extranjeras. Le piden al país votar por ellos. Son figuras impresionantes; parecen salirse del cuadro en anuncios y luces maquilladas, 'photo-shop'. Al calvo le ponen pelo y al negro lo descoloran para aparentar otra cosa; es manera de hacer política, siempre la argucia de imaginar y prometer paraísos venideros y tiempos apocalípticos. Todo al mismo tiempo. La estrategia de confundir a un pueblo que lleva siglos a la espera de una verdad nunca dicha.

Raza de dioses-humanos. El autoritarismo mezclado con dinero no muy bien habido. Tremenda mezcla. Mientras tanto, un muchacho en una motocicleta japonesa nos cruza al frente en medio de la autopista en forma vertical; por un camino... que no es camino.

No hay señales visibles de tránsito; al parecer todo aquel tráfico vehicular no está regulado. El motociclista nos insulta. Nos menciona las santas madres; recibimos improperios y ademanes, simbolización de una especie de penetración sexual, puño y brazo incluidos. Son voces y gestos de agravio y desesperación combinados con hambre cada vez más alejados. No le contestamos.

Dentro de las costumbres de enfrentamiento de tránsito, se sacan armas de fuego y no estamos en eso. Seguimos camino al Sur. Allá no hay tanto tráfico.

Entre observaciones del contorno, hago un rosario[10] de preguntas al sobrino Carlos, quien me recogió en el aeropuerto y se mostraba contento con mi llegada. Las preguntas incluyen diversos tópicos; la ausencia despierta la curiosidad: política, religión, desfalcos gubernamentales, partidos políticos, huelgas, discursos de desesperanza por políticos en campaña, promesas, ¿por qué los líderes políticos no se ponen de acuerdo?, costo de la vida, canasta familiar, precio del plátano, condiciones de la gente del pueblo, y cómo se puede vivir en tanta precariedad.

Tenía alguna idea de las respuestas, pero en El Norte no se siente la profundidad de las respuestas. Vivimos en otra dimensión.

Especialmente enfaticé en mirar un grupo de niños y niñas y me pregunté ¿cuándo?, ¡carajo!, ¿se mejorarían las cosas en la nación?, para acabar con la mendicidad infantil y evitar que esos menores mendigos arriesguen sus vidas en cada semáforo.

Estos niños se acercan a los vehículos aun en marcha, como abejas al panal, en busca de caridad. Con sus voces agudas y tonos de súplica:

---

[10]   Muchas

_Señor... mire señor cómpreme algo... Lágrimas me brotaron[11]. Saqué unas monedas y compré no sé qué cosa. No me importó. Se me removió algo en las entrañas. Eran pasadas la hora de comer y esos menores estaban bajo el sol implacable. Parecían seres de dimensiones celestiales. Sus ojos de inocencia y hambre; su ropaje harapiento y mugroso; los pies en unas chancletas plásticas lo explicaban todo.

En ellos encontré respuestas a las retóricas planteadas unos minutos antes. Niños y niñas deseaban traspasar los vehículos cuando buscaban detenerse; sus intenciones eran vender algún producto. Lo exhibían como mercancía traída de Persia, vasos plásticos multicolores, celulares con mucho uso y sus componentes, espejitos de afeitar, perritos recién nacidos, guineos maduros, naranjas metidas en fundas plásticas. Además, granos tostados en potecitos transparentes con tapas rojas, podrían ser de maní, cajuil, semillas de no sé qué.

Toda una gama de cosas comestibles y de preparación doméstica para mitigar el hambre. Ojalá soplara un viento de prosperidad en dólares, euros, francos o cualquier otra alternativa capaz de sustraer a estos seres humanos de estas actividades.

Sentí una substancia agria en recorrido del estómago hacia la boca en búsqueda de escape. Me toqué suavemente la piel con intención de calmarme. Nada podía hacer por el momento. Mi camino iba al Sur... abogué en palabras sordas por esos menores; imaginé verlos en sus casas a esa hora del día, en el disfrute del

---

[11]   Lloré

entorno familiar. Así debe ser en un país digno, donde se valore la vida, especialmente la de un menor.

Menores trabajando y mayores desapercibidos o quizás aquellos enviados por estos a buscarse la vida. ¡Qué cuadro!

El sobrino hizo silencio. Fue la mejor respuesta. Mi ira subía; mi indignación e impotencia afloraban. El silencio nos acompañó por otro rato. Las circunstancias aceleraban mi corazón a una velocidad anormal, era común en mí este movimiento interno, en el esfuerzo de hacer algún tipo de razonamiento lógico frente a la realidad contemplada. Sabía por experiencias y documentación, del potencial del país para dejar de vivir postrado ante una miseria en apariencia eterna.

¿Será un diseño?....

De repente recordé no haber tomado las pastillas para regular mi presión arterial y los latidos del corazón. Sentí punzones de alarma en el pecho. Ya no era aquel joven intrépido cuyas condiciones de análisis y propuestas apasionadas, le permitían hacer exégesis instantáneas y exponerlas con histrionismo de predicador. El tiempo había pasado, aunque no me di cuenta.

El Norte es un lugar donde llegas y te metes en una máquina de tiempo por una puerta y cuando sales empiezan a caer tus partes poco a poco. Te dan pastillas, te hacen cirugías, tienes dolores constantes en el cuerpo y no entiendes por qué te acompaña una sensación de insatisfacción, pese a poseer muchísimas cosas.

Pedí agua y tomé con mucho cuidado, las pastillas recetadas por doctores de El Norte, donde me enfermé. Los medicamentos estaban empacados cuidadosamente por mi esposa Yolanda, como ritual de conservación. Ella, cargó el envase de las medicinas antes de salir de USA. El ritual incluía santiguarme con imposición de manos, y con un beso de despedida me deseaba estar liberado de todo mal, antes de montarme en el avión. Entendía de esos aparatos voladores, la constante sospecha acerca de la ocurrencia de un suceso inevitable. Costumbres de mis múltiples viajes. Ella sabía de la rabia producida por la impotencia ante la inmensa pobreza y mis recursos limitados para hacer cambios. Solo en la mente de protesta adquirida en los días de mi breve asistencia a la Universidad Estatal; en esta también era evidente el cambio.

Filosofé internamente. Justifiqué la calma. Eran las 3:55 en mi reloj plateado, mi siempre acompañante. Para descansar un poco, recosté la cabeza en el asiento del vehículo. Nos acompañaba en la radio una música local; una persona cantaba al ritmo de merengue. Pies, manos y todo el cuerpo se menearon con ese ritmo contagioso de los dominicanos y el mundo.

Hicimos todo esto antes de llegar a mi pueblo. Entre las cosas preferidas por los dominicanos está cantarle al dolor. Estaba preocupado por el contorno; algo no entendía y esto justificaba mi impotencia. Sintonicé la mente al radio y acompañé al cantautor tarareando apartes de aquel himno a la condición humana.

Cerré los ojos, por el calor y la fatiga. Soñé, como en revelación de profeta; en el sueño, el pueblo también estaba dormido entre un valle impenetrable y un mar rabioso. Mi pueblo y su aparente vivir entre el pasado, cactus, sol, gentes flacas y caña de azúcar.

El Mar Caribe, haciéndome mímicas en mis sueños, coreografías de danzas seductoras y formidables me hacían sonreír entre dormido y despierto. Me fui adentrando en él y sentí el golpeteo de sus gotas en mis entrañas. El agua azul me cruzaba de lado a lado, como una especie de daga fantasmagórica, parecía traspasar el ser y salir sin dejar heridas. Era un sueño. Con el tiempo ya no escuché más la voz del cantante en la radio, ni las explicaciones del sobrino insistente en continuar con su intención legítima de hacerme comprender un mundo dejado por tanto tiempo. No me importó.

Los dominicanos tenemos explicaciones y respuestas a todo; eso parece. No importa el área o la materia. Es imprescindible decir aunque a veces no sabemos lo dicho. Discursamos como filósofos, del areópago, aseguramos, opinamos, decimos tanto y en definitiva no acertamos a decir nada. Entre eso, me dormí como un niño. ¡Qué bueno!

El sol se acostaba en el oeste, cuando me encontré ante los primeros cañaverales de la zona sureña. Este encuentro siempre tenía varios significados. Cuando contemplo los seres que caminan lento, entre penumbras, es un lugar como detenido en el tiempo de los pasados cien años; pocas cosas han cambiado.

Ese ser tímido y silencioso, el cortador de caña de los ingenios azucareros del país, se multiplica con el tiempo en una especie de reproducción clonada de pobres, machete en mano, sin nombres y sus caras se contrastan con aquel contorno fértil y sin mucho uso, enmarcado entre dos macizos, cuyas distancias no se usan. Esas cordilleras solo se miran de lejos. Quisieran encontrarse y besarse algún día. Suspiré profundo al llegar al Valle de Neyba.

Me entrega un olor intenso a carbón vegetal y popurrí de flores de muchas especies. Mezcla incomprensible para mis sentidos; un olor a miel en contraste con tanta amargura visual. Sin embargo me alegran; es terapia de fragancia y aromas, té de canela en anochecer lluvioso; y me dan cierta esperanza: algún día el pueblo se transformará y vencerá sus dificultades. Es cuestión de tiempo.

La mayoría de estos seres son haitianos; gentilicio provocador de burlas y prejuicios en una sociedad confusa sobre su identidad, en medio del Caribe isleño con mezclas obvias. La discusión persiste ¿a qué raza pertenecen los dominicanos? Siempre me atraían las señoras con sus cargas en la cabeza, con un trapo rojo, amortiguador de la incomodidad producida por el peso soportado.

Las he creído muy dignas de mantenerse dentro de la sociedad porque entiendo que en esas vasijas llenas de no sé qué, está la esperanza de vender algo, de llevar algún aliciente a sus familiares. Caminan lento con piernas arqueadas por el tiempo; la carga incluye opresión y los maltratos producidos para ser reconocidas como personas humanas. Un rol impuesto. Sin embargo, me eran atractivas, de sobrada dignidad, nobles trabajadoras.

Todo se convertía de repente en un fuerte olor a esperanza; este penetraba de una forma fuerte al vehículo y mi conciencia. Observo en la distancia algún incendio provocado, para sacar beneficio a unas condiciones confusas. Quemas de árboles, talas para un método de siembra antiquísimo dañino para el contorno. Pero no importaba, estábamos en el Sur. Aquí todo se puede.

Se escuchó música de tambores enloquecidos, según la manera sonora como retumbaban, con ritmos de la Madre África; en la distancia con ecos de redoblante, parecía contestarse los unos a otros en un vocablo extraño: tun tun tun pan pan...tra...tra...tra pa... pun. Llegó la Cuaresma era el anuncio; con este, la invitación a realizar los preparativos a San Miguel Arcángel, para que este año el Gaga[12] sea el más concurrido y lujoso de todos los tiempos. Era el tiempo de suspender todo e ir en devociones antiguas; momentos de ritmos y baile frenéticos ofrendados a los dioses y diosas habitantes de los cañaverales. Entre los arbustos, a las Orissas[13] del pasado....... 'El Mitigra' a la barahonera.

Todo estaba igual, según lo dejé cuando decidí partir; la misma carretera construida por los americanos en 1922 y el puente de habanero con sus personajes amarillentos, entre ser y no ser, mientras el Rio Yaque del Sur les culebrea por los pies. Si se descuidan, los ahoga a todos en un instante. En los cultivos, las cañas inclinaban contentas porque un hijo de la tierra pasaba por ellas. Los saludé a todos, sacando mis manos del vehículo para tocarles el alma.

Excepto los personajes, todo seguía igual o eso me parecía. Fué un retroceso a una juventud, no obstante su partida para siempre; regresar a ella es imposible. Cerca de Jaquimeyes, Bombita, Palo Alto y otros; todos

---

[12]   Música Haitiana
[13]   Diosa de la Naturaleza

parajes evocadores; fuentes de recuerdos mezclados, cuya recurrencia supongo para quienes caminaron, caminan y caminarán por este sendero.

Al llegar al pueblo de mi nacimiento, siento un shock de alegría y contemplación. El Arco del Triunfo con sus dos patas enterradas desde los días del Generalísimo, está pintado con símbolos alegóricos. Todo se junta para darnos la bienvenida. En la distancia, personajes de siempre entrecruzan las calles en busca de algo, sudan debajo del brazo; una mujer con tres niños parece espantada porque no hay transportación para llegar a su casa.

Al llegar a la casa de mis padres, muchos conocidos e incluso desconocidos se detienen a darme un abrazo:

_¡Llegó!

_ ¡Qué bueno! _ decían con mucha sinceridad los familiares residentes en aquellas penumbras. Pregunté por parientes y amigos a quienes no veo desde hace muchos años; sonreí, cosa poco frecuente en mí, allá en El Norte. El trabajo de El Norte consume la alegría interna.

Aquí las cosas parecen tener motivos de sonrisas. Las horas pasaron entre explicaciones, un trago de alguna cosa y planes para el otro día. Después de la euforia, fui a reposar a comodidad en uno de los aposentos del pasado. No había descansado bien el día anterior, quizás por la ansiedad.

El tiempo no había pasado; al menos eso parece, a juzgar por el retrato de los árboles y las casas alrededor, obras a medias, personajes de antaño con más arrugas que solo veo de lejos; saludo sin saber quiénes son.

El reloj marcaba las 12:30 de una noche calurosa del sur, se hacia casi imposible conciliar el sueño. Una noche de soledad y silencio sepulcral servía de marco para una lucha entre la luz y las tinieblas.

Todo se tornaba en un torbellino mental entre quejidos y mensajes enviados en códigos por unas ranas fértiles a sus enamorados; macos penpen en un concierto interminable y los pensamientos del ayer. Estaba hospedado en el aposento construido por mi padre fenecido; este había sido mi morada nocturna de juventud, mucho tiempo antes de marcharme al Norte.

Sin darme cuenta habían pasado los años. La velocidad de la vida se encargó de anestesiarme, mientras caminaba por playas que sentía ajenas porque sólo me veía aceptado como transeúnte. Este retrato es común para muchos que de forma involuntaria han cambiado sus vidas, sus sueños y sus costumbres para luego regresar y encontrarse de nuevo con ellos. En aquel aposento me sentía dueño, extraño e incómodo; con insomnio de ansiedad presente en una oscuridad pegajosa.

Recuerdo mi cabellera; era negra la última vez cuando la vi reflejada en el espejo colgado en una de las paredes del aposento. El espejo estaba cuarteado en una esquina y manchado con el moho de los años. Miraba sin mirar. El espejo me dijo sin misericordia ni pretensiones que ya no había cabellos negros en mi cabeza. Me invadieron los retoños blancos en el otoño de la vida sin que pudiese calcular el tiempo ni las razones.

Repasé miles de recuerdos acostado en aquella cama. Asuntos de los cuales solo quedan marcas en las paredes y atestiguan los esfuerzos de un trabajador quien, pedazo a pedazo, había construido esta casa para sus hijos. Sí, porque él pensó siempre en otros; en su familia primero. El regreso de El Norte al Sur, por lo tanto, tenía múltiples significados. Había hecho una imitación inconsciente con mi vida. Sentí a mis padres muy cerca de mí en aquel instante. Los consejos de mi madre, la responsabilidad de un padre laborioso. ¡Qué noche!

Estaba tratando de despejar la ecuación mental, para ubicarme, y no perder la cronología de los hechos en medio del ruido del silencio. De verdad, la madrugada me encontraría con la mirada fija en las paredes; el bombillo triste de una luciérnaga extraviada en el aposento; un fuerte olor a tierra; algunas grietas en el techo y las paredes y las telarañas tejidas por las arañas bobas, con su meneo sigiloso para comerse un insecto atrapado.

Las penumbras del aposento desdibujaban todo el entorno debido a la escasa luz que penetraba por las ventanas hechas a mano en los días juveniles de mi padre. La energía eléctrica en aquel valle nunca era suficiente. A los poderosos no les importaban mis recuerdos, ni el calor, ni la oscuridad. 'Apagones programados' les decían a las suspensiones de energía eléctrica, una manera burocrática de justificar lo injustificable. En realidad, eso era sinónimo de 'Jódase'[14]. Me dormí con un concierto sordo de una manada de mosquitos; preferían mis orejas para atacar mi humanidad. Los aplausos fueron inútiles para espantarlos o matarlos. Me rendí.

---

[14] Joderse, ser víctima

Capítulo 3

Ilusiones

Los ruidos de cien motocicletas japonesas se unieron para provocar un estruendo; fastidioso despertador me tocó en suerte. Además, un olor peculiar llenaba todo el ambiente, provenía de un escape ruidoso y oscuro de gasolina mezclada con aceite. El olor y el ruido entraron como huéspedes no bienvenidos en el cuarto donde reposaba. Me cubrí los oídos con la sábana y busqué como cubrir boca y nariz para no respirar esa contaminación. No hubo remedio. De un salto me separé del ropaje y la cama, silenciosa testigo de mis horas de recuerdos e insomnio.

Eran ya pasadas las siete de la mañana; las mujeres del pueblo se levantaron como de costumbre, a caminar en busca de algo, unas iban de un lugar a otro del pueblo hasta llegar al mercado a comprar los alimentos de la familia. Otras usaban esas benditas motocicletas como medio de transportación.

No había taxis, en vez de estos estaban dispuestas las motocicletas. Dos gomas y un equilibrio fantástico aprendido a la fuerza. Las mujeres iban sentadas de

lado para no tocar con sus partes al chofer, si es que
solo había una sola persona; si eran dos, cambiaban
de posición. Todo un arte de movimientos, para no
tocar las partes prohibidas. El pudor y la necesidad,
las apariencias y las costumbres se hacían notar. En el
pueblo nada se libraba del cambio. Los moto- conchistas
eran de mucha variedad: jóvenes, viejos, desempleados,
ex peloteros, ex trabajadores, amigos de la infancia;
ninguno de ellos pudo salir adelante porque en el Sur las
oportunidades son pocas. Todos se la buscaban[15] en esta
nueva profesión. Se me confundió la ilusión de lo que
el tiempo debió depararle a ese grupo de compatriotas.
Todos eran hombres. No había mujeres moto-conchistas.
Por la fuerza del pudor, había una prohibición no
escrita para ellas. Una mujer sentada sobre un aparato
de motor vibrante y el asiento en la entrepierna, era
escena vista como especie de contacto sexual. El atraso
de la imaginación. Pudores hechos a fuerza de religión
y culturas opresoras. El moto-conchismo era trabajo de
hombres.

La puerta estaba abierta y miré a través de ella; el
espectáculo y el ruido me involucraban para hacer parte
de una especie de encantamiento. Ilusiones. Mujeres con
sombrillas tapándose del sol, se alejaban por la carretera
que cruzaba frente a mi casa paterna. Parecía un desfile
de figuras y colores. Vestidas con pantalones hechos en
el extranjero. Mucho color rojo pintado en los labios; el
brillo del sol los hacía lucir como semáforos. El remeneo[16]

---

[15] Sobrevivían
[16] Forma de mover las caderas

era bien hecho, estudiado, cadencioso, como si llevaran el ritmo al son de una música imaginaria. Cada paso tenía un significado. Ellas sabían que las miraban. De repente miraban sin mirar, en un fingido desetendimieto de los embelesados[17] espectadores, incapaces de quitarles los ojos de encima.

Contemplé, además, muchísimos jovenzuelos vestidos de un uniforme azul y mochila roja, "made in USA", en un andar con pasos inciertos a buscar educación, porque era lo único que les quitaría el hambre.

_Don, ¿durmió bien? _pregunta mi hermano, con una tasa de café aromático en sus manos. Me la brindó con cariño tierno y filial. Eso no se hace en El Norte. Te la ponen en la mesa y te dicen secamente: el café.

_Sí, ¡como nunca! Mentí para no contarle a mi hermano hospedador, de los mosquitos y el insomnio, no quería incomodarlo. El me ofreció disculpas por dejarme solo en la casa durante el día;; el y su esposa debían trabajar y la hijita iría a la escuela. Llegarían acostado el sol.

Me señaló donde estaban las llaves para asegurar la casa y dificultarle el trabajo a los potenciales asaltantes y ladrónes- en mi casa nunca se no se había metido un ladrón -. Me ordenó de forma casi militar, cerrar las puertas si salía a caminar por el pueblo. El sabía cuáles eran mis intenciones, sabía de mi relajamiento favorito: hablar con el pasado.

También me pidió con mucha autoridad, cerrar las rejas de hierro para darle mayor seguridad a la

---

[17] Cautivados

propiedad. Eso me sonó extraño; desconocía las razones para convertir todo en un fuerte con apariencia militar. No estoy seguro de haberle entendido todas sus peticiones. De todos modos, le hice algunas señales de aceptación con la cabeza y me comprometí a seguir sus instrucciones al pie de la letra. Todavía el insecto de la paranoia urbana no me había picado.

Se iniciaba un día de encuentros. Deseaba ver de cerca las cosas dejadas atrás en un estado de inercia mental. No deseaba cambio alguno, quería todo tal cual se había quedado, en inocencia.

No obstante, tal parece que había una invasión de cosas y hacían ver al pueblo algo distinto. La diferencia de la búsqueda de identidad y sobrevivencia; la gente se notaba desesperada. Había un escándalo interno en sus seres y se les notaba en los ojos. Estaban siempre al acecho. Anticipando algo, lo cual no llegaba.

Otras cosas permanecían iguales. No habían cambiado, como si fueran fósiles. Nunca ha de faltar en mi pueblo una casa como la del frente, cuyos dueños al parecer no tenían los recursos para terminarla; estaba allí deformada y polvorienta como ruina. Carencia de recursos combinada con la danza del tiempo habían realizado su trabajo sin compasión. Al final, una ruina pintada de múltiples colores. La lluvia también había hecho daño. La mugre verde de las paredes de unas plantas rastreras con deseos de volar, habían dejado sus raíces como venas cargadas de sangre. Son como vampiros esas raíces; te chupan todo dejándote nati-muerto. Así lucía esta vivienda. La dejé así.

Mis pasos eran lentos y contemplativos en ese camino recorrido por enésima vez en mi vida. Podía transitarlo sin mirar, pero mantenía los ojos abiertos a los detalles. Quería oler cada flor. Arrancaba algunas, llevándomelas a la nariz, como acostumbraba cuando muchacho. Me trasladé al pasado, en unos olores de ilusión juvenil. Fijaciones del olor profundo a frituras de las casas del barrio se combinaban con la brisa del Mar Caribe y dejaban una extraña y divertida cosquilla en mi piel. Era la ilusión del pasado golpeándome y anunciándome la estadía en mi Lar. Eran las tempranas y frescas horas del día y ya sudaba.

El contacto con el sol y el resto de la naturaleza produce transformaciones en el ser humano, especialmente si regresa. Es divertido, estimulante. Da escalofríos asombrosos al alma. En el fondo de un patio, a la izquierda, una señora canosa con |una escoba en la mano, en el oficio de barrer las hojas caídas y algún papel convertido en basura.

Me miro con ojos entrecerrados y gestos de compasión. Parecía conocerme. Lo sabía; era Doña Arcelia Paniagua, la eterna vendedora de frutas, frente a la escuela de mi niñez. Se había consumido. No pesaba cien libras con todo y ropa y se confundían escoba y ella. Me le acerqué con respeto. En su rostro se leía el transcurrir de ciento cincuenta años. Pero ella les ganó.

_Buenos días Doña Arcelia. ¿Cómo está? ¿Me recuerda? Le inquirí a la vieja y cegata vecina; sus espejuelos de cuarenta años de uso la traicionaban; se los ajustó con la mano izquierda, mirándome de arriba abajo

_Obvio muchacho. ¿Tú te fuiste pa' Nueva Yol, no es así? Pero hace mucho tiempo; yo sí me acuerdo de ti. Sé de toda tu familia.

_ ¿Y Don Paco? Pregunté.

_ Ay ay ay muchacho... Paco se fue de golpe; dijo la doña, flaca y triste.

_ ¿Cómo así? Inquirí con mucho cuidado.

_ Tu sabe; a Paco le gustaba su romo, él bebía y bebía hasta perder el conocimiento, y un mal día, borracho, se paró frente al tren cargado de caña de azúcar pal' Ingenio ese aparato venía a toda velocidad, y la gente le gritaba: *¡Paco no, Paco no, Paco no!* A nadie escuchó mi jijo.

_ A pesar de los años, Ella trajo todo ese recuerdo como una narración viva del ayer.

El gritaba: *¡Yo soy un toro de hombre! ¡Yo soy un toro de hombre!*, pero fue el tren el que envistió y lo paró en seco, aunque parar en seco es un decir. Dicen los testigos que pedazos de su cuerpo volaron a cien metros y tres cuartos. No se pudo recoger nada para darle cristiana sepultura; solo me trajeron la cabeza; la conservo dentro de un pote, en una mezcla de alcohol y Ron Brugal, era su bebida preferida. La tengo dentro de la casa para el recuerdo. Terminó la viuda.

_ Qué pena, ¡caramba! pasan cosas en este pueblo. Ahora no podré ver jamás a Don Paco. Se lo comió el alcohol antes de tiempo.

Doña Arcelia, siguió en su tarea de barrer el patio. Enmudeció. No dijo nada más y me dejó el resto del tiempo para dedicarlo a mis propias interpretaciones.

Muchísimos pensamientos de justicia y dolor pasaron por mi mente; daba pesar imaginar esa mujer y su vida el resto de sus días en esa situación. No insistí. Dejé las cosas como las narró la viuda. Noté los chorros de lágrimas; se deslizaban desde sus ojos envejecidos, le sirvieron para regar las plantas sembradas en el patio. Un fenómeno de dolor hacía presencia; las plantas de su patio se marchitaban por el efecto de aquellas lágrimas de una viuda inconsolable. Solo tenía esperanzas en las lluvias de mayo; las esperaba con el optimismo de verlas revivir. Pero... esas plantas también lloraban.

La gente del pueblo comenta: de noche la viuda sale al patio delantero y se sienta en la mecedora color azul; la ilumina una luz tenue desde un foco instalado en un poste público, se mece a un ritmo anormal, mira la luna y las estrellas y al tiempo entona canciones tristes de sus recuerdos, cuando ella y Paco eran novios; llora a su Paco porque nunca regresará.

Su consuelo es ver la cabeza de su hombre conservada en alcohol y Ron Brugal. Cabello, barba y bigotes siguen agarrados de esa cabeza y de forma mágica aun crecen. Ella la saca de cuando en cuando de la mezcla conservante, para motilarla y afeitarla, darle algunos cariños, como un recuerdo indeleble de su pasado. La cabeza es la predica permanente del recuerdo en aquella sala; conservada en una magia de amor, vigila el recinto. Es una realidad incompresible para quienes no saben de un pueblo como el mío, donde cualquier cosa puede pasar.

Seguí mi camino porque los quince minutos de visita a esta triste mujer, en mi interés de saber del pasado, me sacudieron el alma. Una historia casi sacada de lo recóndito del recuerdo. El pueblo ni recordaba aquellos sucesos. La compañía azucarera jamás recompensó como es debido a la viuda. Le dieron algunas monedas y ahora le sirven para comprar café y cigarros; dos panes de agua y un pedazo de salchichón. Transcurridos cinco años, siete meses y veinte días y aún no había consuelo para esa mujer.

El camino del día parecía no terminar. Miré a la izquierda y vi unos niños jugando baseball; me gritaban, con insistencia:

Don!!...... tíremela...tíremela... tíremela! La pelota me había llegado a los pies, fuera de lugar donde estaban jugando los niños de forma improvisada, con dos guantes y un bate. Eran seis los jovenzuelos.

Tomé la esfera en mis manos, estaba muy vieja, descosida, se le notaba el maltrato de por lo menos cincuenta años. Era marca Wilson... así lo deduje porque no se le veían las letras, casi todas borradas por el tiempo y uso. Le tomé una foto con el teléfono celular a los niños y a una esfera ahora convertida en huevo. La regresé haciendo un lanzamiento con estilo de joven, para mostrarle a esos párvulos que yo también jugué como ellos. Me dolió el brazo por el tiempo y el estirón. No era el mismo.

La historia no había cambiado mucho. Los miré con empeño y cuidado. Entre los seis no pesaban trescientas libras. Así eran las cosas. Era falta de cuchara. Dijeron gracias. Seguirían jugando hasta el medio día sin parar. El juego no había cambiado mucho. Se jugaba casi de la misma forma, tal como lo hacíamos los niños que hoy estamos canosos y lejos, en New York. Algunos muertos.

Estos muchachos perpetuarán el juego por los próximos cien años en el pueblo. Quizás algunos se convertirán en profesionales y podrán salir de una miseria interminable de una comarca olvidada; o se marcharán a New York a resolver problemas básicos de forma permanente. Algún día ellos regresarán al pueblo a mirar sin entender a cabalidad las realidades presentes en sus ojos, como siempre me ha sucedido. Saludé a esos muchachos de nuevo y me simulé muchacho para recibir mi propio saludo.

Durante los próximos diez minutos mi mente se aceleró porque no dejaba de pensar en los dos encuentros durante mi caminata a tempranas horas de la mañana. Noté lágrimas de polvo en los árboles; estaban llorando. Les hacía falta agua, cariño y cuidado. Los ahogaban los desperdicios y yerbas raras y trepadoras los exprimían por el tronco. No podían dar ni frutos, ni sombra. Debajo de los árboles fumaban tres personajes. El humo hacía una circunferencia de cincuenta pies de diámetro. Los árboles se tapaban la nariz. Reconocí a los fumadores. Desvié mis pasos veinticinco pies a la derecha para saludarlos y entablar alguna conversación informal.

_ ¿Cómo están las cosas? Indagué para tratar de entender la escena a mi vista.

_ Ya Ud. ve la muestra Don!...jodío en un país sin ningún cambio... Respondieron sin mirarme a la cara.

_ hay que hacerlo cambiar Mientras recordaba sus nombres: Tatico, Pedro Juan y Lolo el Cojo, todos habían cambiado un poco en apariencia física. Eran gente de mi pasado. El tiempo no borra eso.

_ Eso no e' como tú, mi hermano, te fuiste temprano de esta mierda...tu ere' dichoso. Nosotros tratamos de irnos en yola, pero no pudimos. Nos cogió la noche y nada podemos hacer ya. Enfatizó Lolo el Cojo. Era cojo porque sufrió el Polio Mielitis cuando crecía.

_Uds. no saben, pero es muy pero muy difícil vivir fuera. Se come y bebe, pero hay una mala digestión je je je. Dije de forma jocosa, tocándome el vientre.

Aquellos viejos amigos entablaron un conservatorio infinito de lo sucedido en el pueblo en mi ausencia. Lo hecho por los políticos y custodios del bien común. Les habían incumplido la promesa de traer al pueblo unas máquinas para moler las toneladas de vidrio obtenido de esa increíble cantidad de botellas de ron y cerveza.

Con esa molienda se emplearían a los mismos individuos consumidores de ese asombroso volumen de alcohol. Era una forma moderna de reciclaje.

Además, y más importante aún, las máquinas convertirían las hojas de plátano verde en remedio para curar las enfermedades venéreas; para el Ministerio de Salud era una situación incontrolable, debido a la abundancia de relaciones sexuales ilícitas y seguidas en un pueblo desenfrenado. Pero el invento más grande de todos era la molienda de caracoles, conchas de moluscos y crustáceos para crear una mezcla convertida en un polvo curativo y anticonceptivo. Las mujeres lo aplicarían en sus partes íntimas, o sea 'Un polvo antes del Polvo'. Eso tendría una efectividad de un 99.99%.

Todo quedó en palabras. Promesas incumplidas a un pueblo esperanzado en salir de su situación. El pueblo estaba amenazado de muerte por la gran cantidad de enfermedades de transmisión sexual. Al caer la noche se pueden escuchar los ruidos y gritos de placer por cada esquina, en cada cuadra y casa. Jóvenes, viejos, casados y no, cuernos, fornicación, adulterio, homosexuales públicos y privados, se pasan toda la noche en eso. Eso dicen.

Esas y otras manifestaciones de placer se pueden escuchar a cinco kilómetros y medio a la redonda del pueblo. Cuando cae la noche y se espera un silencio abarcador, se escuchan los maullidos como de gatas en celo. Reclamos, posiciones, inventos, un dame y toma, salta y brincan, alcanzan la calle a través de paredes y ventanas abiertas. Eso es escandaloso.

También se pueden ver hombres y mujeres escurriéndose por puertas traseras después de cometer todos los actos clandestinos posibles. Todo el aire de ese pueblo tenía un olor a sexo casi atrapable para ser embotellado como un estimulante sexual. Ese era un gran negocio en potencia pero tampoco prosperó porque se necesitaba una especie de succionador y embotelladora a presión, y el congreso de la Republica no aprobó el préstamo con bancos franceses, los únicos dispuestos a financiar esa aventura empresarial. Alegaron los legisladores los altos riesgos de embotellar aire.

Los viejos afirman con una vehemencia de Jueces de la Suprema Corte, que las mujeres del sur tienen un 'recalentamiento' difícil de apagar porque a todas les dieron cuando pequeñas, una pela con hojas de

Fogaraté[18]. Y complementan: los hombres son polígamos por beber un aceite suministrado por los árabes/turcos cuando vivían en el sur. Es por eso que quien llega al sur con mucha dificultad sale igual. Esa era la afirmación de los beneméritos antepasados recogida por generaciones sucesivas.

Sin embargo, pocos se protegen y mueren sin aviso. Esa es la razón principal de los políticos para prometer la medicina hecha de hojas de plátano y demás remedios. Para ellos la solución era sencilla: extraer el sumo y complementar con algunos ritos haitianos, confiados a un brujo conocedor de relaciones sexuales y punto. Sin embargo, a los políticos no les interesa la salud sexual del pueblo. Ellos y todos en el pueblo saben que pronto se debe hacer algo para controlar la enfermedad, de lo contrario no habrá remedio.

Al caminar por el contorno y hacer algunas averiguaciones, supe de un doctor muy interesado en la problemática y su solución. El Dr. Vitico es uno de mis amigos de infancia; está afanado por las máquinas de convertir hojas de plátano en un remedio contra las enfermedades venéreas. Pero él está sometido a las decisiones de personajes de la capital de la República y de quienes las producen fuera del país, en especial en New York, donde se fabricaría la máquina.

Aquellos tres personajes se quedaron fumando. Seguí mi camino en busca de ilusiones pasadas. Me pasó por el lado una camioneta muy destartalada con un joven

---

[18] Planta Silvestre que suelta un polvo que causa picor e irritación en la piel

parecido a un ébano en flor, sin camisa, sentado en un montón de víveres y legumbres, con un megáfono manual ofreciendo sus productos: *plátano, yuca, huevos los llevo frescos...vengan señoras y señores...tengo de to' toronjas... limones persas baratos Yautía amarillas, blancas moradas... rojas baratas compren, compren.*

Al sonido de aquella bocina, le seguía un merengue capaz de entusiasmar a los vecinos y hacerlos salir rápido de sus casas. Era bien esperado ese vehículo porque en un breve instante aparecieron docenas de personajes de entre las casas, los caminos, y pasadizos a rodear la agonizante camioneta.

Solo había un despachador para servir a los clientes y un cobrador, un caballero de aspecto sombrío con una gorra colorada marcada con letrero alusivo a *Boston* además lucía unos espejuelos de sol RayBan, quizás auténticos. Este caballero mediaba pocas palabras y miraba a su alrededor cada dos segundos; tenía un montón de billetes en las manos para cobrar y dar el menudo o retorno. Los clientes se llevaban sus productos en unas fundas de plástico color negro. Todo un espectáculo y gritos entre cliente y vendedor. Parecía un ritual. Todos querían comprar.

Estos productos estaban subsidiados por el gobierno para contener a los pueblos en su rebeldía. De eso me enteré más tarde. Les garantizaban comida una que otra vez a la semana a precio barato, casi regalado. Cada funda tenía la imagen del Presidente de la República y el logo del partido, para fijar en la mente de la gente de donde vino el producto subsidiado y de parte de quien. No era un regalo, pero era muy barato.

Me paré a trescientos pies, distancia prudente para contemplar aquel mercado improvisado en medio del pueblo. No había regulaciones. Había también en el grupo dos policías vestidos de gris. Con pistolas de reglamento al cinto. Miraban a todos lados para persuadir a quien osara intentar llevarse un solo plátano sin pagar.

Entre música, suspiros, sospechas y sudor, las amas de casa, niños y viejos, todos compraron productos para la comida del medio día o la cena del día. Eran las 9:38 de la mañana del sur en mi reloj plateado de muñeca.

Por contraste, la distancia y las costumbres adquiridas en mi voluntario exilio, me orientaban a comprar sin hacer un tumulto, a mantener una fila, con orden, y así todos a su turno, recibir el servicio. Acá era distinto; compradores en avalancha sobre el vehículo y a gritos para ser atendidos primero. Todos querían comprar al mismo tiempo. Es costumbre de mi pueblo pensar en hacer las cosas sin importar el perjuicio de otros. Es la cultura del desorden. El jovencito encargado de la atención estaba confuso, irritado y molesto.

_ ¡Esperen...esperen...ya los atiendo ahora oh...oh... no tienen paciencia...!

_ Mira muchacho...hey.......hey moreno, véndeme oh oh.

Nadie esperaba. La imposibilidad de hacer fila y crear un método de esperar ha sido siempre un problema en mi pueblo. Nadie desea esperar su momento. Contrario al Norte donde todo es por turno, la cultura, salud, trabajos, tráfico, restaurantes, proceso de votación, la vida y la muerte. Todo es una fila en El Norte, cada quien es capaz de obtener lo requerido sin desesperarse. La paciencia no es una de las características de mi pueblo.

Todo lo quieren en una forma mágica. Los cunde la desesperación. La pobreza y educación o mejor la mala educación, los sistemas de co-dependencia posaron para llevarme una fotografía mental de esas ventas improvisadas.

Eran las horas del mediodía y la mercancía ya se había agotado; algunos vecinos no lograron alcanzar comprar los alimentos para sus familias. Caminé un poco para alejarme de ese escenario. No es bueno comprobar la incapacidad para satisfacer las necesidades básicas de un pueblo.

Avancé unos ochocientos pasos, noté a la distancia, un banco instalado por el municipio para propiciar el descanso de la gente en aquel parque. Debajo de un árbol me senté a renovar esperanzas. Durante mi contemplación vi una cancha de basquetbol[19]; era el mismo escenario deportivo construido en tiempos de mi juventud cuando los jóvenes del pasado hacían la tarea de rellenos de tierra para crear un piso firme, y los hombres del barrio y del pueblo de hoy, no tenían barbas, arrugas, penurias, ni canas. Desde la lejanía es imposible darse cuenta de estas permanencias y transformaciones. Era un encuentro con algunas realidades de difícil interpretación. Deseaba concatenar detalles en una secuencia lógica para lograr una mejor comprensión, pero tales detalles se me escapaban. No lo entendía. Me quedé sentado en aquel banco mientras veía pasar transeúntes; me saludaban como si me conocieran y

---

[19] Basketball, baloncesto

continuaban su camino. Ya los había olvidado. El tiempo había pasado irremediablemente.

Continué sentado en el banco y dejé pasar ilusiones sueltas; cerré los ojos. Medité por un espacio largo en la crudeza de la realidad y los desafíos de este pueblo para salir del atraso. ¿Cómo encontrarle solución a las necesidades básicas? Los pocos cambios no habían contemplado darle solución al problema del agua y comida, cosas muy básicas para todo ser humano, no importa si se vive en New York o en un rezagado y humilde pueblo. Solo tenía algunas horas de haber llegado de una metrópolis con millones de habitantes. Mucho más que toda La República. No había punto de comparación. La impotencia me entristecía.

El proceso de readaptación se había iniciado. Todas estas contradicciones ponían mi cerebro en una espiral de ideas, un torbellino de reflexiones; era necesario adaptarme a situaciones y condiciones del país y de un pueblo viejo, desorientados en la forma de salir de la situación de pobreza y frustración producida por la avaricia de sus opresores.

La contradicción también era mía. Todos los entrenamientos, preparación académica, seminarios, encuentros comunales, conversaciones con expertos y grados de universidad, adquiridos en el extranjero y pagados con los años de ausencia de mi pueblo, no me servían de nada, ante un cuadro como el de mi pueblo, pintado para ser reproducido en múltiples copias por toda La República.

Mantener este pueblo en un dilema en el cual no se encuentra el camino a seguir, plantea una involución ante mis ojos. Cosas con la marcha puesta en reversa. Deterioro por falta de mantenimiento. El sol, el salitre de mar, las lluvias de veranos y la falta de pintura, carcomían edificios, carreteras, vehículos, casas de familia. Colores opacos. ¿Quién es el responsable?

Un silencio sepulcral se hizo en mi cabeza, como si el mundo entero entrara en una etapa apocalíptica en mi presencia.

El silencio cambió a rabia e impotencia y se resumió en gruesos de interrogantes frente a lo que pudo haber sido y no se concretó. ¿El pueblo seguirá esperanzado en el cambio de las cosas conforme pasa el tiempo?, ¿Vendrán otras generaciones y otras mentalidades sin atenuantes implementarán cambios?

Capítulo 4

Esperanzas

Un atractivo del regreso es el encuentro para conversar. Tener intercambios de opiniones con los compueblanos renuentes a partir y fracasar en el intento, o conversar con nuevos personajes establecidos en el pueblo, representa el verdadero termómetro de la desesperación. Ellos son fiel depósito de información, inquietudes y juicios. Son las voces fidedignas. Aprovecho mis regresos para hacer un magnífico ejercicio de comunicación.

En El Norte, los seres humanos no tenemos tiempo para la comunicación reposada. Cada quien está en sus afanes rutinarios. En ocasiones, somos solo piezas de una gran máquina de producción. Un trabajador de una empresa cualquiera, se puede pasar cincuenta años haciendo lo mismo desde su ingreso jovencito y entusiasmado hasta el retiro a los sesenta y cinco años.

Se queda en una rutina ejecutada en un exclusivo y limitado espacio para ejercer allí relaciones primarias, elementales. La familia sufre. Solo el silencio lo llena todo. Se convierte en vegetal cuando le hacen la fiesta de despedida en el lugar de empleo, porque solo sabía hacer eso. Trabajar y trabajar. Se afecta su salud mental y física, con el riesgo de morir solo en un depósito de viejos. Y no ha de sobrar el lamento de no haber hecho más cuando podía.

Quizás el ruido de los trenes, el bullicio del tráfico impenetrable, las multitudes sin caras y los medios de comunicación llenen el vacio y mucho más; esa barahúnda solo conduce a cerrarle las puertas del alma a todos los que vivimos en estas ciudades masivas, grises, carentes de afecto y a veces con problemas insolubles. El regreso a las tierras del sol, es parecido al acto de abrir botellas agitadas; se sale todo.

Sentado en el parque improvisado de mi barrio, traté de observar a través de mis lentes de sol dos figuras resplandecientes; se acercaban con los brazos abiertos:

_ ¿Cuándo llegaste? Era Juancito Tragamonedas, amigo del ayer. Se había reducido a cuatro pies cinco pulgadas. El hambre y la necesidad reducen el tamaño de los seres humanos.

_ Hace apenas horas; le contesté; aún tengo el ruido del avión en la cabeza. Me tomará días entrar a la realidad.

_ Yo vi el vehículo frente a la casa de tu padre y me dije: ¡llegó el hombre carajo! Fue la afirmación de Bienvenido Angustioso. Otro amigo del ayer.

_ Sí soy yo; por fin en mi pueblo. No me gusta usar vehículo cuando llego. Prefiero caminar. Les confirmé.

Tomaron asiento junto a mí en aquel banco de mis contemplaciones, con la intención de actualizarme de las cosas malas en el pueblo. Empezaron con la fábrica de azúcar; de allí los habían despedido sin compensación justa. Apenas quedaron con unas pensiones de miseria; estas no alcanzaban para los gastos básicos, si se considera lo elemental: comida, salud, educación para los hijos y vivienda.

Uno de los dos amigos aprovechó el dialogo sobre miseria y sacó una receta del bolsillo prescripta por un médico local para comprar insulina. La diabetes lo consumía poco a poco. Si Usted no me ayuda a comprar la medicina me muero. Eso me afirmó con determinación. Nunca me miró a la cara. Sus ojos no estaban en coordinación con su boca. Al parecer yo no era el único a quien le había solicitado dinero para esa receta. Apenas habían transcurrido algunas horas de mi visita y ya tenía en mis manos la vida de una vieja amistad.

Es creencia de quienes se quedaron en el pueblo que todos en el extranjero, especialmente los migrantes hacia El Norte, tenemos un árbol de dinero en el patio, la casa o el apartamento. En el imaginario popular está presente la obligación implícita o explícita de ayudar monetariamente con los problemas. El hombre insistió en depositar su vida en mi buena voluntad.

__Yo necesito de tú ayuda para este problema; una bagatela pero la necesito; eso Usted lo resuelve fácil. Afirmó acercándose a diez pulgadas y al tiempo miraba las acciones de mis manos.

__ ¿Porque no me das la receta? Tengo amigos médicos en el pueblo y te pueden resolver. Le insistí.

__Ayúdame con el dinero. No te puedo dar la receta. Es poco...tú tiene...tu viene de Nueva Yol. Me interpeló.

Juancito Tragamonedas me convenció. Tomé el papel; parecía legítimo pues las letras del médico firmante estaban escritas en tinta azul. No era una copia. La duda se comenzó a despejar. Introduje la mano en el bolsillo derecho para darle algunas monedas. El tiempo y el conocimiento de unas realidades me obligaban a poner dinero en bolsillos específicos del pantalón. Nunca saco la cartera en público, ni enseño más de lo requerido. La angustia de ver a un ser denigrarse para ser ayudado a comprar medicamento, me entristecía.

Juancito Tragamonedas no se moriría si yo le hubiera negado el equivalente de diez dólares; eso era todo. La vida vale más. Si acaso me engañó, nunca se lo cargaré. El tiempo se encargará de hacer justicia. La pobreza y desesperación hacen a los individuos pasar la raya de la dignidad. Mis dos amigos del ayer se marcharon y me dejaron solo en mi contemplación. Pasaron veinte minutos.

Los días calurosos del Sur tienen el poder de anestesiar los sentidos pero sin saciar el deseo de consumir una bebida refrescante o pasarse un largo rato debajo de algún árbol en busca de apaciguar el calor que a veces se torna sofocante.

Además, esa combinación provoca sueño. Se le cierran los ojos al más despierto cuando llegan las horas medias del día.

El vaporizo emanado de la tierra parece resplandor de ultratumba, imágenes venidas del infierno quieren guarecerse debajo de algún árbol frondoso y confundirse con los mortales, y como estos, también desean beberse un mabí, cacheo, coco de agua frío, una Coca-Cola o una Cerveza Presidente, o cualquier cosa para satisfacer el ardor de la garganta y el pecho...eso sí, bien fría. ¡Qué vaina! Ese calor es insoportable.

Una ráfaga de viento me sorprendió, me arrebató la gorra y un remolino se la llevó. De repente el cielo se tornó muy oscuro; ya no se distinguían las imágenes.

Cosas de la región del Caribe, dicen cuando en cualquier día claro llega un aguacero de repente. Ante la sorpresiva oscuridad me resguarde en una de las casetas contiguas a la cancha. Sucedía algo impresionante.

En medio de todo aquel bullicio proveniente del cielo, escuché unos ruidos muy extraños confundidos con la lluvia y la soledad. Eran dos seres ocultos en aquel lugar para hacer algunos movimientos de amor. No contaban con la inoportuna presencia de alguien. No esperaban a nadie porque durante un sol abrasante o en momentos de lluvia torrencial una cancha para jugar es un sitio desolado.

_ ¡Ay no! ¡Sí...por ahí Papi! Gritaba la fémina y acompañaba el grito con un sonido como si saboreara algo dulce.

_ ¡Tú sabe que soy tuyo! Trataba de convencerla el hombre en una aventura a medio camino.

_ ¿Melojuras...Papi...? ¿melojuras? En interrogatorio de entrega de amor carnal.

_ Entonces dame por ahí...por aquí no ¡Sí! La contradicción de aquella lluvia copiosa terminó fundida en entrega.

Todo terminó en negaciones, afirmaciones, gritos, dolores y suspiros. Me hervía la sangre. Sentí escalofríos de oír cosas indebidas. Callé porque mi deseo era pasar desapercibido para los enamorados; no enterarlos de mi presencia silenciosa. Todo lo apaciguó la lluvia. Un torrencial aguacero se comporta igual a esta pareja de cortejos furtivos: se inicia con mucha fuerza, luego el paulatino escampado seguido de la renovada salida del sol. Otras cosas escuchadas no se pueden poner en papel, no hay porque revelar toda la intimidad. Mejor dejar así... estos seres jamás se sabrán actores de este relato en una escena de encuentro amoroso entre la lluvia, el sol, viento y silencio.

Cualquier mañana en mi pueblo, dos almas incendiadas en deseo, aprovechan la confusión de la tormenta o quizás no tengan suficiente dinero para pagar una habitación en uno de los Moteles- Lecherías, a las afueras del pueblo; no sabremos nunca. Buscan ilusiones en medio de las circunstancias más particulares.

Salí del lugar sigilosamente, sin interrumpir nada. En aquel lugar, donde escampé de la lluvia torrencial, habrá huellas de DNA; que pronto alguien se atreva a colectar con el tiempo.

La lluvia se impuso al sol; esta continuó por largo rato, con gotas tan grandes y ruidosas como pedazos de cielo lanzados a la tierra. El ruido lo absorbía todo. La tarde llegó y las acostumbradas orgías diarias y nocturnas no se detuvieron. No importó ese aviso apocalíptico. Todo el pueblo se quedó en penumbras mojadas. El vapor exudado por la tierra convirtió el lugar en una especie de pueblo extraño, como si se tratara de una noche del invierno Newyorkino.

Cosas increíbles pasan en esos pueblos donde la magia, religión y condiciones sociales se juntan para hacer un drama de transiciones inexplicables. Primero obligó a los residentes a buscar sombrillas, paraguas, capas impermeables, ropa de invierno, gorras y sombreros de plástico, todo esto para cubrirse; luego un día diferente. El viento muy recio, como a sesenta millas por hora, comenzó a quebrar algunos árboles y sus gritos quejumbrosos se escuchaban a leguas. Como si el ángel Apocalíptico recorriera por cada rincón de mi pueblo, para notificarnos sobre su poder de control y hacernos sentir a su merced. De seguro que, esta condición atmosférica no será larga… Sin embargo no fue así.

Se esperaba una tormenta repentina y pasajera. El cielo se había encapotado de un gris muy oscuro; las nubes en el firmamento se arremetían entre sí en una especie de pelea a bofetadas complementada con discusiones en forma de rayos y centellas.

Solo se veían los relámpagos y se escuchaban los truenos tenebrosos en la distancia como gigantes en una discusión cerrada para definir quiénes se harían dueño de mi pueblo. A lo lejos, hacia ruegos por un final en paz y por la posibilidad de regresar de nuevo en avión a las tierras de El Norte. Solo un vuelo me llevaría al Norte, pero si esas condiciones prevalecían por los próximos cuarenta días, se formaría otro diluvio y mi única opción sería regresar a New York en un arca.

Mientras pensaba y observaba, algunas amas de casa se quejaban y llamaban entre las penumbras a sus hijos…

_ ¡Vengan muchachos! Si se mojan con esa agua se resfrían, les va a dar catarro yo no tengo cuarto[20] pa'…….

---

[20] Dinero

doctor...! Métanse a la casa, porque si no, un rayo de esos lo' parte en do'...

En los pasados doscientos cincuenta años nunca se ha sabido de un rayo caído del cielo con efectos mortales sobre alguien en mi pueblo. Fue solo en tiempos de las protestas o rebelión del Cacique Enriquillo, cuando él usó rayos para matar españoles. Mediante un espejo y la refracción de los rayos lanzados desde cielo, los nativos debían darles en las mismas nalgas y penetrarlos por el hoyo del trasero para poder matar a los invasores. Cosa muy difícil. Eso fue en épocas de conquista y colonización, antes de la fundación del pueblo. Puro mito. Pero en mi país se cree cualquier cantidad de pendejadas y se perpetúan como verdades irrefutables cuando en realidad son cuentos de Hadas Madrinas.

Todo estaba tan desordenado y amenazante; de pronto se formó un río con la cantidad de agua caída de repente. El asunto se tornó catastrófico en una hora y cuarenta y cinco minutos. Cosa nunca vista en la región del Sur. Siempre se requiere poco tiempo para algún desastre.

En estos lugares del país, no existen sistemas para escurrir las aguas de forma subterránea y dirigirlas hacia algún depósito o al mar, como se hace en El Norte. Los sistemas cloacales no existen para las aguas de esa naturaleza. Son aguas especiales y la región las necesita. Eso pensé. Mientras observaba, noté por lo menos cuatro pies de agua que se desplazaban por el medio de la carretera principal del pueblo, trayendo consigo todos los desperdicios… Animales muertos, un pedazo de carretilla sin rueda delantera, carteras viejas de mujeres y dos pelotas viejas de basquetbol; además de ventanas y puertas de madera, bacinillas plateadas ya vacías de todo su contenido de la noche anterior. También había condones usados, árboles caídos con sus ramos retorcidos y quebrados en un crujir semejante a gritos; continuaban aguas abajo, botellas de cerveza Presidente - como cincuenta docenas - botellas de ron marcas Brugal, Bermúdez y hasta Macorís; galones vacíos algunas vez cargados de ron Triculi, un licor clandestino fabricado por los haitianos en el monte. Muchos recipientes tenían su tapón. Parecía obra mágica de una mano oculta para evitar la mezcla de licor y con agua sucia.

También pasaron unas veintisiete curiosas y deslumbrantes lámparas de gas antiguas; luminarias eternas. Atrajeron mi atención porque aun dentro de aquel diluvio, estaban encendidas y en medio de cierta oscuridad, alumbraban el camino del rio improvisado. Cosas raras de exclusiva ocurrencia en mi pueblo. Me llamaron la atención dos burros ahogados; con certeza serán presa de algunos malhechores aguas abajo y los venderán como carne fresca a la población cuando se haga el anuncio de la venta de carne en el Matadero Municipal. La harán pasar como carne de res, porque la carne es carne en esos pueblos donde no hay mucha inspección. Había también cinco vacas; trataban de salirse del torrente. Bramaban, daban vueltas, con las cuatro patas en el aire en infructuoso esfuerzo de escapar de la corriente. No hubo escape; su lucha duraría poco.

Esperaba impotente su ahogamiento porque las vacas, al no saber nadar bien, se ahogan por el trasero. En su desesperación y espanto tenían el rabo levantado.

Pobre reses, pobre pueblo; por muchos días su dieta incluirá carne de vacas ahogadas y de cualquier otro cuadrúpedo caído en desgracia en un día de aguas arrasadoras. Los carniceros de este pueblo harán fiesta. No había autoridad para regular esto. A cualquier inspector improvisado se le podía mojar la mano[21] sin agua. El nuevo e improvisado río originado por la lluvia, cumplía el papel de condenar al pueblo a exhibir sus calamidades.

Entre las múltiples cosas arrastradas por este torrente, noté la presencia de unos pies de un cuerpo calzado con botas de militar. Era sin duda un cadáver, pero no del Cementerio Municipal, ubicado a poca distancia pueblo arriba - de vez en cuando se encontraban restos de cadáveres en los patios de las casas porque los perros hoyaban los contornos del cementerio y los sacaban -. En esta ocasión era de una persona conocida y muy querida. Eran los restos mortales de Pie-Guisten. Al pueblo no le importó este hallazgo. Pieguisten era el viejo encargado de recoger la basura en su carreta tirada por una mula; hombre, carreta y animal formaban un cuadro bautizado por la gente como *La mula de Pieguisten*. Había sido un hombre cuyos antepasados se remontan hasta los primeros esclavos haitianos llegados a la isla en los años 1600. Él vivía y no moría, aunque su cadáver haya sido identificado en medio del cargamento arrastrado por este fenómeno atmosférico.

Sin embargo, nadie se interesó en recogerlo o darle cristiana sepultura.

---

[21] Sobornar

_Que lo arrastren las aguas, no importa. Un moreno menos. Ese haitiano no existía realmente. Expresó Garibaldi Paldetres, un habitante más del pueblo y anti-haitiano consumado.

En realidad, era muy caro encontrar espacio en el Cementerio Municipal para enterrar a este hombre humilde. No había para la caja, fósforos, café, ron, barajas y dominós; tampoco había dinero para algunos voluntarios, interesados en amanecerse en actitud de velación; se requerían galletas, dulces, ensaladas, un cuentista y una señora, plañidera de profesión, presta a cobrar por llorar al difunto. Un velatorio es complicado en pueblos como los nuestros. Especialmente en un pueblo del Sur.

Pie-Guisten no tenía familia. Se había mudado de su nativo Haití y jamás regresó. Le dieron trabajo en el Ingenio Azucarero como recogedor de basura. El no pudo regresar a su pueblo. ¡Qué vaina! El no podrá escribir sus memorias. Lo hago por él.

Ahora la lluvia inesperada lo había matado y arrastrado. Entre los haitianos existen tradiciones y costumbres vistas como extrañas por los demás. Especialmente a los dominicanos los espanta cualquier comportamiento expuesto por este grupo humano.

Si la muerte llega a un haitiano, es como una especie de alivio del sufrimiento; sin embargo, el espíritu se queda entre los vivos y es menester mandarlo a descansar. Eso se hace con ritos, tambores, danzas, gritos, meneos del cuerpo como médium y oraciones a los dioses de la naturaleza, con fuego y todo. Misterios y grimas de los ignorantes.

En New York se mueren muchísimos haitianos y no pasa. Se mueren como todos los mortales. Sus espíritus no se quedan en los trenes, autobuses, taxis, edificios, barrios, bares o casas de putas. Todo es normal.

Los ignorantes de mi pueblo aceptan la existencia de riesgos y posibilidades de encuentros, en una especie de trance y posesión, entre los seres haitianos del más allá con otros haitianos aun en el reino de los vivos. No había pasado nada con este pobre hombre desprovisto de dolientes. Algunos aseguran ver su espíritu de cuando en cuando entre el pueblo; sale junto a su mula y con su carreta a recoger la basura porque el municipio se niega hacer la tarea asumida en vida por el viejo Pie-Guisten.

La mula de Pieguisten es el símbolo del ornato en mi pueblo del ayer, durante toda su vida su espíritu de limpieza le sigue la corriente. No hay rezos con capacidad de sacarlo de su pueblo. Todavía existen rincones en el pueblo a la espera del desinteresado basurero; donde este era rey, ahora la basura es reina.

Esa cantidad de agua, no tiene reversa y con certeza llevará todo al Mar Caribe. En este pueblo, casi todas cosas pasadas al olvido terminan arrojadas en el mar. Se detienen en el tiempo y las circunstancias. Allí, debajo de esa inmensa sábana azul crispante, se juntarán lo desechable con elementos útiles pero condenados al deprecio. El tiempo lo consume todo. Es filosofía de mi pueblo desde los pasados ciento treinta años. No es de apuros mandar a buscar camiones compactadores a New York; el mar es el gran compactador azul de mi pueblo. No importa si el fondo del mar se convierte en tóxico permanente y si mueren todos los pececillos de colores, corales, manatíes, culebras marinas, tiburones pintos, pez guanábana, cangrejos, langostas, o cualquier crustáceo habitante del lecho marino. No importa nada.

Este episodio de la crecida de un rio temporero, del cual fui testigo, es una realidad de mi pueblo cuando llueve a cántaros o los ángeles desbordan las aguas celestiales durante los meses de la temporada ciclónica. Un pueblo de ocasionales vivencias de magia; donde cualquier día claro llueve y salen imágenes espectaculares dibujadas en el fondo azul de un cielo iluminado por un sol cada vez más caliente o al menos así se siente con el paso del tiempo.

Quienes viven en mi pueblo no están en la etapa de la modernidad y con debilidad, se conectan con la realidad del mundo globalizado. Ese contexto me estimula mis deseos de regreso a un pueblo, donde se combinan esperanzas con fantasías vividas y por vivir. Me hace pensar en remedios. Surge poesía en medio de condiciones dantescas, cuando me empecino en comparar lo incomparable; en definitiva, puede más la curiosidad de un ser cuya condición de migrante le permite la oportunidad de vivir y conocer dos mundos con cierto detalle.

La lluvia continuó por tres días y tres noches, como narran algunos de los pasajes de libros sagrados. Profecías de oráculos antiguos, como si mi pueblo fuera el scenario propicio para ser ejecutados. Cesó la lluvia. El agua paró de repente. Salió el sol.

El improvisado río alcanzó tres pies más; mandaron a buscar yolas y barquitos de motores fuera de borda para movilizar el pueblo; era un medio ocasional de transportación. Otra más de las muchas cosas únicas porque en el pueblo se improvisa de cualquier circunstancia.

Vista con curiosidad, la conexión del improvisado río con el Mar Caribe y el paisaje de barquitos de colores para hacerle frente a esta gran inundación, trajo consecuencias. El pueblo lucía transformado al estilo de pueblos europeos, con canales y góndolas movidas por remadores en las noches de luna. Pero nuestro rio era una realidad renovada de vez en cuando; y esta vez no sería diferente; reaparecería con un caudal efímero porque una vez el sol hiciera su trabajo de calentar con toda su fuerza, el río se evaporaría, como todas las cosas en el Sur.

El Municipio y todas sus autoridades quisieron introducir una resolución para cambiarle el nombre a nuestro querido y simbólico pueblo, fundado por el Gran Mariscal Jacinto Pantaleón e Hidalgo en los primeros días de la colonia. Fueron tiempos memorables. Ahora esta generación de connotados habitantes de mi pueblo quería alterar la historia.

Para las autoridades municipales ese incidente de la lluvia, inundaciones y el río improvisado, sirvió de inspiración; y como si los sucesos fueran permanentes y tras desconocer los hechos como resultado de las lluvias, determinaron, por resolución oficial y la aprobación de todas las autoridades congresuales de la nación, un nuevo nombre... El pueblo se llamará *"VILLA VENECIA BUENAVENTURA"*. Se mienten los mandatarios al desconocer las verdaderas transformaciones de los pueblos como resultado de la gente ponerse de acuerdo y nunca por los caprichos circunstanciales de unos cuantos poderosos.

Con el nuevo nombre se hacía honor a un familiar nuestro llamado Ventura (quien tenía un hijo homosexual y travesti), por sus grandes aportes a la riqueza del pueblo con sus préstamos blandos, venta de billetes y quinielas de la Lotería Nacional. Se la valoraba además, la decisíon de hacerle competencia a los cinco turcos más ricos y su disposición inquebrantable de siempre prestar su bicicleta. Esta tenía un canasto delantero, para transportar al hospital a las mujeres preñadas y a término para parir. Había comprado esa bicicleta a un cocolo llamado Henry Then por un precio módico; mucho después llegaron los turcos con sus bicicletas, motores y pasolas japonesas.

Algunos hombres honorables oriundos del pueblo, nacieron en esa bicicleta porque sus madres no pudieron llegar a tiempo al hospital. En la lista figura Tiburcio Campechano, una vez Presidente de la República. Esta curiosa ambulancia de canasto delantero para llevar parturientas, la ubicarían en un lugar, a la entrada del pueblo, a la vista de todos los transeúntes; muy cerca de las tres palmitas sembradas en el camino que conecta todo el pueblo. Ventura era todo un filántropo. Se merecía el honor.

El antojo de cambiarle el nombre a cualquier cosa era rutinario en el país. Para qué planes de ordenamiento territorial ni cosa parecida. Con toda seguridad, habrá alguien a la espera de otro fenómeno atmosférico, o sin falta aparecerá cualquier político poderoso a imponer sus caprichos para, una vez más cambiarle el nombre al pueblo.

El pueblo cambió su nombre después de protestas y arrestos de opositores, acciones acompañadas de soborno a los miembros del cabildo, directrices de los partidos políticos desde la Capital, repartición de cargos, contratos, sueldos a botellas, recogida de basura, impuestos, novias, armas de fuego y la elección de un nuevo Alcalde por consenso. Costó sacrificio y enemistades. Muchísima discusión; sin embargo, ahora la gente del pueblo considera más fácil identificase con todas las aguas, vientos, mares, valles, árboles, caminos señalizados, barrios nuevos, montañas propias de este pueblo; esto hace muy feliz a muchos y a la vez infelices a la mayoría.

Como este pueblo había pocos en la región y en el país. Tenía algo muy especial: La República entera tenía puesto sus ojos en las tierras del Sur. Era una nueva moda y todos querían un pedazo de tierra en este territorio.

Me extrañó, porque nadie en el pasado había estado interesado en este pueblo de cactus, cañaverales, cocotales, platanales y salitre de playas abandonadas. Inclusive, muchos poderosos ignoraban dónde estaba mi pueblo en el mapa de la isla; aún más, el regionalismo hace ignorar que el país es una isla y algunos con visiones localistas, se lo imaginan como un gran continente. Del regionalismo y el localismo al fanatismo hay pocos pasos. Algunos fanáticos con mucha ambición deseaban convertir mi pueblo en un lugar exclusivo y por añadidura, iniciaron reuniones para crear movimientos secretos a favor del separatismo; la idea era la emancipación después de cercenar la isla – ¿el continente? - con un levantamiento de protestas sistemáticas y, si fuese necesario, obtención de armas hasta dar el *Grito del cruce de Cabral*. Planteaban en manifiestos hablados y escritos, crear la República Federada del Sur; el plan era iniciar por las provincias limítrofes con Haití para incluir todos los territorios abandonados y por siempre condenados al olvido por todos los gobiernos. Incluso algunos haitianos fueron tentados a no dejar pasar esta buena oportunidad de adherirse a tan noble causa y así ganarse la nacionalización.

Los símbolos patrios propuestos para esa Nueva República eran una mata de plátano parida como escudo nacional; dos pedazos de caña cruzados como espadas y una tilapia elevada a la categoría de animal sagrado de la Región Sur. Incluso, había algunos aspirando a presidente, con todas las plataformas y propuestas de gobierno trazadas. En mi pueblo todo el mundo cree tener atributos y merecimientos para ser presidente de la nación, y esta era una gran oportunidad.

La realidad en el fondo no era nacionalismo, sino el hallazgo de oro en una de las playas cerca de la Loma Martin García. No era poco; lo suficiente para cargar a cada habitante de la región con un saco lleno de este metal precioso para su casa. Y no cualquier saco; uno para llenarlo con 320 libras, según fueron utilizados en otras épocas, para empacar el azúcar de la industria azucarera. Se trataba de riquezas extraordinarias y estas requerían un nuevo marco legal.

El asunto se recrudeció en el pueblo y requirió una nueva legislación en el cabildo; todos los habitantes de la región debían probar ser oriundos de este pueblo, haciéndose una prueba del orín. No bastaba la Cédula de Identidad y Electoral expedida por la Junta Central Electoral de la capital, porque este documento era inseguro para demostrar haber nacido en el sur. Se necesitaban pruebas genéticas; las biométricas no eran confiables.

Todos los hijos de esta región tienen la característica de mear[22] dulce. Sí, todos, sea hombre o mujer y sin importar el género, mean dulce, casi melaza; otra característica única en el país y muy atractiva, pero peligrosa. En la región no orinan dulce los homosexuales, pájaros, travesti, transgénico, amanerados y pedófilos. Esos mean normal como la mayoría de los humanos.

Si no se era de esta región no se podía disfrutar de los privilegios del oro; y si no se meaba dulce por la homosexualidad y otras condiciones el cambio era requerido. ¡Vaya lío formado! ¡Vaya riesgo de discriminación! No importaba el acta de nacimiento porque es documento de muy fácil falsificación. Los encargados del asunto de la repartidera del oro no transigían y no comían cuento: Requisitos perentorios, mear delante de ellos o mediante pruebas científicas de extricto control, comprobar ser el auténtico productor y propietario de ese líquido.

_ ¿Trajiste el miao?[23] Preguntaban los encargados, con el acento propio de la región y una mirada de duda con el ojo izquierdo.

---

[22] Orinar
[23] Orín

Entre aquí, en esta caseta y haga pipí. Le decía el encargado de ordenar la fila.

Tenga la bacinilla, haga lo suyo, ahí paciencia... Señores Hagan su fila consigan su oro. Decía con voz autoritaria a través de un megáfono de pila, color rojo.

La fila era inmensa. Como no existían laboratorios especiales, ni otra manera de medir el dulce de la orina, había un hombre de ocho pies y tres pulgadas encargado de introducir el dedo en los recipientes y luego de catar en sus papilas gustativas confirmaba si eran verdaderos sureños o no. Este supervisor caminaba con un sello y lo imprimía en la frente del interesado como comprobación de la identidad. Era la marca Mantica # 10370. Ese era el número coincidía con el jugador por mi padre desde el debut de la Lotería Nacional Dominicana. Me pareció interesante.

_ Este está dulce...este no está dulce, está dulce...no está dulce, dulce, no dulce, dulce, dictaba el veredicto y según el caso, ponía los sellos con una tinta de color roja, indeleble por los próximos doscientos años. Los verdaderos sureños se morían con su sello en la frente.

La fila era de kilómetros; bajaban desde todas las montañas circundantes del valle; se unían en romería con los vallunos por todas las avenidas, calles y callejones del pueblo y del Malecón hasta alcanzar el centro del pueblo. Se notaba como la gente trataba de meterse en la línea y acudía a sobornos y otras artimañas para tener su espacio lo más adelante posible.

Las mujeres se vestían con pantalones cortos y los hombres les hacían cuentos a los más viejos, para ganárles el espacio en la fila. Había una fiebre de oro, tal como sucedió en los inicios de California - USA.

Se perdían las líneas en la distancia; solo se distinguían personas con recipientes llenos de orina en las manos y otra fila con gente cargada de sacos llenos de oro.

Tomé fotos a toda esa bonanza, para llevársela a mi familia en Estados Unidos e invitarlos a ver estas maravillas solo vistas en mi pueblo. No se podrán imaginar los esfuerzos de la gente para alcanzar cosas aquí en el Sur. Es una especie de lugar fantástico, donde el sol parece quemarlo todo, hasta las esperanzas de sus habitantes; el calor irrita los árboles, pierden sus hojas y no crecen mucho. El suelo es arenoso. Al medio día el lugar es un verdadero horno y obliga a todos a guarecerse; se recuestan debajo de cualquier árbol de sombra o se marchan a la orilla del mar a la espera de una brisa para refrescar cuerpo y el alma. Solo hay alivio en las tardes cuando el sol se oculta y las brisas suaves de las montañas inician su descenso.

Capítulo 5

Encrucijadas

Los pre-requisitos y requisitos de alcanzar la estabilidad en el pueblo dependían de los políticos. Aun con todo aquel potencial, se había creado una ley para gravar a los residentes de mi pueblo con una tasa impositiva del 90.58%. O sea, toda la tributación a cargo de la pobre gente y con destino a las manos de los políticos.

_Yo me voy a Nueva Yol Me dijo Reinaldo Cocolo.

_ ¿Por qué? Le inquirí. Aquí se puede vivir.

_ Eso lo dices tú, siempre vienes de vacaciones mi amigo. Y con dólares...así, sí oh...oh

_ Uds. en este pueblo...No se dan cuenta, pero viven en un paraíso. No lo comparen con la vida de El Norte. Eso allá es otra cosa. Le reiteré al viejo amigo.

_ ¿Paraíso? Esto aquí es del carajo, lo dañaron los políticos. Me contestó de forma enfática.

_ Los políticos son iguales en todos sitios...solo piensan en ellos. Pero insisto, aquí en este pueblo hay cosas maravillosas. Es cuestión de hacerle frente a un dilema. Le afirmé.

_ Pásate seis meses aquí y comprá plátanos a diez y gasolina cara, sin lu', poca agua y enférmate pa' que vea... el jodío paraíso. Tu viene de vacaciones...así es bueno.

Es una costumbre de mi pueblo y parte de la cultura, hablar de males y desastres. Inclusive cuando se está en cierta bonanza relativa, se hacen protestas porque la inconformidad es parte de esas costumbres añejas traídas por los árabes, cuando llegaron con Cristóbal Colón a la Isla. Es perentorio quejarse para evitar ataques del enemigo.

Los amigos renuentes a emigrar, se establecieron y se casaron; los hogares constituidos por ellos, fueron réplicas según el modelo de las generaciones antecedentes. Los niños habían crecido; algunos me reconocían y me saludaban, pero no sabía sus nombres. Hacía algunas improvisaciones y les preguntaba por sus padres o algún familiar y de esa forma podía identificarlos. La memoria y la habilidad para retraer información, se pierden con la edad.

Me detuve un momento en la encrucijada. La derecha me conducía al centro de mi pueblo; a la izquierda estaba el ayer de las habitaciones de seres en pobreza absoluta, trabajadores, mujeres con niños pegados a la cintura; seres cuya dentadura revelaba el desconocimiento del oficio de un dentista; también había una Iglesia - donde se había rezado en los pasados cuchucientos[24] años y al parecer no había respuesta a las rogativas. Debía tomar una decisión sobre dónde dirigir mis pasos. Caminé y me detuve frente a la pared porosa de la Nueva Universidad.

---

[24]   Muchos

Algún cambio había. En mi infancia esto era un monte, donde íbamos de casería de pajaritos indefensos, algunas Vacas de "Pelle", o nos cagábamos en medio del monte. Allí estaba sembrada ahora la Universidad. ¡Muy bueno! Símbolo de progreso. Quién lo diría.

La esperanza de los pueblos radica en la calidad de su educación y la oportunidad de su gente de salir de la ignorancia. Dejé el romanticismo a un lado y entré al recinto. Nadie me detuvo, ni me preguntó sobre mis intereses. Deseaba reencontrarme con un espacio conocido, ahora transformado en edificios de multi-niveles; distinguí los administradores vestidos de azul y con guayaberas cubanas de cuatro bolsillos; algunos ocupados en conversaciones de intelectuales y otros en la tarea de resolver el Teorema de Pitágoras. Me senté en uno de los bancos del pasillo.

_ ¿Cuánto es el crédito? ¿Cómo son las carreras?

_ Pregunté a un par de estudiantes ubicados frente a mí y de mirada cautelosa.

_ A 15 pesos, 29, 59, 69. Depende, ¿Ud. sabe? La gente en este pueblo se la busca para no pagar de más. ¡Nosotros no somos pendejos ja! ¡Ja! ¡Ja!

_ Los estudiantes hacemos huelgas insistieron... paros...quemamos gomas, le tiramos piedras a los policías...pa' quitárnoslos de encima. Los estudiantes se rieron en son de satisfacción. El tiempo no había cambiado. Solo las caras. Tanto tiempo y prevalecía el mismo discurso de mis días mozos: no hay dinero, la policía..., el gobierno..., no se puede. Me confundieron un poco el argumento de estos jóvenes y la forma de exponerlo.

Es costumbre de la gente de mi pueblo contestar las preguntas con un discurso. Quizás sin decir nada en concreto; puros rodeos. Como no sabían quién les hablaba, estas personas no me dieron la información solicitada. Yo era una especie de personaje raro, con una gorra de un equipo de New York. Se mostraron sospechosos. Me marché del lugar.

Salí del Recinto Universitario con muchos pensamientos encontrados. La manera indirecta de hablar de los interlocutores y la poca profundidad de su léxico.

Recordé los días de mi experiencia universitaria; había pasado mucho tiempo. Eran otras las influencias. Eran otros los iconos influyentes. Rendíamos culto a dioses como Ho Chi Min, Don Juan, Peña, Manolo, Maximiliano, Camilo, PACOREDO, IJ4, Flavio Suero, y otros tantos. No me atreví a mencionar estudiantes de la época; eran de otro nivel, tenían finura en la pronunciación de las palabras y además porte. Hacíamos lo posible de sonar como profesionales y personas dotadas de cultura. Las cosas habían cambiado en mi pueblo. Se podía hablar sin mucho significado, en un fluir sin sentido de palabras.

Seguí mi camino. A cien pies de distancia distinguí un personaje del ayer. Él no me reconoció, su vista perdía agudeza y su capacidad de oír se debilitaba. Se había doblado un poco, se le notaba una concavidad en la espalda. La prensa del tiempo lo había hecho más pequeño. Era Bienvenido McDonald. El "indio", el "Gam" del pueblo.

En sus días de juventud era atractivo para todas las mujeres. Hombre bailador de rumba, bolero y cha- cha-cha; experto en hacer el amor puesto de pie y en forma consecutiva, diez veces en una hora. Era famoso. Su fama había pasado, solo sigue vigente su papel de leyenda andante. Asumí verdaderas sus habilidades artísticas y sexuales.

_ ¡Hey! ¡Hey! Don, ¿qué pasa Gam, ya no me conoces? _ Inquirí.

_ Muchachito ombe... ¿Cuándo llegaste? Me veía aun pequeño y respondió acercándose a mi cara como a diez pulgadas y mirándome todo el cuerpo, porque solo veía bultos. El tiempo le había comido la visión y la audición. Así terminan muchos trabajadores en mi pueblo.

_ Es la vista pero estos espejuelos oscuros de sol me ayudan a ver más claro. Lo' muchacho mío me lo mandaron de la capital... Me dijo con orgullo el amigo del ayer.

_ Siempre me acuerdo de ti Gam. Cuando te vi de lejos te reconocí e insistí en saludarte. ¿Cómo estás? ¿cómo está tu familia? Se inició un rito de sonrisas francas, abrazos, miradas, toques del cuerpo; un ritual para ser ejecutado solo cuando encuentras seres queridos de tu pasado. Es amor sano, desinteresado, puro y genuino.

Claro, en su mocedad este personaje distinguido visitaba nuestra casa. Era parte del ayer que de forma inocente se nos escapó de las manos, dejando un sabor a mieles del alma; que se habían pegado de tal forma, que acelera el corazón al recordar. Eso es el encuentro. Para eso sirven.

Era amigo de tragos, bailes y reuniones fraternas en el solar. Además, le gustaba oír música del pasado en un tocadiscos Phillips, por cierto, aparatos muy escasos en el barrio.

Sonaban discos de pasta negra fabricados en el extranjero. Tenían el sello: RCA-VICTOR de 78, 33 y 45 revoluciones. Para generar el sonido de la música intervenían una estática y brazos manuales o mecánicos encargados de leer los surcos del disco.

Se compraban en las tiendas de los turcos a plazos cómodos. Eran discos con música de moda y el encargado de traerlos de New York era el primo Teófilo James. El repertorio incluía rock, baladas, twist, mash-potato, interpretaciones musicales de las orquestas cubanas y puertorriqueñas. Para olvidar las penas de un pueblo preocupado por buscar su destino, cualquier música sirve.

Teófilo James, mi pariente, regresaba siempre a su pueblo después de jugar una larga temporada de Baseball en uno de los equipos de Ligas Menores en USA. Cuando regresaba de su gira revivíamos sus acontecimientos; nos narraba sus experiencias en aquella tierra, vista como un sueño distante por aquel tiempo.

Gam recordó mis familiares residentes en New York. El conocía con detalles los aspectos de nuestras vidas. Él nos conocía a todos. Inquirió sobre una de mis hermanas en particular; ella le fascinaba porque era su pareja precisa para exhibir sus condiciones de bailarín en las reiteradas fiestas del pueblo.

Le informé acerca de esa hermana y su encuentro con una religión estricta; merengue, rumba, mambo, guaracha o chachachá, música antillana o rock and roll ya eran bailes pasados a la historia. Ella ahora bailaba para el Señor.

Gam se entristeció. Tocándose con las dos manos la boina de cocolo puesta sobre su cabeza y haciendo señales de lamento, no dijo nada más. Todo estaba dicho. En esos momentos no se necesitó un discurso. El tiempo había pasado y mi hermana pentecostal, no querría regresar al pasado; eso supongo. El quizás sí tenía apegos por el antaño. Porque en mi pueblo pocas cosas cambian. Se camina en cualquier dirección del tiempo.

_ Gam ¿Para dónde vas caminando tan temprano en el día? No es hora de estar en la calle, el sol no ha calentado suficiente Le dije al amigo entrañable.

_ Voy pa' la oficina del Seguro Social a buscar un papel para la medicina, si no llego temprano a coger la fila me quedo sin na'

_ Y ¿por qué? Ese derecho tú te lo ganaste en la fábrica de azúcar, con tus largos años de trabajo. El Seguro Social debe responder por tu salud después de haberle pagado durante tanto tiempo.

_ Aquel personaje importante de mi pueblo movió la cabeza de forma negativa, levantó los hombros en señal de desesperanza y ajustándose los espejuelos oscuros me dijo de forma determinante:

En este pueblo ya no se respeta eso. Tengo que hacer la fila a ver si me atienden y a veces darle su peso al que despacha el papel o la medicina, es una vaina. En este pueblo es un pecado enfermarse...ya tu sabes.

Ante unas declaraciones tan contundentes. Opté por cambiar el tema de conversación para no entristecer el momento de alegría de aquel encuentro.

_ Voy para tu casa en la tardecita. Te traje una gorra de los Yankees de New York, ¿OK? Cuídate mucho.

El camino de la mañana en el pueblo se me hacía complicado. Ese caballero apenas les salían los dientes y ya trabaja en la fábrica de azúcar. El desconocía de un gusano invisible inventado por los dueños de la fábrica. El animalito se les introducía a los trabajadores en el oído izquierdo y los convencía de no hacer protestas, ni reclamos, ni exigir justicia. Amansados de esa forma terminaban desahuciados y rogándole al Poderoso recortarles la vida, por indigna. Mi amigo Gam, no sabía esto. De ese gusano invisible me entere en El Norte, a través de sus abundantes medios de conocimiento. Ahora el amigo del ayer, camina con paso muy lento y a tientas, en la búsqueda incierta de algún remedio.

Quien lo ve piensa en alguien desvalorizado a más no poder. Un trabajador errante cuyo único destino es ir por las calles del pueblo a esperar la muerte, porque la verdad, ese es el camino impuesto para la mayoría, esa es la condena impuesta por un inhumano Seguro Social. Y los condenados quedan atrapados en el remolino de recuerdos de juventud, una hermosa etapa de la vida ofrecida en holocausto encendido para producir riquezas a los patrones y ellos morir en la miseria.

Gam, siguió su camino en sentido contrario al mío. No miró atrás; casi ciego y sordo, no escuchaba bien los sonidos del entorno y necesitaba mantener el enfoque para no tropezar y caer. Lo observé por largo rato y repasé mi pasado; lo sinteticé en las andanzas con un personaje y compañero de mi niñez y juventud, hermosas épocas que Gam había 'quemado' en mi pueblo.

Un recuerdo especial asomó en mi memoria de hombre ausente. En una ocasión, cuando el verano siembra calor y se envolatan los objetivos en la juventud, el entusiasmo invadió a los jovenzuelos de mi pueblo por el juego de baseball; hacíamos partidos intramuros, entre los barrios, para no perder el tiempo en los inicios del calendario escolar. Aquí las cosas no se organizan y hay muy poca esperanza para los jóvenes. El amigo Gam ayudó a cambiar. Era un símbolo de autoridad entre la juventud de su pasado. Ahora, caminaba cabizbajo con su única compañía: la incertidumbre por su salud y su vida.

Lo vi detenido en el tiempo, como a la espera de algo mientras desaparecía poco a poco de mi vida. En cualquier momento me informarán de su muerte; quizás era lo que esperaba mi amigo Gam. Nadie hará lamentos extraordinarios cuando él muera, porque para los trabajadores simples no se redoblan campanas de la Iglesia. Además, a él no le gustabán los curas. No se harán anuncios extraordinarios, no aparecerán letreros en el Parque Municipal. Sin embargo, lo lloré antes de tiempo, cuando me dió la espalda y se perdió en la distancia. No sabía si lo volvería a ver. Se hizo de dos pies de estatura en la distancia.

Cuando regrese a la metrópoli neoyorquina, él solo será una parte de la historia; los afanes propios de mis actividades me harán olvidar. Aproveché este viaje a mi pueblo para saborear historias con un amigo de siempre; de esos tiempos cuando una amistad era una familia.

En estos momentos de encuentros tan dramáticos para mi salud mental, decidí no hablar con nadie y encaminé mis pasos a la orilla del mar, al antiguo puerto construido por generaciones precedentes. Deseaba contarles a las olas azules mis sentimientos. Desde mi infancia y hasta hoy, el mar siempre ha sido mi amigo. En él siento fuerzas, y su inmensidad me provoca decirle cosas y esperar la repetición provocada por el eco; de esa manera se las contaría a mi intimidad sin necesidad de compartirlas con alguien. El mar estaba a poca distancia de mi casa en un lugar llamado El Cayo. Los cayos son imágenes emblemáticas en mi pueblo y se pueden apreciar mar adentro desde una distancia razonable.

Llegué sin pensarlo a la orilla y mi primera ocurrencia fue dar un grito, quitándome la camisa. Ese grito sería ahogado por la impotencia el sonar de aguas marinas. El día estaba soleado y la luz resplandecía fulgurosa en el agua. Noté algunas sardinas; brincaban por la persecución de algún pez mayor y la escena se convirtió en un remolino con un telón de fondo ilustrado por aquel puerto envejecido. Ese lugar tenía un misterio, un encantamiento, una soledad solemne. En él se habían bautizado santos y paganos; por generaciones fue escenario de las primeras fechorías juveniles. Se habían perdido virginidades incontables; los borrachos se acostaban en la orilla a dormir sus farras. Se hacían ensalmos[25] y rezos; en realidad, eran sentidos llamados a los dioses de la suerte, realizados por los pobres tras la espera de sacarse la Lotería Nacional y obtener el impulso para salir de aquel pueblo dormido en su pobreza por generaciones. Los pobres siempre soñamos.

Del fondo de las aguas salió un personaje; eso noté o tal vez alucinaba. Un evento apocalíptico solo captado por quienes creen en cuentos y se inspiran en la poesía y

---

[25]   Fórmula ritual de carácter mágico-religioso, que a veces va acompaña de oraciones, y aplicaciones de medicina alternativa

consideran presagios las visiones y por lo tanto se asumen con el poder de anticiparse al futuro. El personaje de esta visión era Don Benjamín Maduro, el guía del remolcador llamado El TANAC. Ese caballero era el encargado de arribar los barcos hasta el puerto construido por los norteamericanos en 1922, para transportar su azúcar a Brooklyn, New York.

Era el azúcar de ellos, porque no obstante su condición de extranjeros, ese dulce les pertenecía y se atrevían a matar a cualquier patriota pendejo con ideas contrarias a sus intereses.

Además, tenían el respaldo del gobierno de la capital. El país estaba acostumbrado desde los tiempos de la colonia y la anexión a entregarlo todo sin decir nada. La cuestión era simple: comprar unos cuantos vende patrias. Era como soñar y atreverse.

Era mi imaginación en el esfuerzo de compensar el pasado. Porque ya ese caballero había desaparecido. El mar me había hipnotizado, encontrándome entre el sueño, el recuerdo y la ilusión. El día se había aprovechado de mí.

_ ¿Qué haces aquí? Tú lo sabes, aquí no hay nada. Me afirmó pipa en mano, mientras dejaba escapar una bocanada de humo gris.

_ Después de la partida de los americanos de la fábrica, esto es un mierdero, mírame a mí. No he podido irme al lugar de descanso. El fondo de este puerto es mi limbo y no puedo salir. Afirmó el capitán frustrado. En mi pueblo los muertos no descasan bien.

_ Todos aquí están como Usted; vivos sin vivir y muertos sin descansar en paz. Repliqué.

_ Son los políticos. No construyen un buen cementerio. Permiten a los haitianos practicar Vudú[26] y desde un tiempo para acá, vienen de noche a este lugar a hacer fechorías. Terrible la situación. Ahora hay una nueva sustancia llamada cocaína, no la conocí en mi tiempo en el puerto. Dijo el viejo, en actitud vigilante.

_ Pero no le digas esa vaina a nadie; te pueden romper el cocote. No interesa si vives en Nueva Yol. A esos pendejos no les importa nada. Fue una advertencia, apuntándome con sus dedos callosos y amarillentos.

_ Yo no me meto en eso. Solo vine a contarle al mar mis preocupaciones por los pobres de este pueblo. Le dije y agregué en mi expresión: lo mío es solo un sentimiento; la vida no me dará para hacer algo de importancia; de eso estoy convencido.

_ Eso no tiene remedio. Hay unos cuantos pendejos aprovechándose de los pobres; son parásitos sin ningún interés por el cambio. Cuídate tú. Dijo el difunto capitán.

_ Don Benjamín, y ¿qué haremos con el pueblo? -Inquirí.

_ Ya te dije; deja eso así. -Vete a casa, que ya es hora. Fue una orden del pasado.

Desperté. Había sido una visión provocada por el calor y la brisa; literalmente, me habían hipnotizado. Mis pasos de regreso al pueblo estaban cargados de preguntas sin respuestas. Miraba a cada lado para cruzar la calle rumbo al barrio de mi crianza; decidí sentarme

---

[26] También conocido como Las 21 Divisiones, es una religíon de origen caribeño desarrollada en tiempos del imperio Español

de nuevo en uno de los bancos con vista hacia la Oficina Administrativa de la Fábrica de Azúcar. De este lugar tenía unos recuerdos muy intensos.

Noté unos vehículos pasados de año pero útiles para la transportación de algunas personas ocupadas en ingresar y salir de aquel edificio donde despacharon los primeros administradores del ingenio o fábrica de azúcar, desde cuando los americanos habían hecho residencia en mi pueblo, para los años de la introducción del Tratado de Roosevelt. Eso no lo conocen bien los habitantes de este lugar. Es en El Norte donde se aprende eso.

El banco donde me senté a contemplar, se notaba reducido de tamaño; obvio, yo había crecido y no me había sentado en el desde los días de mi juventud; era mi lugar preferido para jugar y pretender con mis amigos de infancia.

Eran los días de inocencia, cuando nuestros padres nos permitían entrar a aquel edificio, contiguo a la oficina; aún le llaman El Country Club. Ibamos con la pretensión de ser jóvenes roqueros, cuando el rock estaba lejos de ser moda en el pueblo. Un lugar donde la cultura de la exclusividad y de las pretensiones falsas infectó a unos cuantos. Todavía hay quienes se creen parte de esa aristocracia y hacen reminiscencias de esos días. Pendejadas de los creídos.

Un lugar con un nombre en inglés; la gente del pueblo lo pronuncia sin saber a ciencia cierta su significado. A ese el lugar los dueños o los socios golfistas acuden a compartir antes y después de una partida de Golf. Este es un juego americano de bolas pequeñas y palos de hierro, alguna vez jugado por los dueños de la fábrica de azúcar en los días de ocio. En el tiempo de los americanos, ellos tenían un campo de Golf ahora devorado por el tiempo y las construcciones.

Sí, el pueblo tenía un campo de la aristocracia. Eran los años tempranos de las fábricas azucareras en todo el Caribe. Los ojos de los grandes magnates estaban puestos en las islas antillanas y los países de Centro y Sur América para producir azúcar y otras cosas. El azúcar para ese tiempo, era uno de los productos más importantes para el capitalismo de Norteamérica. Mi pueblo fue testigo de eso y en sus calles y rincones están escondidas las historias no escritas del desarrollo industrial del país o quizás de toda una región. Desearía escribirlas, pero mi contemplación no es prosaica, solo es descriptiva para plasmar una idea lejana de aquello que pudo ser.

Mi pueblo fue asiento de norteamericanos, canadienses, isleños de todas las islas, puertorriqueños, haitianos, cubanos, panameños, holandeses, italianos, franceses, españoles, árabes, persas, y según creo, no faltaron marcianos, los de Júpiter y Plutón. Una combinación de lo real y lo fantástico, amalgamada frente al Mar Caribe. Realidad o fantasía. Otro dilema para ser resuelto por el tiempo. Aunque algunos de los hijos de estos extranjeros, confundidos por la disyuntiva, se marcharon del pueblo para nunca más regresar.

El encuentro de estas civilizaciones dió un sabor especial a estas exogamias. De tal encuentro queda un pueblo híbrido y fuerte, deseoso de perfilar su futuro y alcanzar la felicidad.

Había pasado mucho tiempo en este pueblo de pocos sucesos. Lo decía la estática de aquel edificio semejante a una fortaleza impenetrable, custodiada por dos guardias vestidos de verde con fusiles en las manos del año 1940. Armamentos de la segunda guerra mundial. Pero algunas cosas ocurrían.

Los americanos partieron hace mucho tiempo de mi pueblo. El Generalísimo Trujillo había comprado todas estas propiedades. Todo era estatal: La fábrica, los trabajadores, los pagos, la tierra, el aire, el muelle, las olas, los peces e incluso el mismísimo fantasma de mis sueños. Todo, absolutamente todo era del Estado. En palabras simples, lo habían rentado a otros extranjeros y se repetía la historia de arrodillamiento y dependencia. Difícil encontrar en el país y en el pueblo, dolientes por lo nuestro.

Mientras hacía mi análisis de clase e historia social en paradigmas mentales aprendidos en El Norte, me sentí más tranquilo. Nadie notaría a un señor de tez oscura, pasado de kilos, de paseo y no muy bien vestido, con unos pantalones cortos, espejuelos, gorra del equipo de los Yankees de New York.

Esos seres así no llaman la atención en ningún pueblo olvidado del planeta; por el contrario, sus gentes se deslumbran con aquellos aires de grandeza, de falsa opulencia, cuyo único mérito es vivir fuera del país. Mi sentimiento surgía de la contemplación de los paisajes físicos y sociales. Mientras hacía esto se me acercó otro personaje. Lo conocía por Maraca, el hijo de Aron - en el pueblo le decían Herón - el amigo de juventud de mi padre.

_ Y ¿cuándo llegaste?Preguntó.

Maraca siempre fue un personaje curioso. Lleva apodo de un instrumento musical; nunca le he preguntado si dentro de él tenía pedacitos de plomo para crear música; de esto estaba lleno. Sin duda, un personaje fantástico. Inclusive recuerdo cuando jugaba en el parque; tenía movimientos de pelotero de Grandes Ligas. Era todo un espectáculo. Siempre lo quiero recordar así. En ese tiempo, quienes jugábamos pelota, lo hacíamos como grandes profesionales. Nunca nos vimos así, pero ahora lo sé. El pueblo estaba muy lejos de la capital y del mundo.

Recuerdo a Maraca como un bailador excelente. Cuando llegó el baile del *Twist* en la invasión del Rock and Roll propiciada por los dueños del circo, él se movía mejor que cualquiera de los jóvenes participantes del programa *American Band Stand* del presentador Dick Clarke, transmitido en Filadelfia. Maraca nunca salió del pueblo para enterarse como bailaban los muchachos jóvenes de El Norte; no tuvo manera de imitarlos; mejor así; más se le admiran sus cualidades de bailarín.

Ahora él había llegado frente a la oficina en busca de los centavos de la pensión. Él también era uno de aquellos con un destino marcado por el trabajo en el ingenio por todos los años de su vida. Ahora esperaba la recompensa.

_ ¿Cómo te va? Le pregunté, con mucho amor. Él era parte de mi pasado. Casi un familiar.

_ Aquí bien, cogiendo lucha en este pueblo de todos, cada día más grande y complicado. Ya no es como antes, cuando todos nos conocíamos y vivíamos juntos. Respondió Maraca, con un sentido de desesperanza.

_ ¿Tú crees que las cosas se arreglen? ¿Algún día el pueblo podrá salir adelante y su gente no pasará tantas dificultades? Le pregunté de forma retórica, porque conocía la respuesta. Me la decían mis ojos.

_ Y ¿Cómo? ¿Cual progreso? ¿Donde? En este pueblo lo que hay es una banda de delincuentes. Sobran.

_ Contestó y apretó los labios para contenerse. Tu mejor decisión fue irte temprano pa' Nueva Yol, allí le pagan al obrero su salario y a tiempo; además se come bien. Nosotros miramos las películas y las noticias, aquí no se puede comprar una funda de pan; ni para eso alcanza la pensión de un trabajador después de sacrificar la vida en la fábrica. No es fácil. Insistió mi amigo de toda la vida.

_ Es verdad. Afirmé sin titubear.

Pobreza absoluta a la vista de todos y no ha sido resuelta en tanto tiempo. No toma mucho esfuerzo para ver esa realidad semejante a una Medusa. Sus cabezas horribles aparecen por todos lados, mordiendo sin misericordia a los menesterosos, una vez mordidos parecen encantarse con su veneno que se transmite de generación en generación.

Maraca estaba envejeciendo. Hacía esfuerzos por tener una actitud juvenil, pero el paso del tiempo no perdona. El me retribuía mi curiosidad y también notaba las canas y gordura, herencias de la vida en El Norte.

Maraca vestía con frecuencia de color rojo. Todo de rojo, gorra de su equipo favorito en América, camiseta alegórica, pantalones, medias, zapatos, pulsera de reloj, todo en un rojo encendido para exponer sus inclinaciones deportivas y actitud a la vida. Las personas de mi pueblo tienden a representar todo por colores. Inclusive las pasiones políticas están siempre identificadas con colores y animales. Esas distinciones son cosas realizadas por personas de forma común en un pueblo de contados cambios.

Maraca se sentó un rato junto a mí, en aquellas bancas ubicadas en el parque de mis recuerdos. Ese espacio fue inaugurado por el Generalísimo Trujillo. No recuerdo la fecha, pero no importa. Permanece como un símbolo para dar a entender quién es el eterno dueño. Las bancas simbolizaban la espera. Frente a nosotros había otros seres humanos pendientes de una señal desde el edificio del frente, para entrar a las oficinas de algún jefe dueño del Ingenio Azucarero;la empresa era, sin lugar a dudas, el mayor empleador de todo aquel pueblo. Había una soga invisible encargada de atar aquellos seres a la referida edificación; esa atadura era muy poderosa. Todos los trabajadores se amarraban por el hoyo del ombligo y al mínimo tirón, no había más remedio, tocaba ceder. Era La Oficina Todopoderosa. Era así desde los días de los americanos. Cuando llegaron a fabricar azúcar en mi pueblo en el año 1922.

Ya lo dije, el parque se construyó en conmemoración del Jefe; estaba rodeado de árboles de maderas preciosas y flores. Ya el tiempo había doblado los árboles y las flores eran solo recuerdos. Solo resísta el Busto del Jefe. Lo arrancaron cuando cayó la tiranía; sin embargo, tanto Maraca como yo sabíamos de la persistente presencia del espíritu de aquel hombre recio. Aunque no guste, el Generalísimo nunca se fue del pueblo. Se han requerido varios actos de exorcismo por los mejores brujos haitianos, para espantarlo del lugar. Inclusive, no ha sido mala idea ir a San Juan de la Maguana, tierra de los brujos más afamados.

El compañero Maraca inspiró mucha reflexión sobre el ayer y en cuanto a temas muy variados. Relaciones primarias, los muertos a destiempo, el circundante mar, y sobretodo, el abuso de los dueños del Ingenio Azucarero. No faltaron las críticas respecto a la inutilidad del cambio de manos propietarias, de gobiernos y a la actividad productiva dispuesta para enriquecer a unos cuantos y empobrecer a muchos, especialmente gente humilde de mi pueblo.

Era la única industria importante del pueblo y la región; había sobrevivido a cambios y de ella dependían los pueblerinos, incluidos vivos y muertos.

Desde la visión panorámica, podíamos ver en la distancia el humo de una chimenea en constante arder, como un holocausto perpetuo sobre mi pueblo. Emanaba residuos de la quema de materiales y un vapor de agua con fuerza suficiente para mover todas aquellas máquinas. Maraca y yo sabíamos de las enormes dimensiones de este conglomerado de hierros para producir azúcar. Nos abrazamos en una despedida de pocas palabras pero con una carga de medio siglo de existencia; luego un gran silencio para recapitular todo.

_ ¿Cuándo te va? Me preguntó.

_ No sé. Me gusta esto. Aquí descanso el alma. Le dije con profunda convicción.

_ Gózalo. Es tu pueblo, tus eres de aquí, todos te queremos. A Maraca se le aguaron los ojos.

_ Gracias. Dámele recuerdo a tu familia. le dije en estrecho abrazo de hermano.

El encuentro con Maraca, me marcó para siempre. Me hizo recordar a su padre. El amigo infalible de mi padre, con quien compartía momentos de ocio, dedicados a beber tragos de amistad, hablar en inglés de las islas de sus antepasados y a pensar en sus imposibles regresos a esas hermosas tierras del Caribe rodeadas de mar. Habían llegado al pueblo para quedarse y solo visitaban esas islas con el recuerdo. Eran los días del 1922, cuando las hegemonías mundiales tomaban grandes decisiones sobre el destino de la región y de sus habitantes, las guerras creadas, emigraciones y control territorial. Tratado de París del 1898[27]. Doctrinas Roosevelt[28] y Monroe[29].

¡Muy poco sabía de estas cosas la gente de mi pueblo!Su vida transcurría frente al sol y el mar, ron, piratas y mulatas. Esos amigos no sabían de geopolítica.

---

[27] Firmado el 10 de diciembre de 1898— terminó la guerra hispano-estadounidense mediante el cual, España abandonó sus demandas sobre Cuba, que declaró su independencia. Filipinas, Guam y Puerto Rico fueron oficialmente entregadas a los Estados Unidos por 20 millones de dólares

[28] El corolario de Roosevelt es una enmienda a la Doctrina Monroe por parte del presidente de los Estados Unidos de América Theodore Roosevelt. En su estado alterado, la Doctrina de Monroe ahora consideraría a América Latina y el Caribe como territorio para expandir los intereses comerciales de los Estados Unidos en la región, adicional a su propósito original, de mantener la hegemonía europea fuera del hemisferio

[29] Doctrina Monroe 1823 - Establecía que cualquier intervención de los estados europeos a América, sería visto como un acto de agresión requiriendo intervención de los Estados Unidos

Ese pueblo vivía en oscuridad informativa y en ocasiones física cuando las nubes negras encapotaban el paisaje.

Ellos, mi padre y su amigo Aron recordaban su tierra con el fondo musical del Soca y el Calipso de Harry Belafonte. Se alegraban el alma ayudados de la improvisada percusión corporal: golpecitos de tras pie, barriga y mano, cuando el espíritu de las Libaciones[30] les tocaba el alma. Sacaban una pareja a bailar y se divertían como forma de anestesiar el dolor de ausencia. Ellos sabían su procedencia, su cultura neo-inglesa, su religión Anglicana, sus cocotales y barrios de islas dejadas atrás en un viaje de 'no retorno'. A veces, cuando les llegaba una inspiración más fuerte escuchaban música cubana del Sexteto Matamoros.

> *Mamá yo quiero saber de dónde son los cantantes los encuentro muy galantes... y los quiero conocer... ¿de dónde serán? ¿dónde serán? No lo sseee... ¿serán de Santiago?... ¿serán de La Habana? tierra soberana son de La Loma...... pero cantan en llano...*

La música llenó el pueblo. Algunos vecinos de la boca del Rio Yaque del Sur, se pusieron a bailar porque el sonido de esta música llegaba hasta ellos.

El sol se ocultaba en el oeste de mi pueblo detrás de unas montañas, mientras se desvanecía su figura de mujeres acostadas con las piernas abiertas, según

---

[30] Ritual religioso o ceremonia de la antigüedad que consistía en la aspersión de una bebida en ofrenda a un dios

las describía la imaginativa popular. Allá en el ocaso,
mi padre y su amigo Eron se despedían. Caminaron
despacio, sin mucha prisa, porque las libaciones les
habían trastornado un poco el caminar. Estaban alegres
del encuentro y de haberle tomado un momento de
felicidad a la vida. Sabían de sus responsabilidades con
el trabajo al día siguiente en el Ingenio; esta empresa
fue el sembrado donde sus vidas quedaron plantadas
para siempre en aquel pueblo. Ellos eran emigrantes. No
había esperanza de regreso a sus tierras. Eran solo eso,
trabajadores, hijos del deber. Jamás pensaron permanecer
en ese pueblo; preferían verse como curiosos transeúntes
por territorios vecinos, acompañados de la esperanza de
algún regresar a sus tierras. Mientras llegaba el momento
del retorno, se gozaban su música antillana.

Los recordé en aquel encuentro casual con Maraca,
porque estos Cocolos ya no existen en mi pueblo, ni se
oye resonar su música en inglés británico, ni el fraseo de
Harry Belafonte:

> ...*Deo...y De, De, Deooo......* *day light come and*
> *me want to go home....*

Eran otros tiempos, otros ritmos. Fueron etnias
extinguidas y solo quedamos sus vástagos. De estos,
algunos se quedaron deambulando en mi pueblo, otros
se fueron lejos, muy lejos y les es casi imposible regresar a
reencontrarse. Solo tienen derecho a recordar. Cargarse
de nostalgias, como lo hacían esos viejos. La historia se
repite.

CAPÍTULO 6

Fiesta

Se me había olvidado la manera de celebrar las fiestas en mi pueblo. Las hacen en fechas diferentes que en El Norte.

La cultura de mi pueblo tiene sus propias opiniones sobre santos, demonios, ángeles, religiones, ritos, mezclas, licores y sobre todo música. Lo celebran todo. No es necesario insistir mucho para sonar los tambores, flautas, güiros, trompetas en una especie de combinación de ritmos antillanos. Cualesquiera sean las razones del jolgorio, el pueblo se alista con sus mejores ajuares, brillos, hebillas, peinados y lustres de zapatos para bailar. Ese pueblo llora, canta y baila sus penas.

Las Patronales, Bacanales y Misas, Merengue Urbano, Reggae, bachata, Típico, Tambores Mayores y Menores de Palo, Dembow, lo que sea, son eventos y ritmos y a la vez licencias para menear las partes del cuerpo con insinuaciones sexuales. Mi pueblo manifiesta su sensualidad en todo. Parecen caballos árabes al caminar, comen como africanos, piensan como europeos y todos desean emigrar a New York a buscar dólares para vivir como los americanos. En esto manifiesta su gusto por la música y el baile.

El Norte me había arrancado el sentido del ritmo. Me había puesto grilletes y restricciones en la cintura y piernas convirtiendo mi vida en una marcha rígida. Dejé de sentir la pasión provocada al escuchar melodías del pueblo. La distancia induce a los seres humanos a adaptar cosas y al hacerlo, es muy dificultoso dejar inalterada la naturaleza. Ya mis oídos no sabían distinguir entre aquella amalgama de ritmos pero insistía en guardarlos en una parte de mi cerebro y de allí afloraban de forma instantánea cuando los tambores sonaban; mi confusión no obstaculizaba el goce de cuerpo y alma.

El sentido musical y sus dedicatorias a la esencia de los pueblos, el amor y el desamor, la madre tierra, los engaños típicos de una sociedad pícara; las amplificaciones brutales de esa música llenaban todo; el Valle y Las montañas de mi pueblo bailaban; también lo hacían los árboles tomándose de las ramas como si fueran brazos y meneándose a un ritmo enloquecedor. ¡Qué felicidad! La multitud se aglomeraba en las esquinas del pueblo, con botellas y vasos en las manos.

Noté a cinco jóvenes menearse con un ritmo candente; parecían hacerle el amor al aire. Un señor vestido de blanco y negro, daba vueltas en un remolino interminable; dos mujeres haitianas con cargas en la cabeza, meneaban sus glúteos de forma rítmica para acompasar tres cosas a la vez: caminar, bailar, y vender sus productos. Maravillas del caribe.

Era un hecho, los habitantes del pueblo se habían contagiado con esas manifestaciones musicales. No se salvaba nadie de la festiva peste. Los curas, monjas, laicos, brujos, comerciantes, peloteros, traficantes, policías, jueces, carcelarios, visitantes, todos, absolutamente todos, estaban en un frenesí indescriptible.

Hacían comparsas y se agarraban la cintura en una especie de rito, para danzar por todas las calles del pueblo. Sacaban a las gentes de las casas para bailar. No había diferencia de clase. Todos se pasaban unas botellas de ron de especial sabor. El Ron era inagotable, la cerveza también. 'Bambacu', el ron haitiano de contrabando, circulaba por galones. Algunos turcos se habían provisionado de su Whisky preferido. Todos bebían y bailaban, bebían y bailaban hasta el agotamiento.

Las dos o tres ambulancias del pueblo, se habían apostado detrás de las comparsas, con algunos medicamentos de emergencia. Había algunas enfermeras recién graduadas, bronceadas por el sol y preparadas para atender emergencias y convulsiones repentinas. La mezcla de bebidas y sancocho majestuoso, de seguro provocaría indigestión en un pueblo poco acostumbrado a comer tanta carne.

Se comentaba en secreto sobre la financiación del sancocho; según rumores estaba auspiciado por algunos hijos del pueblo dedicados al narcotráfico; no obstante estar encarcelados en New York, consiguieron la forma de enviar el dinero. En prisión se acrecienta el deseo de estar en la fiesta del pueblo natal.

Se mandaron a matar cuatrocientos cincuenta puercos, doscientos chivos, trescientas cuarenta gallinas y se preparó un Sancocho comunitario para todos los contagiados por la fiebre, musical y bailable. Había mucho para comer en los terrenos del Play, donde todos habían jugado Pelota; los habitantes del pueblo sabían dónde acudir a degustar aquella merienda comunal.

Fiesta y comitiva para simbolizar nuestra mortalidad y la interdependencia de las relaciones de unos con otros. Pero la fiesta también mostraba nuestra incapacidad de mantenernos sobrios y rígidos ante un mundo cambiante. La fiesta duraría una semana. La música copaba toda la vida en mi pueblo.

_ Métase don, venga baile. Me invitó una joven de curvas.

_ Ya estoy muy viejo y cansado, eso es para los jóvenes.

_ Repliqué.

_ Venga a la comparsa. Usted No es ningún viejo. Afloje las piernas y menee el culo. Me ordenó aquella mujer agarrándome.

_ Tengo problemas con las rodillas. Le contesté.

_ Yo le ayudo. ¡Venga ombe![31] Metiéndome al medio.

La joven de la invitación a bailar tenía las manos suaves. Puso las mías en su muy definida cintura y se me pegó al cuerpo con un ritmo conocido por ella y desconocido para mí. Moví el cuerpo dejándome contagiar para no hacer el ridículo en público. Ella me bailó. Me di cuenta de su perfume. Su pelo largo golpeó mi cara al dar una vuelta. Se me pegó más. Alguien me pasó una cerveza.

No estaba acostumbrado a beber. Fingí un sorbo y pasé la botella con una mano, mientras no me soltaba de la cintura de aquella mulata repintada por el sol. Se hizo

---

[31]   Hombre

una rueda. Mis amigos del pasado me vieron bailar por primera vez en su vida. Entonaron a coro, una canción popular:

> *Yo no sabía, Comande que Usted. bailaba.*
> *Yo no sabía Comande que Usted bailaba por eso,*
> *yo comande no la invitaba*

Bailé por horas. Se me perdió la gorra de pelotero y con ella no perdí la cabeza porque la tenía ajustada al cuello. El ambiente se tornó en un remolino de alegría y su fuerza crecía con las diferentes músicas en circundante visita por todos los rincones del lugar.

Nunca había sudado de manera tan copiosa, desde los días de mi graduación de la escuela superior Federico Henríquez, cuando mi peso estaba en concordancia con la estatura, era atlético, rápido, sonriente y alegre. Eran los años mil novecientos sesenta y tantos. El Norte me había quitado la noción del tiempo. Allí envejecí sin darme cuenta. Es duro para el corazón irrigar un cuerpo de doscientas y tantas libras; por eso no faltan las pastillas y en ocasiones me veo como todos los que no hacen vida en espera de la muerte.

Todos aplaudían y se gozaban al verme liberado, entregado a un ritmo sano muy adecuado para hacer honor a la amistad. La mayoría de la gente en El Norte no sabe de fiestas de pueblo. Solo se baila en escondrijos oscuros. Lugares de laberintos citadinos. Recintos extraños, con seres sentados en un bar hablando mierda. Espacios llenos de humo, nostalgias de traiciones y transacciones al estilo Hollywood. Sitios donde se respira un aire cargado con fuerte olor a sudor, cocaína, ácidos, frenesí, mariguana, vómitos reciclados, alcoholes envasados en botellas multicolores, algunos servidos con fuegos en el vaso. Falsedad en la mirada. Nadie conoce a nadie y los parroquianos siempre están vestidos de negro y brillos, traídos de algún lugar en el Infierno.

Las mujeres jóvenes de veintiuno, parecen tener cuarenta, por el uso; adornadas con toda clase de aretes y brillantes en las narices, como seres perdidos a quienes el dolor les atrae. Tienen pulseras a lo largo de los dos brazos y anillos en cada dedo o dos en uno solo. Además, tatuajes insinuantes de partes pudendas entre sus pantalones cortos, casi diminutos y por ello, incapaces de disimular las estrías y dejar algo a la imaginación. Enseñan tres cuartas partes del busto y si alguien se los toca, llaman a la policía, o algún novio celoso que sale del baño a golpear al ofensor, que realmente no lo es, o saca una pistola de tres cañones, cuyo disparo sigue un rumbo aleatorio penetra a treinta personas a la vez. Los disparos al aire hacen esconder a la gente; otros salen despavoridos del lugar. El drama es parte de la mentalidad de gente plástica y la ficción puede volverse realidad en su propio mundo.

Se oyen sirenas y se ven luces, lluvias de otoño, policías vestidos de azul, con las manos en la cintura para sacar un arma de reglamento cargada con cinco tiros. Se oyen sonidos fañosos de una radio de ambulancia mientras recoge muertos ¿alguien los llorará? La fiesta se daña en tres cuartos de horas y al final llega la grúa del pueblo a limpiar la sangre y el desperdicio dejado por gente sin cara. El protocolo exige tender una cinta amarilla con una orden perentoria: 'Crime scene. Do not enter'.

Generalmente, los bares de El Norte discriminan por razas y grupos étnicos. No todos son bienvenidos. El Norte tiene sus reglas.

En contraste, en el Sur, en mi pueblo, la gente de todo tipo se amalgama en bailes callejeros, bajo el Sol o bajo la Luna y a la vista de todos. No hay quien se queje. Si alguien se queja, se resuelve. Punto.

Me había olvidado de mí. Desperté a entender cosas de difícil compresión, como lo hacen los seres que aman lo suyo. Mi inquietud inicial fue por las actuaciones de los pueblos para aliviar su dolor. Encontrar respuestas culturales en sus tradiciones. Pensándolo bien, no todos bailaron en el pueblo; se eximieron los Adventistas, Pentecostales, Testigos de Jehová, los de la Iglesia de Dios y alguno que otro Católico Carismático. Estos se juntaron en sus iglesias y miraron el pueblo desbordado en su afán de sudar en bailes contagiosos. Ellos miraban y bailaban por dentro. Y cuando esos deseos naturales de bailar los asaltaban y se hacían irresistibles, se decían a sí mismos: *¡El Señor te reprenda!*

_ ¡Eso es el mismo diablo! Le voceó[32] a la multitud Casimira Contador, hermana muy consagrada.

_ Venga hermana goce, aproveche, la vida es corta. Le dijo Venancio Contador su hermano carnal, un borrachito.

_ Yo tengo el gozo en el Señor. No necesito Gagá, eso es del Pájaro Malo[33]. Advirtió su hermana, haciéndole una señal de la cruz con los dedos y diciendo:

---

[32]   Gritó

[33]   Satanás

....AVE nuncio ! AVE nuncio..!Satanás...te reprendo!!!

_ Esto es fiesta y mañana gallo, ven. Dijo el borracho, dando un golpe de cintura.

_ Vete al infierno Venancio. Ordenó Clarividencia Marcada, una mujer recién ungida al diaconado de la Iglesia Evangélica M.I.[34]

Ocurre en este pueblo y los demás: todos se enteran de cada suceso por la pequeñez. No es necesaria mucha publicidad. Todas las calles estaban invadidas por ese evento fiestero y quedaba imposible ocultárselo a los cristianos consagrados. La fiesta era por los días señalados. Además, partía de una orden municipal y los políticos aprovechan este tipo de eventos para hacer sus propagandas y regalos. Tomarse un baño de pueblo para después engañarlos.

Es un verdadero espectáculo para un migrante radicado por largo tiempo en El Norte; allí, un espectáculo de esta naturaleza es un verdadero imposible.

El altercado verbal, entre los Evangélicos continuó y se veía la distancia el ímpetu de la discusión, cada feligrés en defensa de su postura.

_ Aquí Ustedes con esa fiesta, se hacen cómplices de la corrupción del pueblo. Dijo el Pastor Benito Concepción.

_ Tenemos permiso del Alcalde, es legal Pastor. Le dijo Juan, El Caimán, mostrándole la resolución de la alcaldía refrendada con sellos oficiales.

Déjeme ver. ¿Tienen permiso para pasar por la puerta de la Iglesia?, ¿Con ese escándalo? Nosotros no somos

---

[34] Movimiento Internacional

de este mundo, eso lo sabe el alcalde. Dijo el reverendo Concepción con mucho orgullo.

Los protestantes de mi pueblo tienen una formación social muy interesante aprendida de sus maestros originales. La doctrina dice: todo aquello por fuera de las concepciones teológicas de la organización es pecado. Por consiguiente, esta fiesta pueblerina es un acto pecaminoso.

_ Pastor, ¿qué quiere decir cuando afirma, y se lo digo entre comillas, nosotros no somos de este mundo? Siguió con su interrogatorio Juan El Caimán.

_ Que no lo somos.

_ Pero mi tía Florinda es evangélica y a ella le gusta esto. Es más, ella está en el grupo organizador de estas comparsas culturales. Déjenos pasar, pastor. Dijo Juan.

_ Ese tipo de personas no son evangélicas. Y le insistó; _ ¡Juan. Nosotros no somos de este mundo! Aquí en este pueblo todos sabemos lo de todos... ahora escúcheme: ¡Usted y todos sus acompañantes no pueden pasar por aquí! A ese papel le falta una firma. _Mande a buscar el alcalde y los dejo pasar, pero él debe hacerse presente.

_ Pero nosotros no sabemos dónde está el alcalde y la gente desea ir al Cayo a refrescarse. Permítanos pasar pastor. Fue la intervención de Fausto, el Temerario, quien trabaja en el ayuntamiento desde la formación del pueblo y se las sabe todas.

Fausto tiene como un radar humano para detectar la ubicación de cada uno de los habitantes del pueblo, en cada momento y en cada tiempo histórico. Conserva datos con nombre, dirección, número de teléfono y fecha de nacimiento de cada uno los nacidos en el pueblo y sus colindancias. Fausto, el Temerario, era una enciclopedia andante.

Me importa Fausto. Contestó de forma tajante el Reverendo.

Nadie le había hablado a Fausto de ese modo. El gozaba de la consideración de todos en el pueblo porque era una especie de muchacho grande querido por todos. Era un símbolo.

_ Pastor, no hable así. Eso no es bueno, la gente lo oye.

__ ¡Que oigan! Si el alcalde no llega, no pasan. ¡He dichoooo!

La comparsa y la fila de bailarines se detuvieron frente a la Iglesia; era imposible pasar por alguno de los dos caminos de acceso a las Playas del Cayo. El pastor y reverendo Benito Concepción, no era del pueblo. Llegó hace un año, cinco meses y veinte días, de Los Alcarrizos, en la Capital de la República, a pastorear la Iglesia de Dios.

Hombre blanco, de ocho pies de estatura, cuatrocientas setenta y seis libras de peso, descendiente de familia cubana-puertorriqueña cuyos miembros también se habían dedicado a evangelizar en mi pueblo desde los días de su fundación hace doscientos años, pero no prosperaban mucho. No se parecían en nada a la mezcla racial de esta región.

También tenía ascendencia española y se ufanaba de ello durante sus acostumbrados y fogosos sermones difundidos por todo el pueblo a través de sonoros altoparlantes. El pastor carecía de modestia. Estaba dispuesto a echar un pleito para evitar el paso de la gente impía por el frente de su iglesia; de necesitarlo, su propio cuerpo serviría de escudo para impedir el paso al desfile de música y baile, visto por el reverendo como un acto perturbador de la paz.

En efecto, biblia en mano y con un grupo de doscientas mujeres con faldas largas, peinados victorianos y mangas largas hasta cubrir las muñecas en aquel calor sureño, el pastor interpuso su abultado cuerpo que había colocado como escudo humano para impedir el paso por su territorio; tambores, cornetas, bambúes clarinetes y demás parafernalia de carnaval. Pocas cosas se habían fundado en el pueblo; la Iglesia protestante era una de ellas y tocar su territorio con estos actos bárbaros y mundanos, era considerado herejía y blasfemia por el pastor Benito Concepción.

No se registra en la memoria de la gente una confrontación de ese tipo. Los protestantes no se meten en los asuntos públicos; eso no hace parte de su tradición. Ellos se conforman con ir a su iglesia y vivir una vida sin participación. Ahora la cosa era diferente, estaban dispuestos a todo sin importar el costo.

_ Mire Pastor, tengo al alcalde en el teléfono. Desea hablar con Usted. Él está lejos pero quiere dialogar. Insistió Fausto.

_ No me venga con llamadas; Ya dije y lo repito, requiero la presencia del alcalde. Esto no se resuelve así. El vino aquí cuando quiso los votos, ¿No es así? Ripostó el pastor.

_ A qué Escuela Teológica fue Ud.? Para mandarle una carta. Dijo un poco molesto Juan, El Caimán.

_ Yo estudie en La Escuela Teológica de Miami, y Usted ¿dónde estudió? No me ofenda.

Por el momento la fiesta del pueblo estaba detenida, y la gente, en grupitos, se sentó frente a la Iglesia a esperar la solución del impasse creado por un asunto territorial. Las hermanas piadosas se arrodillaron en oración en la misma carretera y sus voces se oían a leguas:

¡Padreeee! ¡Reprende al Diablo! ¡Fuera! ¡Fuera!

La gente de mi pueblo es mágico-religiosa y al ver aquellas mujeres de rodillas y poseídas, se metieron en miedo.

_ Con Dios no hay momento para el relajo, esperemos al alcalde, el sabrá resolver esta bochornosa situación. Así se pronunció Josefina Arismendi, quien en algún momento fue miembro de la iglesia. Estaba un poco descarriada, pero se prestó como mediadora en la controversia. Ella tenía influencia en el pueblo porque era copartidaria del alcalde.

La espera fue corta; de un momento a otro se acercó el alcalde en su yipeta negra; apareció por la parte izquierda del templo. Estaba dispuesto a resolver el asunto con el pastor. Lo acompañaban el Doctor Aristófanes Candela Nin, hombre serio, ginecólogo y gallero; en él se resumía humor y pulcritud; el Diputado Tancredo Buenaventura y el General de Brigada Juan de Dios Pontepolodo - en el pueblo le decían Al Bon y la Raya porque entraba en todas-.

La comitiva se desmontó del vehículo, todos con lentes oscuros y guayaberas cubanas azules, de cuatro bolsillos. Algunos guardaespaldas y lambones le hicieron ´calle de honor´ a la trilogía. El Alcalde y el diputado saludaron a la multitud; esta comenzó a correr y a lanzar un grito de batalla: *¡Ese es! ¡Ese es! ¡Ese es!*

_ Calma Pueblo, todo saldrá bien, oh, oh. Expresó el Alcalde. Miró al reverendo a los ojos y dijo:

Dígame Reve, ¿qué pasa?

_ Me quieren meter gato por liebre, alcalde.

_ ¿Como así...?

Con un papel sin la firma suya. Y me quieren obligar a permitir el paso por mi santa propiedad, de esa multitud de impíos. Afirmó el pastor con dedo acusador dirigido hacia el conglomerado.

_ Con todo el respeto su reverencia, las calles son públicas según la constitución de la República. Yo soy legislador...eh eh yo sé de eso respetado pastor. Dijo el diputado ajustándose los espejuelos.

_ Además reverendo, ante toda esa gente, yo no tengo suficientes hombres para detener y ordenar todo este pueblo. Usted lo puede ver; todos están medio borrachos y se puede armar un desorden. Dijo el general, moviendo los hombros.

El alcalde de mi pueblo se enfureció un poco cuando notó falsedad en el papel. Pero como estaba frente a un pueblo y deseaba resolver el problema a mano, disimuló el enojo. Esa fue su reacción inmediata. Cuando miró al lado, notó mi presencia entre la multitud, yo estaba junto a Fausto. Me dijo:

Compadre, y ¿cuando llegó? Venga acá ¿que hace tan lejos?

Me acerqué de inmediato al amigo de infancia, ahora investido de primera autoridad.

Yo deseaba pasar inadvertido y ahora surgía dentro de la gente a exponerme ante el alcalde. Mi único propósito era observar los sucesos, comprender su dinámica. En ese momento veía los acontecimientos como a una especie de protesta sin mucha justificación.

_ Llegué al pueblo ayer compadre, pero me agarró la fiesta. Estoy interesado en observar a mi pueblo manifestarse y no he ido por su casa. Por cierto, ahora parece una fortaleza con hierros, rejas, guardia, rifles y perros. No dejan entrar a nadie. El guardián no supo quién era Yo. Le dije rápidamente.

_ ¡Qué bueno! Dios me lo puso aquí; Usted como reverendo debe ayudarme a resolver esta engorrosa situación. Has pertenecido a esa vaina desde chiquito y eres de este pueblo. Venga y ayúdeme, Uds. los reverendos hablan la misma lengua.

_ ¡Como no, mi compadre! Trataré. Le contesté y me acerqué al reverendo.

Caminé veintiún pasos y medio para llegar frente al Pastor Benito Concepción y le hablé en inglés, mientras miraba a las alturas, porque ese hombre media ocho pies y enfurecido había crecido cinco pulgadas más.

El anillo de grado delataba la universidad estadounidense donde había estudiado; por lo tanto, hablaba inglés a la perfección. Le impresionó mi conocimiento del idioma y se fijó en mi vestimenta. Dudó. Le hablé un rato de conocimientos teológicos, exegéticos y filosóficos.

Reconoció de inmediato mis relaciones con nombre y dirección de sus superiores religiosos en USA. En mi pueblo se acostumbra mencionar nombres y relaciones, como un modo de hacerse reconocer como persona de contactos influyentes y con poder; es costumbre aunque no sea verdad tanta ostentación. Pero en este caso el

Reverendo prestó atención porque por el olor a mi perfume y mi piel ya descolorida, dedujo una prolongada ausencia y mi procedencia desde tierras extranjeras.

Además, entre los principales miembros de su denominación, había antiguos compañeros de mi época de estudiante en USA; es decir teníamos amigos comunes y se sabía de algunos muy interesados en fortalecer el dialogo con el pueblo. Para colmo, yo conocía no solo sus superiores en USA y tenía de ellos el número de los celulares; los llamé en el acto desde el teléfono móvil personal.

En ese momento, una multitud de más de cien personas me escucharon hablar en una lengua de exclusiva comprensión por el Pastor y yo. Le puse el superior al teléfono y en un instante se comenzó a resolver el problema

_ ¡Coñoooo compadre! a Usted si le convino irse a Nueva Yol ¡Carajo! Sin su ayuda 'eta' vaina hubiese explotado en una catástrofe.

_ Esas son contingencias de la vida. Le contesté al alcalde, quien se ocupó en firmar el papel adulterado.

Fausto prestó la espalda como improvisado escritorio e hizo una nota aparte con el fin de traer la paz al pueblo. Se le calmó el pique al alcalde, pero eso no se quedaría así. El conocía muy bien a su país; a diario cualquiera hace un papel, lo sella, firma, estampa, y añade una falsedad.

Instruyó al general de brigada; le pidió mantener el orden en el pueblo y recomendarle a la gente mucha calma en el transcurso de la fiesta. Todos se fueron a bañar al Cayo, porque al otro día era la Fiesta de San Juan y debían estar presentables y listos para trasnochar hasta el amanecer en las calles y en la orilla de la playa. Como en el Cayo no había servicios sanitarios dispuestos para las necesidades de la multitud, entonces muy sencillo: todos a bañarse al Mar Caribe; así, cagaban mientras chapuceaban en el agua. El mar lo aguanta todo y el municipio se ahorraría la limpieza del mierdero.

Alcalde, diputado y general de brigada se montaron en el vehículo y se marcharon. La multitud aplaudió y gritó de forma estridente mientras la honorable autoridad ejecutiva, legislativa y militar se perdía a la distancia.

_ ¡Cuatro más! ¡Cuatro más! ¡Cuatro más! Pedían la reelección del diputado y el alcalde para las próximas elecciones. El general solo sonreía.

Ese fue un momento crucial vivido por mi pueblo en pocas horas. Una lucha de poderes. Demostración de quien podía más frente al deseo del pueblo divertirse. El reverendo aprovechó para hablarle al alcalde de algunas necesidades de su congregación y me dió su tarjeta con el deseo manifiesto de ser invitado a predicar en mi comunidad donde yo ejercía mi actividad pastoral allá en El Norte. Le adiviné a mi colega sus intenciones las ganas de salir de todo aquel atraso y marcharse nuevamente a USA. Dejó entrever la dificultad de hacer la misión en lugares tan marginados del desarrollo, incomparables con las luces de Miami, Chicago, Atlanta o New York. Los ojos del Reverendo, también estaban puestos en El Norte.

Todo terminó en relativa calma. La gente se organizó en grupos específicos de amigos, conocidos, visitantes, fantasmas, putas, borrachos, maricones, viejos verdes y buscones. Todos haciendo honor a su condición. Todos camino a la playa a gozar el día de San Juan.

Como soy protestante y no participo de esos ritos, caminé contrario a la multitud por la octava avenida, para hacer algunas anotaciones al ayer. Pocas oportunidades en la vida de caminar esa avenida tan importante para mí. En ella nací.

La música subió de volumen, los tambores ensordecían y la multitud comenzó a caminar y bailar todos los ritmos. Se le prometió al pastor mandarle una ofrenda en dólares y un cheque del municipio. Problema resuelto. En mi pueblo los enfrentamientos son pura bulla, a todos los niveles, incluyendo los religiosos.

Esa confrontación fue la primera porque autoridades políticas y religiosas siempre mantuvieron relaciones cordiales; pero son dinámicas de cambio y tal vez yo tenía muy escasa comprensión de los comportamientos de mis compueblanos.

Capítulo 7

La Octava Avenida

Una avenida recorre a mi pueblo de este a oeste, es donde todo comienza en la vida. Es quizás también donde termina. Es síntesis del ayer, es semillero de sucesos actuales, pasados y futuros y es como imán para atraer el emigrante en sus regresos. Me refiero a aquellos orgullosos de su pasado y no a los vergonzantes, porque no todos conservan dentro de sí, tantos momentos tiernos, instantes escalofriantes, donde dieron sus primeros pasos.

Nací en el número 22 de la avenida, donde dejé los años de la inocencia. Centro de atracción y lugar donde comenzó mi recorrido existencial; sitio donde está enterrado mi ombligo, en el tronco de la mata de mango, según instrucciones de la partera Doña Julia, quien ayudo a mi madre a traerme a este mundo. La primera bocanada de aire y los gritos al nacer, espantaron las gallinas, siempre curiosas en búsqueda de alimento debajo del árbol. Era el primer hombre de la familia; no había nacido en un hospital sino en una casa a mediados del primer mes del año. Fue una ocurrencia personal y nadie más se la imaginó, regresar a buscar el ombligo y entrar en el mismo cuarto donde nací. ¡Qué privilegio de vida!

Nadie en mi familia nació en hospital. Absolutamente nadie. Se cortaba la placenta con un instrumento improvisado, quizás diseñado para no maltratar ni arriesgar la vida del muchacho, ni de la madre. El acto de nacer era primitivo, inocente, rudo, casi animalesco. Agua caliente, empujones, no había inyección epidural, anestesias bloqueadoras de dolor, oxígeno, pediatras, enfermeras vestidas de verde, ni luces para alumbrar la entrepierna abierta de la mujer. Tampoco existían las sábanas de pudor, relojes marcadores de pulso o sonidos, ni antisépticos, ni música instrumental de fondo. En El Norte me enteré de esas parafernalias cuando mis hijos nacían en New Jersey.

En este olvidado pueblo del Sur, siempre se ha estado a años luz de los avances científicos y mejoras tecnológicas en el campo de la medicina; los logros no son para estos pobres, por siempre condenados a la disposición de otros o a la misericordia del mundo desarrollado. Sin embargo, en esa pobreza de mi pueblo, había una licencia a la sobrevivencia, a la capacidad de enfrentarse a todos esos monstruos y a sobrevivir para contarlo.

La vida en esa avenida y en ese tiempo era una lotería. Muchos de mis potenciales hermanos murieron por la insalubridad y los riesgos en las veintiséis preñeces de mi madre, en los días de su juventud. No se requieren exámenes cuidadosos, ni profundas excavaciones para encontrar los huesos de mis hermanos; vidas truncadas, ni siquiera el sueño de poder irse a New York. No es necesario excavar en los demás patios de las casas del pueblo; sin temor a equívocos, esa misma suerte corrió una gran mayoría de habitantes de mi pueblo.

Todos mis hermanos, salvo contadas excepciones, habíamos nacido en esa casa, pintada de verde militar, pequeña, de solo tres cuartos de dormir. Dividida y acondicionada para acoger dos familias, cuando ni siquiera cabía la mitad de la nuestra. Había conmigo doce en mi familia y contiguo a nosotros, vivía otra familia de ascendencia cubana: Toño y Juana Martínez; literalmente podíamos oír sus respiraciones, juegos y conversaciones. Todo era tranquilo. Amigable, una curiosa combinación de inocencia e ingenuidad.

Mi retorno al pasado se complica cuantas veces pase por esa calle. Se mezclan muchas cosas. En ella está la mayoría de las historias iniciales del pueblo. Una calle repleta de historias sin contar. Aproveché el momento para detenerme cerca del pasado. Miré adelante y luego hacia atrás.

No habían ochocientos metros de largo en esta calle, desde la Casa Blanca del Padre René, párroco de la iglesia Perpetuo Socorro y la casa de Ritica. Entre estos dos puntos, casas con un rasgo común; todas estaban pintadas de verde. Se trataba de construcciones hechas en las primeras dos décadas del pueblo, con un modelo traído del extranjero. En el pueblo llamaban al sector *Las Casas de Familia*, pero de familia no tenían nada.

Sin embargo, ese pedazo de avenida contenía la historia de los inicios del recorrido de muchas personas por la escala social, en un pueblo cuyo ascenso estaba en la dulce mercancía producida por el Ingenio Azucarero y el rol o promoción asignado por los dueños a cada trabajador.

Ví, en mi camino de regreso, a un viejo sentado en una silla azul. Era Rigal. Nunca supe su nombre verdadero. Nadie en el pueblo lo sabía. Estaba entrado en años, pero el insistía en no morirse nunca. Por lo visto, su propósito iba por buen camino. En esos pueblos los apodos sustituyen los verdaderos nombres de la gente. Lo saludé.

_ Rigal ¿Cómo estás? Él había perdido algunas de sus facultades visuales, pero reconoció la voz.

_ ¿Befé? Era un nombre secreto, una clave de identificación con ese vecino de siempre.

_ Si. Respondí.

_ Pero ¿tu no ta' en Nueva Yol? ¿Cuándo llegaste...?preguntó el hombre, el inmortal.

_ Hace poco... Le contesté echándole el brazo.

_ ¡Oh...oh...pero... Befe tu... ta bien gordo!... Me tocó la barriga.

_ Ja...Ja...Ja...eso es lo mal comido...En ese país se come más de noche y aumentamos de peso sin saberlo.

_ Le contesté en un lenguaje de contradicciones.

_ Tu' ta' pendejo Befe. Ese es el pai' de lo americano. Aseguró Rigal, porque él en su juventud participó de la abundancia traída por los americanos a mi pueblo tras los intereses de impulsar la producción de azúcar.

Nos echamos a reír, porque a pesar del tiempo este personaje no había perdido su espontáneo sentido del humor. Se reía de la vida, enseñándome su dentadura de oro ennegrecida por el tiempo. Tenía una boina de cantante de boleros y escuchaba canciones del ayer:

> *Reloj, no marques las horas, porque voy a*
> *enloquecer...Ella se irá para siempre...... Reloj,*
> *detén tu camino porque mi vida se apaga...*
> *Ella es la estrella que alumbra mi ser, yo sin su*
> *amor no soy nada....*

Este hombre estaba sentado en esa mecedora esperando algún no sé qué, y al son de esta música sentimental proporcionada por algún aparato transmisor de incierta ubicación.

Lo acompañé en su espera. En ese momento no deseaba la fugacidad del tiempo; si pudiera detener ese instante por el resto de mi vida, lo haría con gusto. Es una especie de momentánea felicidad, insustituible; no hay nada a cambio. El pasado irrumpió como avalancha; toda aquella nostalgia llegó como un golpe, sin dar aviso. Se quedó prendida para siempre en ese encuentro entre dos seres, en una interlocución de códigos y expresiones exclusivos para ambos. El sol fue testigo de ese atardecer maravilloso.

No habría muchas oportunidades en la vida como ésta y deseaba oírle. Conversar de sucesos en el pueblo durante mi ausencia. Pocos en el pueblo con su memoria, yo estaba al frente de un archivo vivo de la historia oral. Rigal había sido el chofer de la mayoría de los administradores de la empresa azucarera y conocía y sabía de intimidades y verdades contenidas en esta calle.

Con el crecimiento de la población había crecido la cantidad de viviendas y solo quedaba el sector de la avenida como un lugar donde se podía cruzar por los traspatios de las casas, como si estas fueran propiedades en común. Se permitía pasar de propiedad en propiedad por la parte de atrás y caminar sin ser detenido, ni considerado invasor de predios ajenos. No había cercas, ni peajes, ni luces, nada en lo absoluto. Todos caminaban por esos traspatios, como si fuera una aldea común. ¡Qué bello!

Esta Octava Avenida fue diseñada para los trabajadores pioneros del increíble Ingenio Azucarero. Hecha para recopilar las huellas eternas de muchos: nuevas familias, mecánicos cubanos, peloteros, pastores, cocolos, haitianos, policías, galleros, Paisano Ni, con su fábrica de hielo y su inmenso Cologui. También la Invención del Mabí de Mema, peloteros de Grandes Ligas, como Ricardo Joseph y Teodoro Martínez y también de las Menores como Teófilo James, Ricardo James, Sony James, Radamés Mills, los Padillas, los primeros guardias campestres y el cuartel de la Policía Nacional con dos policías y medio porque el pueblo ha sido de una tranquilidad reveladora. Se distinguían los dedicados a la delincuencia, putas, maricones, robadores de gallinas y patos del pueblo, los ladrones de frutas por las noches, dos carteristas y medio, cinco borrachos y un pendenciero herido en la pierna en riñas de bar.

También albergó mujeres bonitas y bailadoras, nacidas y criadas en esa Octava Avenida, y de mayorcitas promocionadas como las mejores reliquias del pueblo, región y nación. Todas expertas en las lides de baile y el meneo de cintura a un ritmo único, dominado por ellas. Se las podía ver con faldas anchas y de muchos colores, en un centro de diversión denominado El Gallo.

Desde el inicio de la Octava Avenida se podía ver el Ingenio Azucarero completo, con su chimenea eterna. En cualquier noche de luna llena, se podía contemplar todo el Mar como espejo dispuesto para reflejar las luces de la bóveda celeste de forma total, con planetas y todo. Para el proyecto de conquista de la luna usaron ese modelo. Ese paisaje marino y nocturno fue excelente material de estudio de las constelaciones y su misterioso diseño. Es el punto inspirador de ángeles creativos, tomado como muestra para replicarlo en otros lugares. Esta pequeña porción del planeta tierra fue el modelo de paz y belleza; eso es de generalizado conocimiento excepto por los nativos de la Octava Avenida y en general de todos los habitantes y menos aún de quienes se han marchado al Norte dispuestos a nunca más regresar.

Algunos afirman, y así lo atestiguo, que desde esa calle se podía apreciar con todo lujo de detalle, un espectáculo marino: sirenas, delfines, ballenas y manatíes en su entrada triunfal a la Bahía de Neyba; daba gusto ver ese ballet de sus brincos y demás alusiones de alegría. Inclusive, algunos afirman haber visto, bajo la influencia de unas bebidas riquísimas, a Poseidón con sus carros y caballos alados; lo vieron entrar a descansar en la Bahía. Los espectadores más privilegiados de tal maravilla trabajaban en el último piso del Ingenio Azucarero, desde allí tenían una vista panorámica de toda la Bahía de Neyba. Este dios mitológico solía hacer el recorrido desde El Norte hacia el Sur para pasar sus vacaciones. Saltos de alegría daba de piedra en piedra en los arrecifes y cayos protectores del pueblo.

Fue en esa avenida melancólica donde conocí a Marisol. Como dice la última sílaba del nombre: sol, eso es ella, luz de mi vida y siempre me alumbrará.

Fue el verano de mi vida. Estaba en su búsqueda para darle explicaciones, después de tanto tiempo. Me enteré de la muerte de la Tía Nenita, sola en la casona vieja. Casona candidata al deterioro, como muchas de las cosas en un pueblo indiferente a la oportunidad de convertirse en meca. Solo quedó la mecedora, el árbol de aguacate y algunas flores maltrechas, para hacerme caer en cuenta del inexorable paso del tiempo.

Otro habitante de esta avenida fue Don Arcadio Encarnación, maestro revolucionario y opositor del Generalísimo; siempre mantuvo su férrea posición a riesgo de casi la vida y el empleo de sus familiares en el Ingenio. Para el maestro, el régimen dictatorial de Trujillo era una mierda. Me extrañó la indiferencia a su postura digna; desearía ver bautizada la calle con el nombre Arcadio Encarnación.

Los pueblos se olvidan de sus verdaderos héroes. Había uno sentado con sus nostalgias en una mecedora azul; salían de la sala de su casa las letras de una canción y decidí acompañarlo a tararearla. Canté con él, lloré por dentro al ver mi ayer transformarse; fue una transfiguración encarnada en aquel hombre de figura emblemática y fiel chofer al servicio de los americanos. Lo reconocí como depositario de valiosa información. Pregunté su opinión acerca del pueblo y lo acaecido durante mi ausencia.

_ ¿Cómo ta'n los asuntos de tu familia? ¿También se fue como muchas otras?

_ Sí. Ellos están en Brooklyn. Vienen a verme. Insistió.

Todo emigrante en cada regreso, tiene un punto de referencia y un personaje con quien detenerse a reflexionar sobre el pasado. Se torna fantástico. Se convierte en tierra santa. Epifanías personales. Interpretación de los estímulos sean estos reales o no.

Esas reflexiones ayudan porque unos pocos cambios nota, por el deseo de ver la perennidad de ciertas cosas; bien dicen por ahí: "uno solo ve lo que desea ver". Es la imposibilidad de hacer las cosas posibles. Pero lo único incambiable es donde pisamos con nuestros actos, ahí está la presencia eterna de nuestras huellas.

Rigal me hizo llorar, quizás por la impotencia de no ver más allá del recuerdo. Hice miles de preguntas; busqué en los escondrijos de la memoria y contemplé muchísima gente caminar en la calle de mis primeros años, con rostros de preocupación; algunos me saludaban a pocas pulgadas de mi cara, me extendían la mano y me decían cosas imposibles de conectar en mi cerebro, pero yo no sabía quiénes eran. Esa Avenida fue mi cuna, pese a ello se hacía indistinguible o quizás fui yo el transformado, mi paciencia se hace breve y tal vez no supe esperar y buscar, hasta encontrarla. Las casas ya no eran las mismas; se le habían añadido pedazos de construcción en cemento y parecían un crucigrama. El pasado con el presente, mezcla de madera ancestral con piedras contemporaneas, realidad con ilusión. Un mosaico de fantasías para quien regresa a buscar sus huellas.

Dizque por las noches las sirenas cantan; mujeres mitad pez, mitad humanas. Esas sirenas tienen la particularidad de ser morenas y tener el trasero muy grande. Son seres especiales, no como las de Hollywood. Se confunden sus cantares con los ruidos del cliqueo del Ingenio azucarero, durante la molienda. Es confusión en la alborada cuando el Mar Caribe decide mezclar el viento salobre y yodado con el aroma inconfundible de la miel de purga y azúcar de caña. Los efluvios embrujan no solo las sirenas, sino a todos los seres del fondo del Mar Caribe; juntos inician ascensos desde lo más recóndito de los arrecifes, y se armonizan en coros y canciones interpretados en lenguajes extraños. Suenan como violines, silbidos de flautas, trompetas con alegros, para despertar a quienes desean ver la madrugada y aun soñolientos reciben esa combinación perfecta de vitalidad; es un regalo para quienes se quedaron en el pueblo e ilusión para los migrantes en cuyas maletas llevan el deseo de regresar. Es más, ese aroma raro de pueblo, es el mismo percibido por cualquier emigrante en una eventual esquina de la ciudad o en algún lugar del planeta donde es acogido. No importa; ese cualquier emigrante puedo ser yo; no soy diferente. Cada lugar de la tierra aporta matices especiales y diferentes; para algunos, no para todos, son invitaciones a regresar.

La octava avenida es mi ángulo de ver el mundo. En cada regreso deseo tener esas visiones.

Dejé a Don Rigal después de una hora de conversación y saludos de transeúntes, contagiados de nuestras risas y gozos del pasado; jugamos a recordar anécdotas con amigos comunes. Me preguntó de todo, y en cuanto pude, reforcé los recuerdos con fotografías conservadas en el álbum del teléfono celular. Le prometí nuevas escapadas de El Norte para renovar visitas al pueblo, escuchar música del ayer y retomar conversaciones. No quedé muy seguro de volverlo a ver; sin embargo, para mí, él siempre estará sentado en su eterna mecedora azul y lo imitarán todos los vecinos y amistosos caminantes de la Octava, la Avenida de mis amores.

Recuerdo cada una de las casas, los árboles de mango, las paredes – fueron difusos los recuerdos de las casas de los Peña, Archivald, ni la de Titina, a quien al doblar la esquina se le cayó una teta, según las canciones de mi infancia.

Sí, María Casau, estaba allí, sentada en una silla de paja, acompañada de sus propios cantos y de los siete huevos Cucú. Había caras desconocidas, nuevos vecinos desconocedores de historias; tal vez nunca sabrán de Arnoldo, de Pai Castro el del motor, ni de los mangos Juan Jaques de Sony James. El desconocimiento era mutuo; me miraban y quedaban en las mismas... ahora el de la cara nueva soy yo; los nuevos habitantes de la vieja Avenida no tienen por qué conocer la biografía de un viejo emigrante al Norte.

Al llegar al final de la avenida y notar el hidrante instalado por los americanos en la construcción del acueducto en 1922, un hombre con barba me detuvo, me reconoció. Este personaje había construido una especie de plataforma sobre el hidrante, donde se paraba como a seis pies de altura a dar discursos a todos los transeúntes. Imitaba a un predicador pentecostal, no ahorraba palabras para hacer denuncias de los males del mundo, de los problemas políticos de las naciones, las invasiones y conflictos bélicos del Medio Oriente. No pasaba desapercibido.

A veces hablaba en inglés, español, francés, creole y en ruso. La gente lo tenía por loco. Había vivido en New York y Rusia por muchos años hasta la deportación. Ya no sabía dónde estaba. La gente lo desconocía, porque había perdido la dentadura, tenía el cabello larguísimo y lucía un abrigo militar de invierno, de la guerra de Vietnam, en una temperatura de 90 grados Fahrenheit muy común en mi pueblo.

_ ¿No me conoces? Me dijo. Yo te llegué a ver en Nueva York en la televisión. soltó una carcajada... Ja...Ja... Ja...Ja ¿que tú haces aquí demonio dominicano, coñoooo?

Me habló sin violencia. Era una sorpresa. Se quedó en la euforia y acciones de los polvos blancos demoledores de neuronas. Lo noté en sus ojos, era Jacinto Tirabuzón, vivió en la Calle 181, esquina Broadway en New York. Se lo comió El Norte.

_ ¿Como te va Jacinto? Le pregunté.

_ Aquí, brother, desde mi regreso de Rusia no se me quita el frío, por eso llevo puesto este abrigo Contestó.

_ ¿Dónde vives? Y, ¿tu familia? Seguí la conversación con aquel ser perdido dentro de sí.

_ Vivo aquí, debajo de e'te sitio. A veces me pongo debajo de cualquier mata de mango, como mango, como mango, me jarto. Mi familia no me quiere en la casa ya… y… ya entiendes brother yo te he visto con lo de La Biblia y eso… brother, pero tú sabes. Mientras pronunciaba la retahíla, miraba a los cuatro puntos cardinales como si lo espiaran la CIA[35], FBI[36], DEA[37] o los organismos de persecución. Creía estar en Rusia.

_ ¿Qué haces cuando llueve? Aquí no para de llover. Es tiempo de huracanes. Afirmé, para ganarme su comprensión, que sintiera mi familiaridad y no viera en mí una amenaza. Le hablé en inglés para calmarlo y comunicarle nuestro origen común. Un encuentro entre dos mentes; la mía aún estaba en orden, aunque no sé por cuánto tiempo.

_ Me mojo, brother, me mojo. Dios la manda y yo la aparo. Fui pelotero, brother, aparo las gotas una a una. Esa es la misma agua que guardo en un pote plástico y me la tomo cuando tengo sed, brother, sabe buena, brother, sabe buena Contestó Jacinto mirando el cielo.

_ Pedía en una oración incomprensible para todos menos para él.

_ Pero, ¿cómo te fue en Rusia? Yo sabía de sus incursiones en ese país, cuando él era uno de los pocos del pueblo en asumir el riesgo de migrar tan lejos. Era un joven prometedor, pero se le fue la realidad; hablaba varios idiomas, pero ahora nadie le entendía; su apariencia no le ayudaba, por el contrario lo hacía ver como lunático.

_ ¿No te dijeron? Brother, yo ayudé a liberarlos de esa cosa que ellos tenían, el comunismo no funciona, Brother, son cuentos, brother. _Fueron momentos de luz

---

[35]   Agencia Central de Inteligencia EEUU
[36]   Bruó Federal de Investigaciones EEUU
[37]   Oficina de Administración de Monitoreo de Drogas EEUU

para Jacinto. Recordó a Moscú. Su rostro cambió. Habló en ruso convencido de mi comprensión de ese idioma; le contesté en

inglés y el respondió al momento después de recibir de su mente conceptos e ideas coherentes.

De manera figurada, este personaje de mi pueblo permanecía dentro de una burbuja de cosas incontrolables para él. Su mente estaba afectada y requerida de algún tratamiento, pero aún con cierta mejoría, con seguridad permanecerá demasiado lejos de la realidad de mi pueblo. No soy optimista; historias de talentos truncados irán en aumento y más temprano que tarde, en el pueblo habrán más Jacintos; es cuestión de esperar el retorno de migrantes contagiados de enfermedades como la drogadicción, regada como peste en El Norte.

Le di algunas monedas a Jacinto para proveerlo de algo para comer. Vivía de la caridad pública, como lo hacía en El Norte cuando se quedó varado en unas de esas calles devoradoras de seres humanos vivos. Él era uno de los consuetudinarios habitantes del puente de la 181. Pero mi pueblo poco entiende de ciertas cosas; para el caso de Jacinto, en el Sur y en concreto en el país, no hay suficiente dinero para mantener sus necesidades de intelectual, para él, la mendicidad fue su destino.

El pobre Jacinto no pudo salir jamás de esta esquina. Me enteré después de su muerte; fue baleado en un intento de asalto a mano armada, a una de las Agencias de préstamos y ventas de motores japoneses instalada en el pueblo. El arma resultó ser plástica. Él nunca supo del regreso al pueblo de sus amores.

Me alejé de Jacinto; sabía del casi imposible remedio para su condición. Mi pueblo estaba lejos, demasiado lejos, de entender las condiciones de salud mental. Me alejé triste.

Al otro lado de la casona de Nenita, un par de peculiares personas trataban de hacer algo pero no podían. Uno de ellos se había quitado la camisa y el otro fumaba copiosamente un cigarro habanero de veinticinco pulgadas. Estos dos hombres me llamaron con un silbido conocido y por mi apodo de niño. Solo quienes me vieron crecer conocen ese sobrenombre: "Jando". Había pasado el tiempo pero los reconocí, pese al interesante cuadro a la vista. Pese al cambio de mi figura, me habían reconocido. Me acerqué a ellos, uno era Sony Edwin -Mills, el hermano de Eron, padre de Maraca.

_ ¿Cuándo llegaste Cocolo? Te vi en charlas con el loco, no le hagas caso a ese pendejo. Sony trataba de cantar un bolero y hacia su mejor esfuerzo para sacarle música a una guitarra acústica ya muda por el deterioro.

_ Toiii prendío. Dame pa' un pote e' ron, de velda, tengo un gato guisando, ¿oíste? Era una orden insalvable. Sony era el único comedor de gato en mi pueblo; eso era de conocimiento público. Su gusto lo adquirió por influencia asiática y de alguna manera hacía ver los atrasos gastronómicos de un pueblo detenido en el tiempo. Se ufanaba de haber aprendido a preparar el doméstico felino, de unos asiáticos instalados en el pueblo durante la construcción de la fábrica de café. Un complejo de vida efímera.

Esos chinos - porque todo asiático es chino, según la ignorancia de un pueblo frente al mar- cocinaban gatos, pajaritos, perros realengos, puercos cimarrones, culebras de mar, cabeza de manatí, chivos pendejos, loros verdes, langostas de dos colas, hojas de todo tipo, macos, saltamontes y cualquier cosa viva. Todo eso se cocinaba en noches de luna en aceite de coco. Sony conservaba como un secreto de guerra los aprendizajes de este peculiar arte culinario; en especial se cuidó de enterar a los americanos, dueños del Ingenio Azucarero.

Sony escribió su saber y lo puso en un cofre; recomendó a Osiris, uno de sus hijos, abrirlo cuando el muriera y se lo llevara cuando se fuera a vivir a COCOLOLANDIA, porque los dominicanos son algo escrupulosos con la comida cuando esta se aparta de sus tradiciones culinarias. No comen vegetales, tampoco guisos diferentes al color y no gustan de granos enteros. Las carnes las sobre-cocinan para evitar ver algo de sangre. Sacian el hambre pero sin saber alimentarse.

A Sony lo acompañaba Patrón, el ebanista más cotizado del pueblo. Hacía muebles, vitrinas, camas, persianas, marcos pequeños y grandes. Siempre fumándose un cigarro habanero. Eran pocos en mi pueblo los acostumbrados o enviciados a ese tipo de cigarros.

_ Somos compadres y mi hija se casó con tu hermano, querámoslo o no, somos familia.

_ Eso es verdad. Afirme

_ ¿Cómo 'tan los viejos?

_ Bien.

_ Mi yerno ¿todavía bebe? Preguntó Patrón. Mi hermano es el mismo. Nos reímos juntos como en una ceremonia de relaciones del ayer.

Introduje la mano en el bolsillo derecho, aporté para las libaciones y los animé a cantar las canciones de sus amarguras. Tal vez no los vería de nuevo. Tenía esa sospecha en lo más profundo del corazón. Me llevé esa imagen dentro de mí.

En los pueblos olvidados, deambulan seres a quienes les aplicamos categorías y diagnósticos ligeros. En ellos se esconden dones y talentos, pero la ignorancia nos impide comprender. Son los casos de estos caballeros; sorpresas encontradas al final de la Octava Avenida. El primero era un esquizofrénico, caso controlable con medicamentos. Pero en los pueblos olvidados, no existen condiciones para ofrecer un tratamiento adecuado de asuntos tan complejos como la salud mental. Estos seres son relegados a la calle en condiciones infrahumanas y les aumentamos el infortunio con el calificativo de locos.

En mi pueblo, no había un hospital psiquiátrico, ni facilidades para internar a enfermos mentales; son seres humanos condenados a caminar por las calles, hediondos a mierda, dedicados a la mendicidad y expuestos a una muerte violenta porque desesperados, la única salida es el asalto de un centro comercial con una pistola de juguete.

Ser testigo del atraso requiere una mente especial. Reconocer en cada ser humano su valor como tal, o sea, se vale por el simple acto de haber nacido y ser parte de una sociedad.

Conocía con detalles la vida de los dos improvisados trovadores; el de la guitarra destartalada y el del puro. Los asumí como trabajadores ubicados en el lugar equivocado, un lugar donde no hay ni una sola alma con capacidad de reconocerles el valor poético, las fuerzas creativas que aportan al desarrollo humano.

De nuevo afloró la impotencia y la crítica a un sistema y dentro de este, a un pueblo confundido en dilemas respecto a la inversión de los recursos para ayudar o aliviar la vida de sus ciudadanos. Juancito Tirabuzón, Sony Edwin-Mills y Patrón, tres seres de mi evocación y pese a la incomprensión de sus talentos, siempre estarán no solo en la memoria de un pueblo escondido del sur, sino en la Octava Avenida. Los recordaremos. Cantarán canciones del alma, caminarán en ángulos de ochenta y cinco grados por los efectos de las libaciones. Se acostarán siempre, en espera del sonido del mar para despertar al diario comenzar. Buscarán resolver sus necesidades diarias y dejarán a sus hijos a la espera del llamado de sus respectivas tumbas.

El día estaba muy cargado y la angustia de haberme encontrado con todos esos personajes de mi vida me produjo ansias; comencé a trotar para llegar a mi casa. Me quité la camisa y corrí como lo hacen los atletas. Deseaba llegar y sentarme a repasar todo lo observado y sentido. Mi corazón estaba cargado de tantas sorpresas. Llegué exhausto. Las puertas de hierro estaban abiertas. Me desplomé en el asiento. Las lágrimas corrían como gruesas gotas de impotencia por los muertos y por los vivos ya muertos y no lo sabían.

Capítulo 8

El Mercado

Este ritual de ir al mercado para indagar cómo están las condiciones económicas de mi pueblo es un termómetro para determinar el nivel de vida y la salud de la sociedad.

Ese día estaba dispuesto a ir a ese lugar, como siempre hacía en cada regreso. En realidad, no sé a quién se le ocurrió la idea de establecer una plaza para comprar; mi madre me llevaba muy joven a comprar los alimentos de la familia. Aún no le llegaba a la cintura a mi progenitora cuando le ayudaba a llevar el macuto, donde ella depositaba la compra. Eso no se me olvidará nunca. Días felices, inocentes, imposibles de borrar.

Después de negociar la mercadería, ya de regreso a casa, siempre me acompañaban algunos amigos; me brindaban protección, pero yo sentía fraternidad o mejor, amor de amigos; todos entrañables.

El Norte me había enseñado a cocinar, entendía de mezclas, frutas frescas, carnes, panes y maneras de combinar los alimentos. Ese aprendizaje fue un accidente. Volver al mercado me brindaba la oportunidad de conseguir algunas cosas inalcanzables para esos amigos de infancia, gustosos de jugar a ser mis guardianes.

Cuando estoy en este lugar hago mis propias interpretaciones de lo observado. No solo estoy interesado en el color, sabor, textura y precio de los artículos ofrecido por unas mujeres sentadas con las piernas abiertas y el vestido incrustado en la entrepierna y partes más íntimas. Un caballero, sin mirarte, te dúplica el precio de los plátanos, para ver si caes en el gancho. Considero un juego espectacular la habilidad de negociar una docena de limones, dos aguacates maduros, tres pilas de tamarindo y un racimo de guineo. Después de llegar a un acuerdo, con seguridad ese surtido quedará en manos del vendedor porque el comprador, como la mayoría de compradores, no tendrá suficiente dinero. A nadie se le ocurre pensar en el valor del tiempo destinado a ese juego, en apariencia inútil.

También me llama la atención la forma como se detallan los granos. Un mosquerío inmune al insecticida y resistente al soplo del abanico, se empecina en asaltar la carne de una res de la cual no se sabe la fecha de sacrificio – incluso, no hay certeza si es de res u otro sobreviviente -; mientras tanto, los inspectores, hombres todos de ocho pies y tres pulgadas, extienden las manos de seda a las vendedoras.

_ Don ¿que quiere...? llevo habichuelas a 5, 6,7, 8 y 9. Son de las mejores.

_ ¿Donde la cosechan?

_ El camión las trae de San Juan.

_ ¿No la siembran aquí?

_ ¿Con que cuarto? el gobierno no da na'

_ Ustedes, ¿Todavía siguen a la espera del gobierno?

Estaba tratando de influenciar independencia a uno de mis conocidos vendedores, Temístocles Cortadura, una especie de ícono vendedor de granos en el mercado por los pasados treinta cinco años; su padre fue pionero negociante en ese mercado, en ese entonces no se había construido el Cementerio Municipal y ni el de los americanos. Ese mercado y el Cementerio colindan. Es como un mensaje cifrado: 'si no comes te mueres'. Podría ser el único mercado con esa ubicación tan particular.

Algunos alucinados y cuentistas han visto salir a los muertos a surtirse. Según afirman con toda certeza los viejos, se ven algunos muertos; van despacio, tienen demasiado tiempo, brincan la cerca y luego alcanzan el portón del cementerio para robarse algunas batatas, yucas, y frutas frescas olvidadas por la gente descuidada, cubiertas con una lona de noche. Los muertos aprovechan el letargo nocturno de los celadores municipales, más interesados en dormir, y mucho menos en velar mercancía. Estos esqueletos humanos usan velas, antorchas, lámparas, quemadoras y cualquier fósforo, para caminar entre los desperdicios y las casetas maltrechas.

Estos muertos hacen una verdadera fiesta; inclusive los que en vida eran bebedores de ron, se roban dos o tres botellas para continuar la fiesta cuando regresen a sus tumbas; los muertos del Sur del país son muy diferentes a los demás muertos; beben aun en las fosas.

Son increíbles los cuentos de los vecinos del cementerio. Pero como este es un pueblo supersticioso, nadie se atreve a salir a ver la fiesta de los muertos, porque a la gente le da grima[38]; se le engranoja[39] la piel de mirar esos seres del más allá en el afán de continuar la fiesta; salen a menudo; no desaprovechan la luna nueva, cuando hay penumbras.

_ Esos muertos, están muertos de hambre esta noche. Doble muerte, como solo ocurre en este pueblo,

_ Dijo Adams, un vecino eterno del mercado.

_ Ese ruido no es de muertos, es de perros y gatos ¡Carajo! en este pueblo siempre con habladurías y alucinaciones. Le contestó su hermano menor.

_¿Que no son muertos? ¡Son de muertos! son la una y media de la noche, sal pa' fuera a ver.

_ No salgo porque no cargo la pistola.

_ Y ¿Pistola mata muerto?

_ En lugar de bala mejor una novena para espantarlos de aquí rumbo a Haití, donde viven los Zombis.

_ Mientras tengan la despensa a un lado, a los muertos de este pueblo no los espanta ni la novena..., ni los cultos de los evangélicos, ni los brujos de San Juan; nada. _ Contestó Adams.

_ En este Mercado Municipal, se junta todo el pueblo. Es lugar de amalgamas; la composición social, el afán de la gente en tratar de alcanzar mejoría, el comercio informal, el engaño de la venta de baja calidad y el vendedor ambulante con gritos ensordecedores para advertir que tiene lo mejor, lo inigualable.

La gente de mi pueblo compra desde tiempos inmemoriales. Mis abuelos compraron comestibles en ese

---

[38] Miedo

[39] Erizar

mercado, mi madre, compraba en un macuto el alimento mientras sus hijos esperaban con paciencia porque ella se demoraba en el regateo para hacer rendir el producto monetario. Fui testigo y actor de esa cotidianidad a los tres pies de estatura.

Nada tiene precio fijo en ese mercado de mi pueblo, parece un mercado Persa. Todo se negocia. Todo puede ser comprado a diferente valor, según la hora del día.

En la mañana, los plátanos, yuca, cocos, guineos, tamarindo y limones, tienen un costo y luego al atardecer, después del mediodía, tienen otro. Tal vez los vendedores saben de las hurtadillas nocturnas de los muertos, o quizás al otro día, la lluvia imprevista lo arrastre todo. Es mejor venderlo en baratillo para no pasar a ser víctima de ladrones muertos y muertos ladrones. Como sea. O para minimizar pérdidas en caso de una lluvia.

Después de tanto tiempo todavía se exhiben los alimentos en el suelo en contacto con la tierra y los microbios. La contaminación importa poco. No existen reglas de envase; la sanidad es cuestión relativa, el mercado tiene sus olores peculiares pero eso no les dice nada a las autoridades. No hay servicios sanitarios. Se hacen las necesidades fisiológicas en el suelo, en una de las esquinas contiguas al cementerio. Se pueden ver los desperdicios humanos muy cerca de la comida. No importa. Nada importa.

En mi pueblo las cosas parecen no tener reglas. No hay lavadero para higienizar los productos, ni conservación de sanidad. No hay empaquetamiento plástico, ni lavado de legumbres; estas cargan con la tierra donde fueron cosechadas. Si tienen un lado podrido, ¡no importa! se ofrecen para la venta porque no ha de faltar quien las compre. No hay una hora para la recogida de basura. Es una antesala a la enfermedad de los pobres, mirándolo desde la perspectiva conspirativa. Es importante mantener estas condiciones porque es necesario mantener esa población en una especie de zozobra.

Cuando llueve copiosamente, ese mercado se convierte en un hervidero, especialmente durante las lluvias tropicales, cuando el agua repentina parece exacerbar el calor. No lo refresca nada, el sitio es como una olla a presión. Completan la exasperación la inquietud de las moscas en permanente olisqueo de todo y los olores de azufre emanados del fondo del infierno que acompañan el caminar lento de haitianas vendedoras de ropa usada traída de contrabando de Canadá. La llevan por bultos y a su alrededor se forman corrillos de compradores de baratijas porque ya no les alcanza para ir a las tiendas y prefieren el 'abájate'[40].

Es interesante ver al vendedor de frutas con la carga dispuesta en una camioneta destartalada. Un cúmulo de frutos para la venta: cítricos, melones, aguacates, yuca de la Loma de Paraíso, auyama de Polo, café en bulto, maíz en mazorca. Pero el pueblo está medio desierto porque la zafra no alcanzo el dinero para llevarse lo deseado. Se nota en el rostro frustrado de un comprador; solo dos o tres libras de pollo, veinte pesos de plátano, un coco seco, libra y media de arroz y una piña de veinticinco. Todo en tres fundas plásticas cargadas con mucho cuidado en la

---

[40] Ilícito, clandestino

parte trasera del motoconcho, para evitar el deterioro. En su hogar, la comida deberá estar lista antes del sonido de la sirena a las doce en punto del mediodía y a la espera de los muchachos, seis estudiantes de la escuela pública deseosos de comer algo en la casa.

La comida para esa familia será a medias. No satisface los estándares de la ONU[41], no llena las expectativas de los planes del milenio, pero eso no importa, los científicos sociales nunca vienen al Mercado de mi pueblo.

Esos muchachos estarán resignados a comer hasta donde alcance y no hasta saciar el hambre y cumplir los requerimientos nutricionales. Crecerán en un pueblo, donde la costumbre de comer tres veces al día se perdió - en un tiempo se podía desayunar, comida al medio día y cena al caer la tarde. Ahora, la dieta se resume en una comida 'fuerte' al día y ya. - arroz, habichuelas, o moro, un plato repleto y quién sabe. Es involución; en frecuencias alimenticias el pueblo dio tres pasos atrás. De a poco, el Mercado Municipal se ha convertido en un lugar prohibido para los trabajadores y amas de casas; el dinero nos le da. En otras partes del mundo las grandes mayorías van livianas frente a la preocupación por la comida, es un derecho humano. No le ha llegado esa noticia al gobierno y mucho menos a los habitantes de mi pueblo. Se nota la desnutrición. Se les nota en su flacura. En algunos casos se les pueden contar las costillas. Un ejemplo de esto puede ser "El Cargador de Bultos", una especie de candidato a hombre atlético que va sin camisa; Cargando al hombro o a sus espaldas, doscientas

---

[41] Organización de Naciones Unidas

libras o más de cualquier cosa para sacarla a la carretera por unos cuantos pesos. No se sabe de dónde sacan fuerzas estos mal alimentados y mal pagados. No existen facilidades manuales o mecánicas de transportación, verlos es volver a repasar la práctica de los esclavos en los días de la Colonia.

En El Norte, mi segundo hogar, cerrarían un lugar como este por falta de higiene, donde insectos voladores y bacterias hacen fiesta y los muertos del Cementerio Municipal, son los vecinos. Es más, lo cerrarían porque esos mismos muertos no tienen licencia escrita para hacer las fiestas nocturnas, todas alcanzan el clímax a las dos de la madrugada ante la pasividad del vecindario, obligado a soportar el escándalo. El Norte tiene sus reglas. Prohibida música alta después de la medianoche. Sin embargo, en el Sur pasa cualquier cosa y no hay autoridad dispuesta a intervenir, o indiferente, mira hacia otro lado para evitar problemas.

Las figuras más relevantes de ese Mercado Municipal son las haitianas; venden baratijas, frutas, verduras y cualquier otra cosa. Con ellas converso en un intercambio de ideas aleccionadoras y asombrosas al mismo tiempo. Personajes traídos de las mejores novelas.

_ ¿Cómo ta'? Pregunto.

_ ¿Va comprá'? Responde mirándome de lado y poniendo sobre una piedra, algo que fuma.

_ Sí, ¿a cómo está la yuca? Inquirí.

_ Ta' fresquito... a .a... 50 la pila. No se vende por libras en mi pueblo. Es al ojo. El producto está en el piso de tierra, tendido sobre una lona raída.

_ Tu ta' mal! Le contesto y doy dos pasos de despedida.

_ Ven don...cógelo a 45 la pila. Dice la haitiana, ojos de árabe.

_ 35...y dame 4 pilas. Cerrada la transacción.

De inmediato, por una señal de dedo, se nos acercó un muchacho de tres pies de estatura. Tenía un saco abierto y dispuesto para echar la yuca. Pocas palabras en Creole, no las entendí; en cambio, algunos gestos de comunicación no verbal, todos los comprendí.

La mujer se inclinó noventa grados para alcanzar las cuatro pilas señaladas con el dedo. Fue echándomelas lentamente en el saco sostenido por el niño haitiano.

Noté su hambre en las marcas óseas de su envolvente ropa. La vestimenta incluía chancletas de plástico gastado guardándole sus pies descoloridos; pantaloncitos cortos y una camisa en la cual ya no cabía su cuerpo en crecimiento; la carencia de algunos botones dejaba ver el ombligo mal cortado. Era el hijo de la vendedora.

Hice la ceremonia de pago de la yuca, al precio acordado. Con cierta lentitud metí la mano al lado izquierdo de mis pantalones cortos, donde guardaba los dólares. Compensé al muchacho con símbolos americanos, el total de la propina era mucho más del costo de la yuca. La madre notó el movimiento con ojos de comerciante árabe.

_ ¿Dólar? Tu, ¿americana?, no parece. Preguntó y dudó la vendedora en un español haitianizado. Incrédula. Yo era un negro como los demás casi toda la clientela del Mercado Municipal, como ella, como el niño.

_ Nooo, aunque Usted no crea, yo soy de aquí. Le contesté.

_ Han... han... eso no veda'. Me dijo y me hizo una señal de incredulidad con los labios.

_ Chuiiiip, Chuiiiip, Chuiiip. Me echó un 'chuipe'. Estos son sonidos labiodentales de múltiples interpretaciones, tanto para quien lo emite como para el receptor. El significado depende del momento, el contexto, el estado de ánimo, los gestos, el tono y la cultura donde encuentres.

Puede ser desprecio, burla, envidia, duda, acusación de mentiroso; todo esto acompañado de un movimiento coordinado de rostro, ojos y labios; es decir, un conjunto de gesticulaciones incomprensible para los no nacidos en el pueblo. Es costumbre de comunicación no verbal traída del África. Ella misma no entendía, pero echaba el 'chuipe' y lo acompañba con gestos. Algunas tribus, todavía existentes, aun hacen estos sonidos para comunicarse. Yo estaba en el Sur de un país semianalfabeta, todavía en el esfuerzo de cumplir ciertas etapas de educación y formación, sin embargo, esta situación no cabía en toda la preparación recibida en El Norte, donde reside el diablo en medio de todas las culturas del planeta. Donde convergen todas las clases de comunicaciones: Babilonia moderna, Glosolalias y ritmos de gentes con la inventiva suficiente para crear su propio diccionario para vivos y muertos. Comprendí perfectamente la acción de aquella mujer. Reí con satisfacción. No le expliqué mis sentimientos profundos. Si supo interpretar mi comunicación verbal y gestual, llegará a descubrir que me la llevo en mis recuerdos como fuente de inspiración.

Por siempre seré y me sentiré de mi pueblo; quise pasar desapercibido y hacerme ver como un habitante común; por eso ahora compraba en aquel mercado centenario lo que deseaba para cocinar el almuerzo de la tarde. Iba vestido a la usanza de cualquier compueblano: pantalones cortos con varios bolsillos, tipo militar, lentes oscuros y calzados 'tenis'. No logré confundir a la negra haitiana y tal vez a ningún otro.

Aderezaba mi vestimenta un perfume con unas esencias pegajosas de pino y menta. Este químico en aerosol servía para espantar de mi presencia las moscas del Mercado Municipal y por añadidura impedir el malestar de un concierto musical no deseado. Los insectos saben a quienes atacan.

Este perfume pegajoso era un repelente gringo y protegía a los negros del asedio de los insectos. Esto me delataba ante aquellas gentes para señalar distancia con alguien tan negro como ellas; la realidad interior de sentirme uno más no valió de nada. Pero mis orígenes me hacían apegarme a esta condición de una forma consciente y empática. Era un día soleado en el pueblo.

El mosquerío molestaba a humanos, animales y vegetales sin distinción. Esto sería así mientras las autoridades lo desearan. Son pobres, mujeres, niños y haitianos quienes se rebuscan la subsistencia por esos lugares. No importa.

El sitio del Mercado Municipal de este pueblo necesitaba con urgencia una limpieza.

Un sabor amargo invadió boca y garganta; evité tragar por el momento. Pudo más el recuerdo fijo de ese muchachito menor de edad a quien le confié el saco de víveres. Para este ser, su mundo quedará reducido al Mercado Municipal, allí permanecerá junto con su madre haitiana; El Norte con sus grandes y luminosas ciudades será cada vez más lejos si el deseo es seguir los pasos de muchos migrantes. Para ese muchacho no habrá en mi país un Sistema Educacional dispuesto a incluirlo como estudiante, o no la tendrá fácil si desea estudiar... deberá contar con algunos pesos para pagar algunas trampas documentales. Tampoco recibirá el amparo de un sistema de equidad social que lo provea de condiciones para enfrentar el mundo. No tiene acta de nacimiento, ni registro civil; es técnicamente un ser sin patria, para este chico, el mundo y mi pueblo se resumen en un todo. Más aun, no tiene nombre legal.

Cuando este ser nació en cualquier lugar de Haití, antes de cruzar la frontera para emigrar a mi pueblo, la partera solo cumplió su oficio de asistir a la madre por cien pesos.

Este muchacho, criatura de Dios, no aparece en los Libros del Registro Demográfico de ningún lugar. Quizás en el cielo. Se me ocurre pensar en su día de nacimiento, rodeado de ángeles escribanos encargados de apuntar su nombre para el día del Juicio Final. De entrada a la vida, le ha sido otorgada una ciudadanía celeste con el deber de responder por los actos, pero sin derechos terrenales.

Además este niño es negro, característica asignada por la naturaleza, pobre y haitiano. Se juntan en él, tres rasgos adversos portados en un pueblo de indefiniciones y juicios basados en grado de melanina de la piel, las limitaciones en el tener y un gentilicio inspirador de miradas lastimeras. El no existe; sin embargo su situación la asumirá como normal porque se adaptará a su entorno de pobreza, exclusiones y desprecios.

Se desarrollará en un lugar donde la gente vive en angustias y muere muy cerca de los muertos. Lloré por dentro y por fuera, en el camino de regreso al silencio; todos mis entrenamientos de Trabajador Social y los títulos obtenidos en El Norte de nuevo no alcanzan para encontrar razones lógicas. Este escenario lo llevaré por dentro por largo tiempo. ¿El Norte será capaz de borrar esta experiencia de mi memoria?

El Norte me enseñó. Me hice la pregunta sobre obras básicas a emprender para conservar ese Mercado de mis recuerdos. Esa despensa tan importante para la vida del pueblo se arreglaría con una sencilla plancha de cemento para aislar la comida de la tierra y los microbios. Requiere la construcción de mesetas para presentar los productos. Recolectores de basura y educación para clasificar los residuos. Agua potable para lavar sus productos y para el aseo personal. Servicios sanitarios públicos. No sobraría ordenar los estacionamientos de los vehículos y los motoristas, para evitar accidentes y aglomeraciones. El diseño de hace tiempo cayó en desuso, pero las personas no tienen percepción de otra realidad, consideran inamovible la historia y por eso no protestan.

Sobre todo, reglas para la higiene; señalar los productos; fumigaciones periódicas, para crear un ambiente sin insectos transmisores. Legislación para no vender productos pasados de la fecha de vencimiento para no poner en riesgo la salud de la población. Cosas sencillas para una vida satisfactoria y duradera. Es mi Mente de El Norte, pero estoy en el Sur.

En el inventario de requerimientos, algunas cosas son sencillas, otras más complicadas y costosas; pero algo no podrá faltar. Se requieren planificadores y diseñadores para proyectar una renovación del Mercado sin romper la colindancia con el Cementerio; no sería bueno dejar a los muertos sin la despensa de alimentos y el surtido de bebidas para sus fiestas y tampoco sería conveniente despojar a los cuenteros y supersticiosos de los argumentos para sus relatos, sus cuentos, sus inverosimilitudes... no es bueno atentar contra la cultura en bien del progreso.

Capítulo 9

Marañón

Al regreso del Mercado Municipal se llenó de nuevo mi corazón de impotencia. Estuve mucho tiempo en trance de meditación alrededor de aquellas experiencias extraordinarias y extrañas. Doblé a la izquierda en una de las calles de mi Barrio, para encontrarme con una historia más de otro pedazo de este pueblo acostumbrado a dormir las tardes. Era el taller de Marañón.

Él estaba sentado en una silla pintada de azul, para reposar su cuerpo envejecido. Tomaba la pausa del día caluroso y los afanes propios del hombre laborioso. Siempre esa esquina guardó parte de mi historia. Frente a ese taller ejercí la pastoral, ahora se notaba un poco cuarteado y con el tiempo había adquirido la apariencia de un museo. Marañón miraba a la distancia y con esfuerzo trataba de distinguir a un eventual interesado en la conversación. El oficio de soldador y la fuerza de gravedad habían cumplido la función de dobladora; ya se le notaba encorvado, como en reverencias hacia la tierra. Le quedaban pocas energías.

Ese taller suele pasar desapercibido para la gran mayoría; solo se nota cuando el individuo tiene un específico interés o procura aprovechar la oportunidad para poner en ejercicio la curiosidad. Habían pasado los años y el taller aún estaba abierto al público, atendido por el de siempre, el viejo Marañón. Había enfrentado todos los embates del tiempo con digna firmeza y eso para empezar representaba todo un misterio. En mi pueblo muchos de los proyectos no se concretan. Toma por lo menos mil años...o la Segunda Venida de Cristo.

Esto me hizo analizar al individuo emprendedor, independiente y de iniciativa para arriesgar en su propio negocio, una práctica poco común en un pueblo donde al parecer los individuos crecen bajo la dependencia del Gobierno o a la espera de un empleo en la Fábrica de Azúcar. Marañón era bicho raro en un pueblo de gente con poca iniciativa.

Con Marañón fue distinto; Él siempre me inspiró. Fue uno de esos seres extraños; creó industria muy temprano en mi pueblo. Nunca me interesé por su nombre verdadero. En los pueblos se inmortalizan los seres por sus hechos. Sus apellidos no son tan importantes. Son más llamativos los apodos. No sé el porqué de su apodo; me confundo cuando busco la relación con esa fruta sabrosa y refrescante. No se sabe quién tuvo la ocurrencia de plantar un marañón en una de tantas esquinas, para dar su sabor y aroma a los demás.

Sentí una alegría ver al viejo; estaba en la tarea de supervisar desde su silla a los empleados a su servicio. Qué bueno.

El taller no tenía letrero, anuncios en la radio, panfletos de propaganda para incentivar a los clientes a contratar sus reparaciones. Sin embargo, en el pueblo y alrededores se sabía de la existencia del taller.

La persistencia de un empresario y mi admiración por él, obligaron a mi detención para dialogar con aquel hombre legendario, a quien conozco desde los días de mi juventud. Este encarna la invención, el deseo de progreso en un pueblo muy difícil. Donde las oportunidades de alcanzar algo están ligadas a una oportunidad de empleo en la Fábrica de Azúcar, la única verdadera industria instalada por los americanos en 1922.

Me unían muchos lazos afectivos con Marañón; muy jóvenes nos conocimos... en el taller, un lugar de mi experimentación juvenil, como aprendiz del Maestro Matún Cabaza, un hombre de origen puertorriqueño, y Panchin Brilla. Contemporáneo con el surgimiento del taller se daba el crecimiento del Ingenio Azucarero; en ese entonces no tenía cercas para marcar un límite y cualquier persona podía entrar a esa fábrica por cualquier costado a saludar al Gigante, comerse un pedazo de Caña de azúcar de cualquier vagón o a preparar una "Templa" para mitigar la sed.

Donde se hacían las reparaciones de las grúas, buldócer[42], excavadoras mecánicas etc.....que era diferente e innovadora en ese tiempo, conocí el Ingenio Azucarero en sus entrañas. Siempre me fue curioso este complejo ruidoso. Creía que todas esas máquinas moviéndose al empuje del vapor de las Calderas un dia

---

[42] Bulldozer

explotarían y terminaría con la vida de aquellos hombres engrasados. Fui al ingenio casi obligado por mi padre. Pero nunca me gustó.

No había mucha maldad en esta comunidad y Marañón era uno de esos mecánicos al servicio del Ingenio. Mi padre tuvo la brillante idea de enviarme en unas vacaciones de verano a ese taller improvisado. En el pueblo y para ese momento de la vida, la mecánica era tarea diferente e innovadora; pude conocer las entrañas de ese Ingenio Azucarero. A veces me asaltaban ideas un poco escabrosas; por ejemplo al ver todas esas máquinas moviéndose al empuje del vapor de las calderas se venía a la imaginación una gran explosión, capaz de acabar con la vida de unos cuantos hombres engrasados.

Era un niño de trece años....empecé a ver la vida de los hombres engrasados y la forma casi automática, sin pausa para la reflexión, como se adherían al mundo del trabajo. La empresa lo era todo en mi pueblo y para ellos. Marañón también quedó adherido a su propio trabajo y ahora representa la simbología de la persistencia.

Los mecánicos y hombres de trabajo de mi pueblo, mientras más grasa mostraban en su ropa, más conocimiento reflejaban tener; por eso los mecánicos llamaban la atención.

La fábrica de azúcar tenía cargos de dirección en su parte operativa. Los talleres en general los dirigía Celestino White; la jefatura del taller de madera corría a cargo de Charlie Cataline; en la planta eléctrica una dirección compartida entre Eduardo Edward y Rafael Trinidad, por añadidura, eran los responsables de darle luz a mi pueblo de forma gratuita. Además estaba ChiChi

Wellington; siempre lo vi como macho alfa, por la forma como se imponía. Su madre me enseño las primeras letras, me alfabetizó y sin saberlo, comenzó este relato.

Todos esos directores y jefes eran descendientes de extranjeros. Todos con características parecidas a la gente que vivía en El Norte. Pero Marañón era distinto no solo por criollo sino por su inquietud e iniciativa.

Eso llamaba la atención. Por eso, no me fue extraño cuando se hizo mecánico independiente; abrió su propio taller y desde entonces ha dejado el legado a un puñado de jóvenes; estos han comenzado como aprendices y muchos se han convertido en empresarios o en empleos independientes con la asesoría y supervisión de Marañón.

Busqué adelantar la conversación con Marañón debajo del almendro, rodeado de hierros y chispas de soldadura y acetilenos.

_ Hola Maraña... ¿cómo estás? Pregunte y al tiempo curioseaba el interior de aquel taller milenario.

_ ....oh....oh.....muchacho ¿cuándo llegaste? Me contestó el maestro mecánico, echándome el brazos.

_ Hace un par de días. Contesté con merecido respeto. El tiempo me enseñó a valorarlo más.

_ ...¿Y cómo están tus hermanas en Nueva Yol? Conocía a mi familia desde siempre.

En estos pueblos, todo está relacionado con la familia. Al parecer todos en un tiempo, actuábamos como una sociedad tribal. No sé si era el tamaño de la población; la familiaridad del entorno; las escasas posibilidades de obtención de grandes cantidades de dinero; la imposibilidad de la mayoría de la población de realizar la esperanza de emigrar a New York. Maraña para mis afectos o Marañón para los demás, había decidido ser maestro de todos "los hierros" del pueblo; le obedecían con especial reverencia.

_ Estás muy bien... Veo tu taller muy crecido. Le afirmé.

_ Que va...aquí atajando pa' que otro enlace...las cosas no están muy bien...pero vivimos.

_ Tú has hecho bien por tu pueblo Marañón, lo reconozco. Le dije.

_ Aquí se resuelve todo lo...mecánico...soldadura... lo que sea.

_ ¡Ya!... Se te crecieron los muchachos.

_ Si... se fueron todos...

El tiempo había pasado. Lo simple se hacía complejo y los sencillos hierros ya no representan el taller. Marañón y su taller representan la superación de las limitaciones propias de un pueblo donde sus habitantes no la tienen fácil para comprarse un vehículo y mantenerlo. Este maestro mecánico, tenía un carro reconstruido a pedazos, tal cual se arma un rompecabezas. Era toda una maravilla de la mecánica a la Marañón. Corría en un ángulo de sesenta grados. Doblado.

El Ingenio Azucarero, le quedaba estrecho para sus capacidades y tuvo la valentía de independizarse. Me estreché con Marañón en apretado abrazo, y con este gesto quise mostrar mi orgullo por un amigo de quien la historia escribirá que a él no lo paró nada, ni nadie.

_ Cuéntame Marañón... ¿Por qué sabes tanto de mecánica...? Le indagué.

_ Fue cuando Joven... aprendí... Con los ojos dirigidos al pasado.

_ ¿De quiénes....? Insistí, porque en este pueblo había un atraso increíble.

_ De todos aprendí…fue algo extraño. Se le aguaron los ojos.

_ ¿Inclusive de los extranjeros?... ¿Los Míster te enseñaron? Continué con el interrogatorio

_ No... Esos no le enseñan a nadie. Ellos hacen todo a su propio beneficio. Dijo firme.

_ Entonces, ¿dónde aprendiste....? Buscaba de él alguna revelación especial, un secreto escondido jamás compartido con alguien.

_ Fue en una Ceremonia rara..., no sé, no me explico. Me dijo cabizbajo.

_ Explícate. No hay problema conmigo. Me senté en la silla junto a él.

_ Eso da grima mi hermano…… Han pasado muchos años. Dijo Marañón, sin levantar la cabeza.

Marañón no soltaba palabras y ahora, este hombre otrora fuerte, sintió ganas de llorar por el retorno al pasado y el reencuentro con los seres proveedores de todas las fórmulas mecánicas y de ensamblaje, entregadas mediante una simple unción de los dedos con Aceite de Hígado de Bacalao.

Optó por hablarme a solas de esa experiencia mágica en la cual había aprendido los secretos de la mecánica. Detalló cómo uno seres aparecieron en el mar y le pusieron un aceite extraño en los dedos. El a veces sueña con ese episodio; no lo deja dormir durante dos semanas y entonces le solicita a Cecilia su esposa, llamar a los Pastores Nengo, Caonabo y Juancito; los invita a la casa y les pide espantar el demonio del insomnio. A veces funciona, Otras veces no. Eso depende del poder de consagración de esos pastores.

Continúe el interrogatorio: ¿Qué tipo de aceite..?.

_ Los Seres me dijeron: Aceite de Hígado de Bacalao. Eso te hará el mejor mecánico del Pueblo.

_ Eso fue extraño ¿verdad...? Traté de introducirme en su pasado.

_ ¿Cómo llegaron esos Seres al Pueblo y en específico a la Fábrica de Azúcar? Me interés en el asunto crecía.

_ En convulsivo vuelo mi hermano, en convulsivo vuelo te lo repito. Eran siete... ¡Oh...Oh! todos tenían alas. Fueron los relatos OVNI[43] al estilo Marañón.

_ No fui el único ungido con el aceite...No, no. Hubo otros.

_ Si a los cocolos, puertorriqueños, cubanos, todos los del pueblo, menos a los haitianos.

_ ¿Por qué los Seres no ungieron a los haitianos? Eso me extrañó de la explicación de Marañón.

_ Los Seres sabrán... Nos advirtieron que a los haitianos los ungirían aparte, pero con Aceite de Coco. Contestó Marañón y él sabía por qué.

_ Pero suena extraño... Afirmé.

_ Por eso te lo cuento a ti antes de morirme...habla con los Cocolo, ellos saben... tu padre era cocolo, él sabe. Afirmó.

_ Ya se murieron todos los cocolos del pueblo; llegué tarde. Le dije a Marañón.

_ Busca bien; en el pueblo quedan uno o dos, o sus hijos.....ellos saben la historia de los Seres que enseñaron

---

43   Objeto volador no identificado

de esto; yo aprendí y por eso hago esto con los ojos cerrados. Por eso el taller creció. Afirmó Marañón orgulloso de su proeza.

En ese momento recordé algunas afirmaciones de mi padre cuando le daba por narrar historias extrañas; lo hacía si estaba alegre y había ingerido cuatro cervezas Presidente de las grandes. Era el licor el que hablaba. Contaba sobre unos seres alados; de cuando en cuando llegaban a la playa en la parte posterior de la Fábrica. Así nadie los veía, solo los convocados, siempre extranjeros. Cierto día Marañón, aun adolescente de quince años, estaba en la playa con una mujer haitiana, su compañía en esos tiempos, promediaban las doce de la noche. Marañón fue un intruso de la convocatoria. No hubo más remedio; tocó acogerlo porque había visto a los seres y se comprometió a no revelar el secreto.

Todos los extranjeros se quedaron en ropas menores y comenzaron a amarrase por la cintura con una soga de atar barcos; dos pies de distancia dejaron entre cada uno. Avanzaron hacia el mar y poco a poco el agua los cubría, mientras los Seres todopoderosos, los ungían con aquel aceite 'extraño'. ACEITE DE HIGADO DE BACALAO.

Esa ceremonia era tarde en la noche, cuando todo el pueblo estaba dormido. Además se hacía en inglés y muy pocas personas, en ese tiempo, hablaban dicho idioma.

El viejo Marañón se emocionó y se sentó en una silla de hierro debajo de aquel Almendro.

_ ¿Cuándo te va pa' Nueva Yol? Me le da recuerdo a la familia.

_ Pronto…...se lo daré. Cuídate.

Nos confundimos en un abrazo de hermanos. Empecé a alejarme de aquel hombre con un deseo inmenso de permanecer junto a él para siempre, para recopilar sucesos y dilemas afrontados por mi pueblo en mis ausencias. Sin embargo no pude. El deber llama desde El Norte.

A mis propias aventuras. Sin fantasías ni Sol.

Si Marañón hubiera vivido en El Norte, sería el Henry Ford de mi Pueblo. El prefirió el Sur.

Capítulo 10

Los Enfermos

Enfermarse es un problema y misterio en mi pueblo. Después de hablar con Marañón, recordé a algunas de las madres de mis amigos; supe de algunas de ellas con serios quebrantos de salud, internadas en el Hospital del Seguro Social. Quedaba a pocos pasos del taller. En mi pueblo todo está cerca. Cualquiera con buenas piernas puede subir una pequeña lomita hasta alcanzar el breve alto donde está ubicado este Hospital.

Camine los ochocientos metros aproximadamente y en repetidas ocasiones me interesé en divisar el camino. Como en una procesión religiosa, filas inmensas de enfermos subían de todos los barrios en busca de atención a los problemas de salud. Todos cabizbajos y desesperanzados, con caras de pesimismo. Las prácticas de medicina en ese hospital eran lo más parecido a las intervenciones de los egipcios para la preservación de momias en el tiempo de Tutankamon[44]. Cosas extrañas. Noté en el camino a Florencio Cuadrado; llevaba en sus

---

[44] Tutankhamun

manos una funda y en ella su hígado, deteriorado por el consumo de altas dosis de…ron. Unos catéteres usados, porque no había suficientes en el hospital; además, de una funda de suero. Ya era hombre de pasos lentos, para nada parecido a la persona enérgica y fuerte del ayer. Aunque pocos y lentos, ocurren cambios en mi pueblo. En mi ausencia, desde la distancia y sumergido en responsabilidades es fácil no darse cuenta de cambios sustanciales de los valores. A pesar del interés en mi pueblo, dejé escapar detalles y ahora, pasado el tiempo, las circunstancias me obligan a confrontarlos.

_ Buenas don Florencio. ¿Cómo estás? Lo saludé con mucha cortesía. Era hombre distinguido en mi pueblo. Ahora iba camino a buscar remedio a su mal, como todos los mortales del camino. Su enfermedad no era menor, según la parte tan vital del cuerpo sostenida en las manos. En los pueblos donde la medicina es tan precaria cualquier cosa puede pasar.

_ Aquí, con el hígado en las manos pa´l Seguro Social…estoy malo, mi hijo. ¿Y tú cuándo llegaste de Nueva Yol? Oh, oh… carajo hace tiempo que te fuiste…

_ Llegué hace unos días y me he dedicado a observar el pueblo. No se descuide con ese hígado Don Florencio. Le dije de forma discreta.

_ Dile a la hija mía, allá en Nueva Yol que tú me viste. Ella se fue y solo manda fotos. Pídele que venga a verme, antes…, tú sabes, antes de mi partida final. ¿Me oíste? Insistió.

_ Si, Don Florencio. Conteste rápido y al punto. Me dio mucha lástima.

Apresuré el paso, para hacer rendir el tiempo y alcanzar a visitar a todos mis conocidos, mujeres, hombres y niños. Saludarlos a todo era el compromiso autoimpuesto. Con solo acercarme a la edificación comprobé una de mis sospechas: poco a poco el hospital se quedaba pequeño y sin medicinas frente a la creciente demanda; la población crecía pero la institución no.

Antes de ingresar ya me había fijado en la ambulancia. Estaba con los vidrios de las ventanas rotos y tapadas con cartón. Las luces estaban desteñidas y tenía un letrero en inglés; decía: Trenton New Jersey.

El vehículo hacía parte de un donativo de parte de uno de los compueblanos, Antonio Carrasco, otro próspero migrante; su nombre estaba estampado en esa ambulancia convertida en chatarra por la falta de mantenimiento y la exposición a la intemperie.

A la entrada del hospital había un hombre como de ocho pies de alto. La escopeta de dotación le llegaba a la cintura; con esta, una correa de tiros cruzada a la mejicana, como Pancho Villa. Me miró de reojo y me preguntó:

_ ¿A quién busca?- la voz sonó ronca y autoritaria.

_ Al Doctor José Cantarrana.

_ Deme su cédula….

_ No tengo…..no soy de aquí…hace tiempo no la llevo conmigo.

_ ¡Ah! bueno. Aquí no se entra sin Cédula. Replicó el celador y acarició la escopeta.

_ Pero…Ud. e' dominicano o haitiano? Preguntó el hombre.

_ Pero don yo vine solo a ver el doctor Cantarrana. Avísele, por favor.....-Le contesté ya un poco irritado por el calor.

_ Dejese de cuento. Cumplo instrucciones. Aquí viene mucho haitiano a traer su mujer a parí' y se quieren a'se' pasa' por dominicano. Me informó el señor.

_ Mire don, yo sé dónde queda la oficina. He venido antes y este doctor es mi amigo. Déjeme pasar yo vine de New York. Llegué hace unos días y no vi la necesidad de cargar documentos. Mis pantalones son cortos y no tengo donde guardarlos.

El centinela me detalló de pies a cabeza. Metí la mano en los bolsillos, saqué dos dólares y se los dí al guardián, para reafirmar mi procedencia de El Norte.

_ ¡Ajá!.. me lo hubiera dicho antes. Pase don, es el segundo piso pero la oficina es la 123....tenga buena suerte.

El edificio se descascaraba por partes; el olor a formol invadía el ambiente y en cada paso de avance, dejaba atrás cualquier cantidad de enfermos. Veo a alguien con las manos posadas en el corazón, las piernas rotas de sendas personas, dos mujeres a punto de sacar los muchachos de sus vientres. Tres enfermeras con gorritos de sala de cirugía.....tristes porque no pudieron con el caso.

Caminé ochocientos pasos y medio, viré a la izquierda, y a allí estaba mi amigo del pasado. Había cursado las escuelas primaria y básica con él; luego fuimos juntos a la preparatoria universitaria antes de marcharme del pueblo. Siempre conservábamos esa amistad de juventud. Entré a su oficina y eufórico me dijo:

_ ¡Muchacho!, ¿cuándo llegaste?, ¡qué sorpresa más buena!

_ ¡Qué alegría verte! Todo un doctor y trabajando bien.

_ ¿Recuerdas los problemas allá en la Universidad?Los muertos... ¡carajo!

_ Pero todo lo vencimos.....estamos canosos y en nuestro pueblo.

_ ¿Cómo te va en New York? Oí cosas buenas de ti.

_ Bien. Sin embargo, tengo el dilema del regreso a mi pueblo. Le respondí con una sinceridad de amigo.

_ No hermano. Esta vaina aquí es para sobrevivir. Tu ta' bien allá. Aquí no hay agua, luz, comida buena, inseguridad, los políticos lo dañan todo.......quédate en Nueva Yol. Me respondió con un meneo de cabeza.

_ Pero allá uno se muere solo. No hay amigos, ni amor, ni compasión. Se te congela el alma. Contesté, poniéndome las manos en el pecho.

_ Mi hermano, deberás prepararte muy bien si deseas el regreso.

No se habló más de regresos.

Le expliqué el motivo de la visita al hospital: quería ver viejos conocidos por recomendación de algunos compueblanos migrantes como yo. En especial, algunas mujeres, madres de mis amigos del ayer, reducidas a la cama a la espera de remedios e intervenciones quirúrgicas desde los pasados treinta años. Dizque les crecen raíces en el cuerpo y se conectan con el piso; las enfermeras solo atinan a echarles agua. Buscan producir flores en el vientre de las pacientes. Es un hospital diferente a los de El Norte. En este se hace jardinería con los enfermos. Si entero a mi familia de esto me van a tratar de exagerado... 'fantasías tuyas' dirán; estoy seguro de eso.

Además, algunos de mis amigos migrantes, residentes en USA me confiaron la entrega de algún dinero y deseo hacerlo en persona; también debo hacer llegar algunos paquetitos de colores, cortaúñas, dulces secos y desodorantes.

Son infinitas las necesidades de estos enfermos. Afirmé.

De añadidura, le pedí al amigo, Dr. Cantarrana, enterarme de necesidades del hospital. Quizás pueda compadecer alguna fundación benéfica de USA y convencerla de aportar algún aparato como donativo.

Me enseñó la sala de operaciones y aún suturaban a los pacientes con hilos hechos de ripio de plátano. Las heridas las cicatrizaban con cristal de sábila, cosechada ahí mismo en el patio del hospital. La pobreza despierta la creatividad y ante la falta de dinero, buenos son los inventos.

Tomé de prisa las fotos correspondientes de los enfermos para evitar la revoltura en el estómago. Se las envié por correo electrónico desde mi teléfono moderno. Las fotos eran de Doña Camila Jurisprudencia, Antonio Cabeza, Martin Cuevas, Altilocua Buenas, Gustavo Philip, Amalia Senil, Tancredo Carbajo, Antonio Cantarrana y otros.

Todas personas eternas. Aunque están confinadas en el Hospital del Seguro Social de mi pueblo, a ellas no las mata nadie; cada vida es un asunto de perseverancia lograda con el aire purísimo del Mar Caribe, regalo para el pueblo cargado de yodo, oxígeno, sol, en una mezcla convertida en reconstituyente natural, capaz de renovarles la vida a los enfermos cuando entran en contacto con el mágico elixir.

Al salir del hospital, preocupado por el panorama de imágenes dantescas recién captadas por mis sentido, noté un tubo de veinticuatro pulgadas de diámetro; conducía un líquido viscoso, amarillento, a una velocidad extraordinaria. Pregunté al mismo guardián de la recepción.

_ Don, ¿ese es el acueducto?

_ ¿Cuál? Preguntó

_ Por si no lo sabe, lo hicieron los americanos en 1922. Enteré al adusto portero, vigilante y recepcionista.

_ ¿Y esa es el agua para consumo humano en mi pueblo?

_ Si. Fue la respuesta tajante.

_ Con razón hay tantas epidemias... ¡carajo!

_ ¿Cuándo arreglarán eso?

_ Nunca. Eso está sin limpiar desde el día de su inauguración, según dice Usted, en 1922.

Se jodió el pueblo... ¡bárbaros! El agua es la vida. Salí por la parte posterior del edificio para ver La Montañita, el nuevo barrio formado en mi ausencia. Nuevo Barrio-Viejo Hospital; me parece un contraste, otra señal del dilema de mi pueblo. Salí de ese hospital de manera furtiva con el corazón en la mano en gesto que alguien podría confundir con un ataque cardíaco; me asaltó el temor de quedar como paciente, internado en ese vetusto hospital.

Capítulo 11

Los Cambios

La visión y realidad son cambiantes en mi pueblo, y en algunos aspectos las transformaciones han sido radicales. Las dimensiones de la niñez, temprana juventud, cambian muchas veces en sentidos diferentes a lo deseado. Las proporciones de mi pueblo tampoco han permanecido inalteradas. No me di cuenta.

El pueblo mental era de unos pocos barrios, sin cercas, obstáculos o barreras hechas por los habitantes. Esto era así cuando la vida transcurría en Las Salinas, Los Blocks, La Octava, La Quinta, Las Casas de Ladrillos. Todos sabíamos los nombres entre sí; ninguna familia parecía extraña y el tejido social tenía una cohesión amalgamada. Sabíamos quienes ocupaban posiciones de poder; ubicábamos los tres ricos y los cuatro cines o teatros; los ricos siguen siendo pocos, los cines ya no existen.

Se terminó la inocencia; es parte del trabajo realizado por el crecimiento demográfico y sus secuelas, favorables o no tanto. Pero ha sido, y así seguirá, mi pueblo frente al mar.

"Mi pueblo ya no es mi pueblo" dice una vieja canción. El pueblo de mi mente no existe más; ahora es otro. Es tan grande, comienza en las Alturas del "Casandra" y llega a la "Boca del Rio Yaque". Se cruza de norte a sur y de este a oeste y ya no está limitado por las dos carreteras mandadas a construir por el Generalísimo Trujillo. Dos idearios de pueblo tiene la gente; 'el pueblo es una Villa' y 'el pueblo es una central azucarera'... Tales idearios requieren revalidación, dejaron de ser ciertos.

Mi mente se resiste a creerlo y quizás como todos los nostálgicos, lo queríamos siempre pequeño. Nos gusta sentirnos esperados por los nardos y las rosas, y por los árboles frutales con sus ramas invitándonos a trepar como en la niñez. Desde el deseo, eso debe quedarse así... pero solo en la mente, es la advertencia de la realidad. Todo pueblo cambia. El cambio de este pueblo ha sido acelerado; en pocos años tamaño y población se triplicaron. De una población dispersa se pasó a un conglomerado de gente; personas llegadas de todos los lugares del país, buscan en el Sur una nueva forma de vivir.

No extraña a nadie la presencia de extranjeros, misioneros, doctores, ingenieros, muchas compañías, escuelas públicas y privadas, supermercado, pizzería, pica pollo de chinos, tiendas de nuevos árabes. Mujeres bien vestidas, agencias de motores, construcciones con ventanales de cristal, bancos y financieras, mansiones de millonarios y se espera más crecimiento en el futuro. ¡Ah!, no dejar de inventariar un aeropuerto Internacional (sin uso), pero ahí a la vista del curioso.

Además, nuevos barrios y entre chozas miserables, ostentosas casas; la magnificencia en su construcción inspira la sospecha de riquezas mal obtenidas en El Norte o dólares blancos o negros o verdes, no sé.

Por lo visto, era la evolución normal de un pueblo y no podía negarme a conocerlo de nuevo.

El Norte me había preparado. Las contradicciones de la existencia; los métodos sociológicos aprendidos en las academias gringas; la práctica profesional y la experiencia existencialista y materialista adquirida, me aportaron confianza y arrojo para buscar el contacto con algunos dirigentes del pueblo. Diputados, senadores, alcaldes, trataban de explicarme lo sucedido. En una de esas tardes tropicales, no sentamos en el restaurante con el Mar Caribe como panorama, e inicie una conversación inolvidable.

_ La política es todo aquí. Me dijo el Diputado Despradel. Y agregó: Me gasté cuarenta millones en las elecciones pasadas.

_ Eso es mucho dinero en cualquier lugar. Contesté.

_ Hay que buscarlo. Nadie en este país con la aspiración de ser diputado puede ser pobre.

_ Eso es así en El Norte. Pero las reglas son otras. Le controvertí al diputado.

_ Aquí en este país y en todas las ciudades y pueblos manda el partido y el presidente… No hay de otra.

_ ¿Usted no puede votar a conciencia?

_ No. Me echan del Partido. Dijo mí recién amigo, el diputado.

_ ¿Y el pueblo que lo eligió diputado?

_ El pueblo olvida. No es como cuando asistimos a la universidad. Eso ya no es así. No son ideas. Es dinero.

Esta conversación sobre el pueblo, el país, el análisis político y soluciones, es cosa común en la vida de la gente de mi pueblo. Cada quien posee las soluciones permanentes de forma teórica y reza las recetas en asuntos económicos, militares, de policía, legislativos, judiciales y hasta de inversiones extranjeras. Sobre el papel, todo, absolutamente todo está resuelto, porque político que se respete, habla de cosas de imposible ejecución.

Además los problemas de mi pueblo y el país tienen raíces muy profundas; llegan hasta el mar y forman marañas y en ellas todo se enreda y nada fluye… y son problemas viejos; datan desde los mismos instantes del descubrimiento y la conquista. El pueblo nunca ha contado como actor para buscar soluciones.

A este conversatorio de restaurante con libaciones y comida, se unió el Senador Socorrito Perpetuo, siempre acompañado de su séquito. Lo conocía por años, desde cuando matábamos mosquitos y comíamos tilapias y guineos en casa de un amigo común, muy cerca del Peñón.

Hombre temido en todo el territorio, porque domina el verbo y además tiene mucha influencia en su partido. El conoce al presidente, este cree en el senador; fueron juntos a la escuela. Me une una historia agradable con el Senador Perpetuo.

_ Buenas… Oh...oh... ¿Cuándo llegó?

_ Buenas Senador. Es un placer verlo de nuevo. La última vez fue en New York. En la conferencia.

_ Claro. Es grato.

_ Siéntese senador. Compartamos estos momentos. Estas oportunidades se dan muy pocas veces.

Diputado y Senador militaban en partidos diferentes; no importa, son circunstancias propicias para hacer valer la diplomacia y la amistad entre todos.

_ Estamos en un dialogo sobre el pueblo y sus cambios.

Dije de forma suave y con disimulada invitación a la reflexión.

_ Este pueblo camina adelante y luego hacia atrás, como lo hacen los cangrejos. Dijo el Senador.

_ Es correcto. Se perdió el amor al pueblo. La gente nos ve como agentes del mal. Opinó con elocuencia el diputado.

_ Hay cosas fundamentales por hacer en este pueblo: Infraestructuras y empleo. Dije con análisis al estilo gringo.

_ Hay que traer la Fábrica de moler vidrio y las máquinas de convertir las hojas de plátano, para hacer medicina para las enfermedades venéreas. En este pueblo se hace mucho sexo. Dijo el Senador después de catar el trago.

_ Esa fue la promesa de campaña de nuestro Partido en las pasadas elecciones. Y me encargaré de recodárselo al Presidente. Él tiene el ojo puesto en el Sur para las próximas elecciones. _ Continúo el Senador tras otro sorbo de licor.

El diputado encogió las piernas un poco, se ajustó los espejuelos y miró al senador por encima de los lentes; luego se animó a expresar: _Este pueblo nos juzgará;

ha crecido oyéndonos decir lo mismo, debemos ser más ambiciosos… en el Sur se requiere cuanto antes un túnel para unir las dos grandes Bahías; de esa manera las águilas podrán hacer sus nidos en El Monte Grande y les vendemos los huevos de águilas a los Americanos. Ellos gustan de las tortillas, pero con huevos de águila porque les pone los ojos más azules. Eso es por la pigmentación azul de la yema de los huevos. Con la ejecución de ese proyecto se salva el pueblo, el Sur y el país.

Al escuchar esto y tras intuir una discusión larga, el senador se paró de repente y dijo…

_ Señores, fue un placer. Bienvenido a su pueblo, Usted es querido de todos. Se refería a mí.

Y continuó el Senador: _El camino es largo a la capital; me tengo que ir. Mañana se legisla un préstamo… Ofrezco disculpas por mí y por el diputado; él también viaja; ¿no es así honorable diputado?

_ Claro, Senador. Usted sabe cómo son las cosas. Y que este momento dispense de gratitud al querido amigo; el nos trata bien en USA cuando visitamos ese querido país. Sentenció el diputado.

_ Eso es verdad, Ja, ja, ja, carcajeó el Senador.

Nos despedimos. Tres "YIPETAS"[45] japonesas se acercaron al lugar, para recoger aquellos personajes poderosos de mi pueblo. Ellos representaban el poder.

Como suele suceder en estos actos políticos, todo quedó en el aire y confuso. Nadie del pueblo escuchó nuestra conversación; siempre a sus espaldas se

---

[45] Jeep

han discutido los proyectos. De este intercambio de opiniones, fui testigo de unas ideas locas de desarrollo y, aunque fueran sensatas jamás adquirán la forma de planes. Muchas ideas, pocos planes, cero ejecución... toca aceptar que eso es política.

Desalienta comprobar la negativa de nuestros políticos a plantear salidas frente a problemas como crecimiento y cambios de la población, pobreza, desempleo y el déficit en las necesidades básicas del pueblo; estas no serán resueltas, porque a los opresores no les da la gana.

No importa si se construyen casas, edificios multifamiliares, parques y viviendas sobre el Mar Caribe. Ya se sabe de qué está hecha la maraña de raíces tragándose todo en sus profundidades.

CAPÍTULO 12

Los Pescadores

El encuentro con pescadores de mi pueblo representa la oportunidad para evocar al único tío paterno, Wilfred Wilson y para detener los recuerdos en esa parte de mi pueblo llamada Salinas. Siempre quise entender lo del nombre. Nunca lo logré. Por el prefijo me imagino lo salado, mala suerte, mar, aridez, gente pobre.

Era sin lugar a dudas un lugar de contrastes. Su belleza panorámica al ubicarse en cualquiera de sus acantilados y al fondo una cadena montañosa de mayor a menor. Su bahía, hermosa sin paralelo, parece un plato de aguas tranquilas. El observador queda embelesado en ese cóncavo invertido para imaginarlo como entorno perfecto para hacer cualquier tipo de actividad marina. Veleros, regatas de viento, esquí, pesca de buzos en los arrecifes submarinos, adornos secretos del paisaje.

Sin embargo, el tiempo solo ha servido para hacer de ese lugar un depósito de desperdicios del bagazo de caña producidos por el Ingenio Azucarero. Con el tiempo, se han formado capas tras capas de residuos con efectos negativos para la vida marítima y como es obvio, para los pescadores; esas playas los han visto pescar por cientos de años y gustosas les da acogida.

Desde mi punto de observación divisé un trio de yolas. Todas aparcadas en la playa. Una de color rojo, otra blanca y la de la izquierda morada. Todas bautizadas con nombres de mujeres. Había tres seres mirando al infinito, descamisados y en pantalones cortos, como perdidos en sus pensamientos. Estudiaban el mar para la próxima aventura de la madrugada.

_ ¿Cómo van las cosas? La pregunta fue mi saludo para buscar conversación.

_ Oh...oh... ¿tú por aquí? – Así respondió mi saludo Antonio Paniagua.

_ Yo siempre vengo a mirar mi Salina...esta playa... soy de aquí.- Les afirmé con cierto orgullo.

_ Tu parece, tu parece... veamos, ¿el sobrino de Wilfred, verdad? Preguntó Tancredo El Grande para resolver su duda. 'El grande', un hombre de ocho pies de altura y siempre lucía un arete de pirata en la oreja izquierda.

_ Si... primo de Rogelio. Tío Wilfred tenía una yola aquí. Los recuerdos me trajeron hasta acá, no pude evitarlo. Contesté.

_ Hace mucho de eso; tú te fuiste pa' Nueva Yol temprano; la cosa cambio. Afirmó Tancredo.

_ Claro, era un tiguerito[46] como de diez... Ahora el tiempo pasó sin darme cuenta. Ja, ja, ja. Reí con todo los pulmones.

---

[46] Niño

_ Eso era el tiempo de tu tío…. Cuando se pecaba'…. cuando se traía la Yola llena de pecao'; ahora no hay na. Se adelantó a decir Roberto Culebrón con un lamento acompañado de una bocanada de humo de su cigarrillo extranjero.

_ Los tiempos cambian; tal vez ya Dios no está a gusto con nosotros en este pueblo…..aquí lo que hay e' jambre. Lamentó Antonino.

Estos tres seres, estoicos de siempre, pensando en los tiempos de antes y aún en los presentes. La abundancia nunca lo fue. Tampoco se dio la elemental prosperidad de extraer del fondo del Mar Caribe la suficiente comida para sus familias, esa le fue negada en aquellos tiempos, donde la contaminación había infectado todo el fondo de aquel litoral.

La brisa encrespó la playa. Solo se vieron al fondo, dos o tres yolas remeneadas por las olas. Las tripulaban hombres esqueléticos, descamisados; hacían sonar unos pitos de rescate, porque sus embarcaciones eran levantadas a una altura de veinte pies y medio por la furia del mar. Trataban de combatir el oleaje y el viento con remos de palos. Daba la sensación de ser absorbidos por las montañas al fondo. Una tumba más en el mar.

Los manatíes comenzaron a brincar; las tortugas a esconderse, los sábalos brincaban junto al cardumen de lisas y sardinas para refugiarse de la turbulencia en ese brazo de mar. Se veían figuras monstruosas cuando se estrellaban contra la "Punta del Curro". Esta es una montaña con una constante iluminación floreciente. Me pareció haber visto en la distancia las nieves de New York. Pero las montañas de mi pueblo no se derriten.

La Bahía estaba dispuesta a todo. A enfrentar a Poseidón con todas las huestes acompañantes empecinados a causar estragos en los pueblos pobres como el nuestro. Tremendo empeño el del mítico dios, porque a mi pueblo, a pesar de todos los vientos de mal augurio que han soplado por el Valle, nada lo detiene. Y eso mismo sucede con estos pescadores eternos; por generaciones se han dedicado a sostenerse de la pesca; ni los malos tiempos, ni las tormentas, ni la contaminación arrojada por una indolente empresa los han podido desterrar de sus playas y del sustento.

Mi encuentro con ellos solo fue para recordar. Para resumir lo que pudo haber sido. Perdimos en arrabales la posibilidad de crear en ese entorno las oportunidades turísticas de mi pueblo.

Esa zona de mi pueblo tendría un valor millonario en cualquier otra parte del planeta. Sin embargo, se la comió el bagazo arrojado por la Fábrica de Azúcar; es un Gigante indiferente; no le importa evacuar en este sanitario libre, porque supo interpretar a todos los habitantes de un pueblo donde todo termina en el mar y a nadie le duele. Y menos le duele al mandamás; según él, mearse en el mar no perturba las olas. Y entonces, ese Gigante se confabuló con algunos en el pueblo; gente incrédula, gente cortoplacista. No les importó los pobres habitantes de ese pedazo de suelo de mi pueblo. Pobres y haitianos, una combinación de condiciones, fatal para la exclusión.

Si existe equidad en mi pueblo, está rezagada por lo menos doscientos años; todavía se animan discusiones para buscar rasgos históricos, étnicos, culturales,…, comunes y nadie descubre lo verdaderamente común: la condición de seres humanos y como tal, sujetos de derechos.

El Ébano plantado en ese pedazo del valle no era pródigo en su florido. La tacañería de ese Ébano se expandió. Tampoco fueron pródigos los dueños, no vieron en esa parte de mi pueblo una oportunidad para la inversión y así desarrollar un sistema donde todos sus habitantes pudieran alcanzar bienestar y felicidad.

Sin embargo, recuerdo un relato de mi abuelo materno Zoilo Volquez, en relación a esa Bahía. Se lo escuché de niño.

La fantasía narrada por el abuelo -nacido y muerto en esa zona- quedó tatuada para siempre en mis sueños. Se trata del cuento de los tres hoyos.

Según Zoilo Volquez, en el mismísimo medio de la Bahía, hay tres hoyos. Estos son túneles de comunicación secreta y participan de esta tres grupos de Seres Místicos que caminan de espalda. Uno de los hoyos cruza todo el Sur y termina en las vecindades de la Península de la Guajira, en Colombia, para mayor precisión, en el Centro de Valledupar. De ese hoyo sale una música de acordeones capaz de hacer bailar a los muertos.

Y continuó Zoilo… el segundo hoyo de mi pueblo, sube camino al oeste y sale al centro del Lago Enriquillo y se forman burbujas de colores anaranjados y azules; estas se tornan en alimento para sostener los cocodrilos de esa zona. Esto ocurre desde hace años, cuando los dinosaurios caminaban en dos patas en la isla rodeada por las aguas del Lago, y este era riqueza natural compartida por dominicanos y haitianos.

El tercer hoyo, llega a la Bahía de Hudson, en New York. Ese hoyo sirvió de modelo y con base en él, los americanos aprendieron a construir túneles profundos por donde pueden cruzar carros, camiones, barcos, trasatlánticos, trenes. Ese ha sido un gran negocio de todos los tiempos.

Todos estos hoyos, tienen en común esa Bahía hermosa de mi pueblo; el lugar adquirió su forma cuando la isla se carbonizó y en su transformación surgió de lo profundo del Mar Caribe. Además y es algo importante…, esa Bahía era hembra, porque tenía tres hoyos.

Mi abuelo Zoilo Volquez, era un cuentista con picardía. Lo recordé mientras miraba estos pescadores, en esa zona encantadora de mi pueblo. Estos tres pescadores hacen lo imposible por llevar un pedazo de pescado a sus casas. Desconocen o no les interesa enterarse de la incontable riqueza existente en el fondo del centro de esas aguas.

Sin embargo, así es mi pueblo, dormido, cubierto con un manto azul, de reacciones lentas; sus pobladores no reconocen el esclarecer de un nuevo día y por tanto siguen expuesto a despertarse tarde a cumplir con el deber de ponerse de acuerdo para trabajar unidos.

Les dí la mano derecha a tres artesanos de la pesca. Les rendí una ofrenda monetaria, como si fuera el pago a un trio de Grandes Profetas de la antigüedad. Me hablaron y sus mensajes fueron cantos. Con sus palabras, rudeza, silencio y miradas me contaron volúmenes.

_ ¡Adiós! ¡Vendré otra vez! Les dije.

_ ¡Cuídate….! Me contestaron en coro.

Capítulo 13

Los Cocolos

El Pueblo estaba lleno de Cocolos, apelativo inventado por la gente para hacer referencia a los ciudadanos de Las Islas (colonias) Vírgenes, Británicas, Holandesas, Norteamericanas, etc... En resumen, los Cocolos fueron los inmigrantes a mi país, con un destino muy preciso, la Fábrica de Azúcar de mi pueblo. Todos llegaron en busca de algo. Ahora estaban viejos y achacosos, debajo de unos árboles históricos plantados en sus años mozos, dedicados a las reminiscencias de sus miles aventuras.

Todos octogenarios, sin agenda cotidiana, no sabían qué hacer con el tiempo. Sus ojos no les permitían ver más de dos metros. Sin embargo, conservaban su orgullo, su vestir, su dignidad.

El despegue de la economía basada en la actividad del ingenio azucarero, traído por los norteamericanos en 1922 a mi pueblo, alcanzaba un punto de buenos augurios sobre el porvenir de la empresa.

Los americanos reclutaban trabajadores de todas las islas del caribe y de Panamá, en la zona del Canal.

Les ofrecían trabajo, casas, bienestar, educación para ellos. En fin una serie de atractivos para hacerlos sentir 'como en casa' y se olvidaran de sus orígenes e iniciaran un nuevo proyecto de vida alrededor del empleo en la fábrica de azúcar; pero sobre todo buscaba de ellos cierta incondicionalidad y sumisión.

Este grupo de Cocolos tenía la característica de poder expresarse en inglés; además poseían algunos conocimientos técnicos adquiridos en las fábricas de azúcar en Puerto Rico, Cuba, Panamá, Méjico, o en otra de las miles de aventuras industriales de reciente instalación en esta zona del mundo. Hablar inglés era una ventaja comparativa frente a los criollos. A los dueños les gustaba esa destreza de esta población porque la comunicación era más fluida. Era inglés británico, pero se entendían con los norteamericanos del Sur de USA; estos tenían una percepción particular de las razas y las etnias.

Esta relación entre los Míster y Cocolos siempre me atrajo. Era una sociedad cerrada, temerosa, calculadora, indocumentada, protestantes, negra, emigrante… Yo era producto de esa amalgama. Entiendo sus temores yo también emigré. Ahora regresaba a mi pueblo en busca de mis pasos, mi pasado.

Esta vez estaban todos los Cocolos reunidos debajo del árbol de laurel, en la esquina de la Quinta Avenida, en esa encrucijada de mi pueblo, testigo de muchísimas generaciones. Acudían allí para reunirse a buscar lo que no estaba a la vista y a soñar, si fuese posible, con la idea del regreso. Me les acerqué y saludé con respeto en inglés. Era un Cocolo más entre ellos. Estaban: Celestino White,

Eduardo Edwards, Sony Edwin, Remy White, William Thomas, Enrique Potter, Emilio Adams, el panadero que surtió de pan a todo el planeta, Archivald... Bodet, Richardson, Ross, Carty, Wilson, Then, Chapman, Jim Joseph padre del pelotero de mi pueblo, Ricardo Joseph, quien alcanzó a jugar en las ligas profesionales del país y del extranjero.

Estaban los McDonald, Quan, Benjamín, Nao, Wiley, Vander-pool, Bacana, Marcel Wells, Bigman, Goodry, Johnson, Griffin, O'connor, Guilliard, Prince, entre otros, que por espacio y tiempo, nos los puedo colocar a todos en estos relatos. Sin embargo, los veo a todos. Hombres alfa de mí pasado en sus mejores días.

Por los nombres y apellidos, esta lista no parece de personas que vivieron y viven en un pueblo olvidado del Sur de la Republica Dominicana. Se asemeja más a un listado del Registro Civil y Nacimiento de cualquier ciudad de El Norte. Al nombrarlos queda la impresión tener al frente un registro de los fundadores de pueblos en USA, como Boston, Filadelfia, Paterson, Newark, Trenton, Kansas City, Chicago, Hartford y porque no, New York.

Esos Cocolos eran los descendientes de ellos, con apellidos occidentales como resultado de los encuentros de monstruos, brujas, hechizos, gozo de sexo con mulatas, negras, blancas y nativas, en coitos de pie hasta aflojar las rodillas, detrás de un matorral de cualquier plantación en Jamaica; gozos carnales requeridos de tapa boca para ahogar los gritos de placer y acompañados de ron criollo y un claro de luna.

Todos eran emigrantes soñadores del regreso. Como lo fueron quienes al principio se atrevieron a realizar viajes a través de los mares, asentándose en los vastos territorios de las Américas, para imprimir con tinta indeleble sus culturas, idiomas, ritmos, comidas, costumbres...etc. Así también lo hicieron estos Cocolos de mi pueblo. Los emigrantes somos lo mismo en cualquier tiempo y lugar, porque cuando partimos, llevamos en nuestra carga las costumbres y comportamientos y por eso empezamos a hacer cosas diferentes a las del país receptor.

Estos viejos reunidos en aquella encrucijada, se ubicaron en perfecto círculo, como trazado con un compás. Todo esto para un ritual demasiado extraño en aquel pueblo. Era un ejercicio de orden y como tal debía ser estudiado. Observé aquello con mucho cuidado. Lo hacían de manera automatizada. Me involucré dentro de ellos como un ejercicio de aprendizaje. No entiendo dónde aprendieron tanta disciplina.

Todos vestían de forma impecable para evitar intrusos e identificar con facilidad a quien no reuniera las condiciones previas de ser un Cocolo Original. La vestimenta era como un sello de garantía; si alguien no cumplía los estándares, no podía participar de aquel círculo perfecto y mucho menos de aquel ritual.

Ellos configuraban un específico universo. Ese círculo de exclusión era el producto de la desconfianza de los emigrantes a otros países con respecto a los 'otros', los diferentes. Paranóia colectiva, mecanismo defensivo para protegerse. Ellos no eran diferentes.

Todos estos Cocolos usaban para esa reunión, sombreros de diferentes estilos, alas cortas o largas, boinas, cachuchas de equipos de pelota, boinas de soneros cubanos, boinas verdes y negras puestas de medio lado a la usanza de los marchantes en protestas francesas o españolas. Las opciones dependían de las preferencias personales, modas y política, pero la impecabilidad en el vestir era norma fija.

Otros tenían breteles cruzados en las espaldas para sostener los pantalones en su sitio. Se notaban estilos de marineros, soldados de la primera y segunda guerra mundial, manos en los bolsillos, palillos dentales en la boca, pipas de fumadores al estilo de Popeye el Marino, con o sin tabaco.

También gorras de capitanes de navío, de la Armada Británica, Holandesa, Norteamericana (USA Navy). Insignias de sus cofradías favoritas, de masónicos con su escuadra y compás y de fraternidades tan antiguas como las Pirámides Egipcias. Era una verdadera mezcla de gente y colores. Los residentes del pueblo pasaban, los miraban y ponían cara de extrañeza; no entendían.

Todos estos Cocolos se llevaban los brazos a la espalda y con el movimiento de los dedos hacían señales solo comprendidas por ellos. Los palillos dentales en los labios, los movían de un lado a otro sin tocarlos con las manos con una maestría extraordinaria; buscaban dar la señal de estar recién comidos, aunque esto fuera falso. En el entorno flotaba un excelente aroma a una colonia/perfume distinguible a cinco kilómetros de la distancia era: "OLD SPICE".

Se ajustaban los espejuelos cuando deseaban hacer algún énfasis sobre un tema de su conocimiento. No hablaban vainas sin sentido. Su socialización a la inglesa, les había dejado un léxico específico. Uno hablaba y los demás escuchaban. La conversación la sostenían solo en inglés británico, para no enterar a otros sobre los temas en discusión. Se aseguraban de ser ellos los auténticos autores de sus pensamientos y acciones.

A veces hablaban en un castellano maltratado, cuando deseaban proferir algunas insolencias. Se reían y gozaban de las anécdotas y cosas mundanas pero con gran respeto.

Uno de ellos, Mr. Wesley, llevó a la reunión una caja con botellas de Mabí frío, producido por su esposa Mema. La única mujer de Saint Kitts que se interesó en conservar la fórmula de hacer Mabí de palo amargo; aunque producía de memoria, siempre tuvo en sus haberes una receta de doscientos años de tradición. Otros participaron con pescados fritos desde la noche anterior porque según ellos, así tomaban más gusto. Detalles de cortesía.

Y también de forma desinteresada y cortés, alguien puso a disposición de todos los presentes una funda marrón con abundantes yanicakes, rapusip, bombones, coconetes, asados o fritos, no importaba. Sin eso, no hay fiesta de Cocolos.

Además pan de Agua y Sobado horneados en la panadería de Emilio Adams, con relleno de queso. También hicieron parte del bufet, pedazos de carne de cerdo, dulces extranjeros, chocolates, granos secos, y dos o tres botellas de Ron Brugal y unas Chatas de Bermúdez Blanco.

Y a cargo del show Sony Edwin-Mills con su guitarra; Eron con las Maracas; Palito el panameño, antiguo trabajador en el Canal, con unos palos de tiempo y clave. El cencerro a cargo de... cualquiera; Bacana con la Tumbadora y las inconfundibles voces de Julio Smith y Nardo su hermano.

En esa esquina de mi pueblo de momento se formó el baile de los Cocolos. Ritmos antillanos encendían el alma. Estar alejado de los orígenes y acercarlos por medio de la música era la motivación para compenetrarse con aquel escenario.

Aunque eso no lo comprende cualquiera, Yo lo entendí a la perfección. Estaba acostumbrado a ver eso en las calles de Broadway y la 176.

Había un deseo ardiente de recordar los tiempos de juventud y la música de sus ancestros no podía faltar para la ocasión. Era música antillana resguardada en memorias individuales; cada quien tenía su canto preferido.

Los convocados comenzaron a dar cambios de pie; solo ellos podían hacer aquellas piruetas atléticas de cinco pies de altura aprendidas de tribus pasadas. Cantaban en coro los episodios narrados por aquellas canciones; en el ambiente diferentes ritmos y estilo: Calipso, Soca, Blues, Soul, Rock, Gospel...

En un evento como el de los Cocolos, los sentimientos afloran hasta el llanto. Es la oportunidad de cantar en la lengua materna, fundidos en un abrazo de hermanos y hacerlo con la pretensión de ser por un instante uno de aquellos afamados artistas cuya evocación los ponía en contacto con sus lugares de origen o sus ciudades natales. Todo se hacía en inglés.

Esa y muchas otras manifestaciones vivenciales fueron traídas en sus migraciones y puestas en común con la intención de recordar y compartir; y cada expresión cultural dejó de ser de alguien en particular y ahora pertenecía al grupo.

Era un día especial en medio de aquella fantasía comprendida solo por quien alguna vez partió, tal vez para nunca regresar, como en el fondo lo sabían muchos de aquellos reunidos en esa encrucijada de mí pueblo.

Simplemente ellos no habían nacido en el pueblo; a este le agradecían ser la tierra cuna de sus vástagos, pero eran incapaces de reconocerse 'hijos adoptivos' y desearon toda sus vidas irse. Su resistencia al idioma y cultura siempre fue una muestra inconfundible del deseo de ser distinguidos de la mayoría de la población. Todos sabían de sus nacionalidades ajenas, unas cercanas, otras lejanas los nativos no sabían qué hacer con esas manifestaciones.

A todos ellos los tengo en mi imaginación, me parece verlos en línea recta, subir el Puente rumbo a la Fábrica de Azúcar. Los asumo como clones engrasados, con un deber para cumplir y unas familias para sostener. Ahora estaban reunidos en ese dilema de todo emigrante:

¿Me quedo para siempre o me marcho?

Los Cocolos pretenden no inmutarse nunca, no importa si a su lado tiembla la tierra. Sin hacer ningún tipo de aspavientos dije:

_ Good Day... gentleman....!. Poniéndome a las afueras del grupo.

_ Good day.... Todos a coro. No se molestaron en detener su conversatorio. Ni siquiera me miraron.

No importa mi condición de recién llegado de New York, o de cualquier parte del mundo. Ellos eran un pequeño universo. Lo sabían. Eran emigrantes. Tenían conciencia de su no pertenencia al pueblo. Por esas y otras razones mi presencia solo fortaleció el grupo. Siguieron conversando, en su inglés británico y español mal pronunciado.

_ ¿Pa' que tu va?... el Fábrica no deja salí a Cocolos... El cree que somo' HETIANS.... Haitiano compai... Estaban atrasados. Era su temor.

Mi presencia era un Cocolo más entre ellos. Punto. Es regla en las asociaciones o reuniones de Cocolos ya veteranos, impedir la palabra a los más jóvenes, no importa que hayan llegado del fin del mundo. Los más jóvenes o las generaciones de relevo solo escuchan.

En acato a esas reglas, solo contemplé. Yo era un viejo como ellos, no lo sabían. Bajé la cabeza para concentrarme en aquellos quinientos años de experiencias. Cerré los ojos y abrí los oídos. Crucé las manos a mis espaldas, como hacen las cofradías secretas y seguí el orden preestablecido de mayor a menor al acomodarme en el círculo; no quería hacerme ver como una amenaza. Y al tiempo buscaba mostrarme diferente a mucha gente de mi pueblo acostumbrada a hablar moviendo las manos, vociferantes y con una estridencia innecesaria.

Los Cocolos hablaban despacio.....pensaban...hacían pausas inglesas. Razonaban. Esa son las reglas.

Alguno de ellos me miraba con el rabo del ojo, pero no hacían ningún gesto de validar mi presencia. No me enfocaba en ninguno de ellos, prefería mirar el piso, ajustarme los lentes de sol y esconder mi cabeza dentro de mi gorra americana de Baseball. Eran más de cincuenta los Cocolos reunidos en aquella encrucijada.

Todo estaba sobrentendido. Ellos conocían a mi padre Alexander, un Cocolo más en New York. Imposible desconocer lo sucedido a mi padre: había trabajado en la Fábrica de Azúcar por muchos años y por el tipo de trabajo había quedado ciego por los efectos del ácido. Suerte corrida por otros trabajadores. No había muchas condiciones de seguridad industrial. Algunos afirmaban estar protegidos por cierto tipo de buen espíritu, y los haitianos, no es de extrañar, tenían sus Bacá, resguardos, se bebían un té de hojas mágicas antes de ir a trabajar. Hacían cualquier vaina, para protegerse de la caída de un pedazo de esos hierros viejos en la cabeza.

Los Cocolos leían un fragmento bíblico en inglés y hacían una oración en ese mismo idioma. Para ellos, Dios no escucha oraciones en español y menos en creole; así lo afirmaban y discutían con cualquiera.

Los haitianos aunque inmigrantes dentro del pueblo, también tenían sus reuniones secretas, pero no expuestas al público. Ellos recordaban que en 1937 los cogieron asando batatas[47] y se fuñeron. Eso solo lo hacían los Cocolos y ya viejos.

Entre ellos estaba James Nisbit, el nieto de Mrs. Dania Elizabeth representante de una de las pocas mujeres que

---

[47]   Desprevenidos

llegó al pueblo y se quedó a vivir. James Nisbit andaba como un buen hijo del pueblo, hablaba con todo el mundo, en todos los barrios, se mantenía en pantalones cortos haciéndose el pendejo.

James Nisbit es tan solo un ejemplo de todos esos nombres traídos del mismo centro de COCOLOLANDIA; los portadores de estos nombres desde la llegada tenían dos preocupaciones: resolver el dilema del regreso y aclarar la condición migratoria. Pero esas eran preocupaciones para el largo plazo y sabían tomarse el tiempo e ir despacio.

COCOLOLANDIA, esa es una tierra de fantasía; todos los Cocolos deseaban terminar sus días en esa zona de la galaxia y allí mismo ser enterrados. Fantaseaban con irse en un barco volador, de remos, llamado por ellos La Goleta Voladora.

COCOLOLANDIA es un lugar especial donde los Cocolos puros regresan. No se conforman a la vida de emigrante y si mueren, comienzan a maldecir en inglés en su cama de muerte. Se resisten a ser miembros de las iglesias nacionales; no aprenden el idioma local; beben Guavaberry, vino casero; comen fungí, cabeza de pescado, bailan calipso, usan sombreros y boinas para afianzar su identidad. Jamás juraron ser parte de estas tierras. Ellos eran otra especie, su cultura europea y su tez negra determinaban una contradicción.

En el evento cerrado o exclusivo para ellos, discutían acerca del regreso, de la forma de emprender la marcha a sus respectivas islas o territorios en sus retiros. Habían trabajado toda la vida. Estaban en la misma condición de pobreza tal como habían llegado. Solo les quedaba el recuerdo, enfermedad y orgullo.

_ Yo va no queda' aquí, esta puebla ya no servir compai. Me va pa' San Thomas. Yo terminando en Ingenio... no da' na ya.... Expreso William.

_ ¿Pa' qué?, ese isla tampoco da na', quédate.... to' ta' igual, Dijo Mush, un Cocolo silencioso.

_ ¿Pa' que venir aquí? Preguntó Mesón el Maquinista.

_ Pa' ace azuca; el americano, no juega ombe; Contestó Potter.

_ Yo quedando aquí. Hijo ta' en Pelota en New York... esperando... yo no pendejo, paga pensión y come, come, peca y domplin. Yo queda aquí...Saint Kit...come mono? Dijo Sony James. Él era uno de los reconocidos 'Gran Maestro de la Logia'. Su voz era importante.

_ Sony tener razón, muchacho grande. Juega pelota, ver si americano da mucha cuarta en dólar, venir aquí y goza, baila, tener casa. Expresó Jim Joseph, un soldador capaz de pegar los hierros viejos con los dedos; los usaba para producir chispas cuando se agotaban los materiales de soldar.

Estos Cocolos trataban de encontrar salidas pero no las hallaban. Algunos se comunicaban vagamente en español. Habían resistido el proceso de integración a la sociedad de mi pueblo, al punto de mostrar desprecio por la gente y jamás la admitían. Tenían orgullo británico. Presencias muy cerradas, porque en el fondo les preocupaba la tiranía de Trujillo y la posibilidad de ser confundidos con los haitianos. Eran negros pero negaban con vehemencia su condición de haitianos. ¡Eran Cocola man... ¡Inglés!

_ Tu no ve haitiana, se jodió el pueblo. Ese gente no puede ir a Haití, lo guardia no deja pasa'. Tiene que dar cuarta….to la cuarta que haciendo picando el caña. Explicaba Jacobo Welters, electricista.

_ No habla así Jacobo, te va jode Calié[48] de Trujillo, te va mata. Tira en Cayo, pa' que coma Tiburón… Ha, ha. Dijo Willy, fumándose su pipa de tabaco picado a mano.

_ … No me joda ombe, no teme na', no Joda…. que mata. No se pendejo Willy, tu sabe yo no tiene miedo. Contestó Jacobo Welters, mientras mostraba una cuchilla de electricista que siempre cargó en el bolsillo trasero de su pantalón hasta la muerte.

En el momento pasaron dos carros sospechosos. Cosa de no extrañar en medio de cualquier conversación realizada en otro idioma y además, eran inusuales las reuniones de Cocolos de todos los tiempos. La gente ignorante de mi pueblo ve un corrillo y de inmediato se imagina conspiraciones contra el gobierno.

Estos Cocolos se hicieron una señal con los dedos. Significaba aplazar la conclusión del encuentro para otro día. La razón eran cinco policías vestidos de civil acercándose al sitio de reunión. Se fueron uno a uno, antes del arribo de los agentes. El árbol quedó solo, como un mudo testigo.

Los Cocolos no se metían en política. Uno de ellos trató de matar al Jefe Trujillo y lo frieron en la silla eléctrica en la Cuarenta; eso no lo olvidan. La Cuarenta, un lugar terrible donde torturan a los hombres; les exprimen los testículos, los extraen y los tiran de comida

---

[48]   Que delata

a los perros como si fueran un embutido. Los Cocolos se vanaglorian de sus cojones, son la fuente de su virilidad y reproducción.

Desde la muerte de José Mesón, en manos de los traidores, permanece el recuerdo de los Cocolos como aportantes de sangre por la libertad. Como mi pueblo está muy lejos de afianzar una conciencia libertaria, los Cocolos de mi pueblo, por su cuenta, hacen un homenaje silencioso a ese Cocolo valiente cuando se reúnen a compartir temas de comunidad.

La muerte de José Mason y la forma tan miserable como lo trataron, dejó un claro mensaje a los demás: la política no es cosa de Cocolos; si alguien se arriesga a hacerla y se mete muy profundo, no han de faltar los políticos traidores; lo venden por treinta piezas de plata. Como consecuencia, le rompen el caco o sea, le parten la cabeza dizque para abrirle las entendederas.

Ese día deduje de aquellas conversaciones silenciosas, la incomprensión de la gente de mi pueblo. En varios aspectos –económicos, sociales, culturales, etc., - los Cocolos han contribuido al progreso del pueblo, pero su gente no sabe qué hacer con ellos. Mucho menos cómo tratarlos. En la historia de mi pueblo hay un valioso Cocolo libertador/restaurador, el General Gregorio Luperón, original de San Thomas. Pero la inmensa mayoría ignora su obra o la desvaloriza y asume al personaje como uno más de 'los otros' alguien que vivía en Puerto Plata, no en mi pueblo.

Solo quien debe emigrar para buscar suerte en tierras y cielos extraños, sabe de la resistencia de los xenófobos. Miré con detenimiento a esos hombres otrora fuertes;

caminaban con bastones, muy lentos, y esa lentitud la
interpreté como el deseo de plantar sus almas en la
calle o dejarlas suspendidas en el aire; no deseaban
llegar a las casas donde vivían. Unas casas sembradas
de penumbras, soledad; los hijos se fueron; a algunos,
les queda una compañera dominicana desconocedora
del inglés y desinteresada en aprenderlo; no obstante, se
esfuerza por darles gusto con los platos de las tierras de
sus orígenes y apenas logra complacerlos.

Al disolverse la reunión, caminé unos pasos de rodeo
por el contorno, escuché una música proveniente de la
casa del cocolo Enrique Potter:

"…. *Vaya con Dios my Darlin, vaya con Dios mi amor,…*
que será, será,

Whatever will be, will be, el tiempo ya lo dirá, .que será,
será…"

Los violines y la guitarra de esa música y el cantante
tenor estaban más tristes que nunca. Era apropiada esa
música, porque el destino de esos Cocolos de mi pueblo
no se sabía. Todos habían partido desde sus terruños
para no regresar.

Vi con claridad en este viaje la conclusión de una
etapa y lo peor, sentí la certeza de un no retorno de
todo lo diluido en el espacio y el tiempo; preví que nada
regresaría a mi pueblo. Por lo apreciado y sentido, me
quedo con la seguridad que el fin de los Cocolos del
Caribe y sus aportes a la industria azucarera y a otros
aspectos de la vida de mi pueblo no serán parte de la
historia.

El sonido de sus apellidos y nombres ingleses,
aún se escucha en mi pueblo. Sus vástagos y semillas

permanecerán sembrados por generaciones en ese lugar misterioso, donde la brisa del Mar Caribe siempre sopla. La distancia entre la costa y las montañas parece acortarse hasta alcanzar la conjunción.

Sin duda, esos apellidos ya no suenan extraño; el sonido se ha vuelto común, hay cierta asimilación porque como ellos, muchísima gente de mi pueblo emigra, se encuentra con otras culturas y otras formas de ser. Pero los Cocolos no son los responsables de las confusiones pueblerinas. La música rock mueve nuestras cabezas, preferimos la comida chatarra, nos encantan las modas de vestir de los europeos y americanos.

Existe una confusión de lo que somos porque se ha vuelto muy difusa la línea con lo que no somos; no hemos sabido preservar lo nuestro. Hay que fumar Crack para sentirse en las nubes. El sentido de la cultura tomo otra curva y de eso no tienen la culpa los nombres y apellidos anglos.

CAPÍTULO 14

Los Peloteros

La mayoría de los jóvenes de mi pueblo sueña con ser peloteros profesionales. Jugar algún día en un estadio de USA. El sonido del encuentro del bate con la pelota, es hipnotizante: "Crac". La bola se vaaa, se vaaa, se fueee... fanáticos. Esas narraciones son un credo en la voz de nuestro anunciador favorito, en cualquier medio.

Cualquier joven de cualquier tiempo, anterior o presente, ha pensado en alguno de los "scout" en plan de hallar talentos, y lo han imaginado ofreciéndole un contrato. Es proyección de las fantasías no cumplidas; añoran la imitación pictográfica de lo visto y escuchado en la televisión y otros medios de comunicación, reiterativos en mostrar a quienes se hacen ricos al instante, por darle duro a una esfera y verla en un vuelo caprichoso como liberándose del encerramiento en una caja que le sirvió de empaque por un tiempo.

El Baseball o la pelota, es una religión para mucha gente en mi pueblo; contiene dogmas, cábalas, superstición, esperanza, parábolas, milagros, frustración, cielos o sea glorias e infiernos.

En el pueblo hay un lugar de todos y de nadie; le pertenece a los seres que vivieron, viven y vivirán en mi pueblo; le llaman: "LA ESQUINA DEL PLAY". Ese lugar supera en importancia a los templos, es donde todas las personas llegan a esa esquina a adorar al dios del recuerdo hasta llorar de nostalgia. Se detiene el corazón por un instante; todos los pueblos del mundo tienen un sitio como ese; es un museo de permanente apertura, nunca cierra; allí se encuentran las imágenes de lo que fuimos. Cada visita e incluso cada pasada, lenta, o rápida es una catarsis para quien hace el propósito de reencontrarse.

En ese lugar sagrado de todos los tiempos, se vieron, se ven y verán todas las generaciones de mi pueblo. El lugar existe porque cada instante de tiempo es perenne; nunca pasa porque siempre se está a la espera de alguien, así se haya ido para siempre; vivo o muerto siempre hay algún interesado en mirarse en el espejo del terreno de juego. Es un lugar muy cerca de lo fantástico y por siempre ha servido para diversión de la niñez, las aventuras de juventud y la complacencia sabia de la vejez

Me detuve en la 'Esquina del Play'. Había cambiado mucho, desde mi partida, la música, la juventud, los viejos,…, etc.; y aunque suene contradictorio, la ausencia de quienes se fueron me hacía sentir la presencia del pasado.

Además es un lugar de ubicación en la igualdad. Existe porque en mi pueblo siempre desaparecen las diferencias de clase en esa esquina. Allí juegan pelota los blancos, negros, cocolos, haitianos, ricos, pobres, profesionales, analfabetos, políticos, homosexuales, guapos y pendejos.

Hombres y mujeres. Todos absolutamente todos nos encontramos en esta esquina de mi pueblo.

Me acerque por las risas… Ja, ja, já.

Era Picho Padilla, con el mismo cuento de hace un montón de años, cuando se jugaban campeonatos intramuros o salíamos a algún campo cercano para hacer travesuras de juventud y divertirnos.

Padilla se quedó en el pueblo para siempre. El será el encargado de llevar a la tumba a quienes se atrevieron a ponerse un uniforme y jugar en ese terreno. Generaciones de intenciones y organizaciones de muchachos y jóvenes se deben a este hombre. El nunca se irá de ese lugar; así lo veo, así me lo quiero imaginar. Si acaso se marcha ante el ineludible paso del tiempo y el deterioro humano, su espíritu rondará siempre y para hacernos divertir, no apagará su voz entrecortada en el intento de narrar otro cuento, pero a la postre terminará con el cuento de siempre y a pesar de esto nos sacará risas porque la cuestión es de camaradería y esa también se quedará atrapada en las paredes del Play. No importa el paso del tiempo.

Por iniciativa municipal se había construido un banquillo donde cabían cuatro personas un tanto apretujadas, aunque por lo general las conversaciones y reuniones de amigos se hacían de pie. En los encuentros se solía alternar las exageraciones; eso daba una nota de jocosidad.

Había algunos amigos del ayer sentados. Se notaban expectantes a la espera de algún suceso. Era muy temprano y Julio Gómez, el mejor cátcher de la bolita del mundo, se había quedado, para darle mantenimiento al pedazo.

_ ¡Oh, oh! mi hermano ¿cuándo llegaste? Me preguntó eufórico aquel amigo de toda la vida. Julio, había envejecido. No noté los años en sus labios descoloridos. Lo vi igual. Conserva el mismo humor y cariño por su tierra. Parece estar dispuesto a no partir nunca de este lugar.

_ Llegué hace un par de días. Contesté, echándole el brazo de hermano.

_ Tú siempre vienes; a ti te gusta tu pueblo. Declaró aquel amigo del alma.

Te admiro el detalle de buscarme para continuar la construcción de un historial común; por eso a pesar de tus ausencias queda la sensación que nunca te has marchado. Reconfortantes fueron estas palabras del veterano amigo Julio Gómez, era el hijo de Doña Julia, una mujer merecedora de estar en la historia; a esta mujer y otras tantas visionarias, deben hacerles un monumento.

Ella patrocinó las primeras camisetas para mi primer equipo de pelota, 'Colmado Julia'. Habrá mucho para contar de esto. Fue un esfuerzo por organizar los muchachitos; por coincidencia a casi todos los picó el bicho de la migración y hoy se han marchado cada quien a su lugar, algunos a New York, España, Sur América; los hay generales, doctores, profesionales en diferentes áreas. Todos recordaremos esas camisetas blancas con un letrero primitivo. Fue una acción de altura y con el tiempo se hace más grande; cuando alguien la evoca y la narra, crece otro poco.

_ ¿ Pa' que'?, tu ta' bien en Nueva Yol; mira lo gordo que estás. July dijo esto, tocándome la barriga.

Nos reímos a carcajadas. Ja, ja, já. Esos momentos no llegan con facilidad.

Lo dijimos absolutamente todo en unos cuantos gestos, para dar paso a otros tópicos. El momento dedicado a la memoria de Julia fue breve; así son las prisas de un reencuentro. Pero no como en el Norte; allá las amistades están vestidas de intereses, su color es verde y la competencia se hace muy rígida; en un contexto así, es difícil para las personas ser desprendidas y espontáneas.

Mientras traíamos a la memoria los tiempos de antaño, un grupo de jóvenes vestidos de uniformes rojo, blanco y gorras moradas, se disponían a ejercitarse para un partido. Se veían en la distancia como los futuros ganadores frente al equipo rival. En ambos equipos participaban muchachos del pueblo, con deseos de agradar a los espectadores ubicados en la esquina y en las gradas del play. Me los imagino a la espera de comentarios acerca de las habilidades individuales de alguien y de los pronósticos sobre quien de los nóveles jugadores era capaz de 'volar la cerca y meterla al Gallo'.

Detrás de las paredes del "Left Field" estaba una casucha en deterioro, otrora fue uno de los lugares más importantes del pueblo, una especie de Punto Fijo o punto de referencia. Los jóvenes con la capacidad de batear una esfera de "Home Plate" al Gallo, eran considerados los mejores peloteros del pueblo. Era un reto para todos pero pocos lograban la hazaña. Era el máximo poderío "de bateo que se podía exhibir cuando se daba un Home Run". Eso ponía a cualquier joven en el cuadro de los poderosos.

Hacen presencia en la evocación las disputas del pasado de los ponchados; los juegos intramuros, los retos de barrio en barrio; la disputa de aficiones juveniles por el uso del único lugar para jugar. Se rememoran los nombres de los equipos: "Los Grandes" y "Los Juveniles"; de estos se hacían la selección de los mejores para competir con los otros equipos juveniles de la época: "Montecarlo", "Seven Up" "El Batey", entre otros. Todos parecíamos atletas... esqueléticos, no pesábamos más de ciento cincuenta libras. No teníamos barbas ni bigotes. Solo dejábamos ver las ansias de ser los mejores, con el sueño de algún día ser contratados para jugar en New York. ¡Qué ilusiones!

Unos pocos llegaron. La mayoría se quedó oyendo y viendo las aventuras de quienes sí lograron ir a jugar en otros lares. Otros cuantos se marcharon a las tierras prometidas de la eternidad sin cumplir sus sueños. De cuando en cuando, como a las dos de la madrugada, se escuchan los sonidos de la disputa entre algunos peloteros del ayer; desean mantener viva la aventura de jugar en medio de la noche.

Los vecinos dicen reconocer a Neri Martínez, Elix Benjamín, Nando Molina, Chito Molina, Gilberto Pérez, Simón, Eron, Sony Edwin, Norbo Pérez, Teófilo James, Teodoro Martínez, Ricardo Joseph, Julio Smith, Picho Padilla, Mardin, Rafael Cueva, Albert James, Gustavo Phillips, Lulin Martínez, Máximo Welters, y en haitiano Maimule (o sea maíz molido). Pero ya se hace larga la lista de jugadores; sigue la de los managers: Picho

Padilla, Frank Disla y Cacata Cabrera; estos tres son los encargados de darles las instrucciones de juego; después se marchan a esas horas de la noche, y son presurosos en hacerlo porque a uno de ellos, a Cacata Cabrera, le provoca un miedo espantoso dirigir peloteros ausentes y muertos. No ha dejado de ser superscioso. No le ha gustado la oscuridad de las noches.

Estos managers, le piden a Leopoldo Guillard Batista, servir como anotador oficial...y a Corpito Archivald actuar de árbitro de los juegos.

Como no hay Luz a esa hora de la noche, se prenden lámparas de gas, conseguidas en la tienda de Nibon y José María, para evitar el aplazamiento del juego. Esas lámparas se quedan prendidas toda la noche, hasta la salida del sol. Estos difuntos son como los vampiros; no les gusta la luz solar y se van a sus sitios tan pronto aparece el primer rayo detrás de las Punta del Curro.

A la Corporación Dominicana de Electricidad, a las Edes, a los poderosos, o a quien tenga el poder, no les importa prestarle un buen servicio de luz a estos difuntos sobresalientes de la pelota local; la verdad, tampoco les interesa la satisfacción de los vivos. Total, es mejor mantener a la gente 'en la oscuridad'; lo dicho es válido para la realidad y como metáfora. ¡Qué se va hacer! Mi pueblo no es un lugar importante del país. Eso hasta un día. ¡Carajo!

Capítulo 15

La Escuela

Como no recordar a Doña Epifanía C. de Matos y Doña Ramona, la Directora de aquella Escuela de mis primeros años de formación. Ambas son santas en tierra santa. Personas inolvidables en mis recuerdos de migrante. Cuando regreso me dedico por horas a repasar el discurrir de aquellos días y no puedo dejar de contrastar las transformaciones de aquel lugar. Aun sueño con esa escuela y lo vivido en ella.

Esas maestras me despertaban de mis sueños, cuando miraba hipnotizado aquellos hombres engrasados en un diario subir y bajar por el puente rumbo al trabajo en la Fábrica de Azúcar. O me aterrizaban cuando me distraía, porque desde mi ángulo de observación podía ver las filas de personas trasegar el camino frente a la escuela para ir al centro del pueblo a hacer alguna diligencia.

Aproveché mi regreso para pactar un encuentro con esa edificación testigo de planes y contemplar el pasado.

Ellas, maestras al fin, me veían con los ojos en el aire, abierta la mente en constante viaje por el mundo fantástico; trataba de apreciar las cosas desde las alturas infinitas del espacio y siempre en ese divisar, me topaba con árboles sembrados por los americanos en el año 1922.

Estas me decían: 'muchacho, aterrice; ya es tarde y es la hora de la fila'.

Ese era un rito diario y se quedó en la mente de quienes alguna vez fuimos parte de ese escenario. Los recuerdos vuelven articulados por una memoria borrascosa y con el paso del tiempo las dimensiones de lo evocado pierden exactitud. Me gusta ver el pasado con todas esas exageraciones de experiencias épicas. Y traigo al pensamiento la estricta socialización en una escuela en medio de un pueblo olvidado del Sur.

Doña Gloria, otra maestra de mis recuerdos solía esperar desde muy temprano en el aula; hacía todos los días el recorrido a pie, desde su casa a la institución y se protegía del sol con una sombrilla multicolor, a veces abatida por la brisa. Cuando la apreciaba en su caminata me daba la impresión que el viento del mar la conducía en vuelo expreso desde su casa al frente de la escuela. Ella era flaca y no era difícil imaginarla en su trayectoria diaria, como una beneficiaria del viento marítimo encargado de facilitarle el viaje.

Mi recuerdo la ubica aun dentro del aula; regla en mano indicándonos las bases del saber y el comportamiento. Ella era una maestra estricta, y hasta los estudiantes más traviesos del curso evitaban irrespetarla; sus métodos de enseñanza eran la disciplina y la memoria. Su legado ha sido importante y sigue vigente como base de una formación para toda una vida.

A veces no había suficientes asientos (pupitres) y donde cabían dos estudiantes nos sentábamos tres para oír la lección del día. Un pupitre para una tripleta de impacientes niños era demasiado incómodo. Dos veces al día nos sacaban en fila frente a la escuela; era una rutina casi militar.

Nos hacían parar con el pecho fuera y rígido y atentos a las órdenes; nos daban unos comandos frente al asta de la bandera nacional:

¡ATENCION!

Todos los niños con tensión nerviosa y manos eléctricas comenzábamos a saludar la bandera de la patria, azul y roja con cruz blanca. Los niños tomábamos nuestra mano derecha, y la poníamos a la altura de la frente y las niñas a la altura de las tetillas; en esa posición ceremonial cantábamos con notas discordantes de la siguiente manera:

Quisqueyanos valientes alcemos nuestro canto con viva emoción…

Al terminar el himno, decíamos a todo pulmón: "Que viva Trujillo". Si algún pendejo pasaba por aquellos lugares nos contestaba: ¡QUE VIVA! Esta ceremonia matinal y vespertina era una constante en la escuela de mi pueblo.

La Patria estaba ligada a cosas circunstanciales: a una canción de letra vacía para la práctica del vivir cotidiano; a un militar; a una fila de niños uniformados con ropa militar y a la pleitesía a un individuo, dizque la encarnación de la voluntad de todo un pueblo.

Entrábamos de nuevo a la escuela a pasar toda la mañana en la lectura de cuentitos de colores, de niños rubios alimentados con manzanas y arroz con leche, de una tal Caperucita Roja que cogió de pendejo a un lobo que sabía hablar y se había tragado una vieja come mierda; se la engulló entera, sin masticarla y sin una bebida y después tuvo que vomitarla porque un bocado tan viejo le produjo mala digestión.

Nunca habíamos visto un lobo, lo más cercano era un perro sarnoso y hambriento abandonado en el barrio; de lo flaco se le podían contar las costillas. Otros niños en esos cuentos causaban nuestra admiración; sus padres montaban en carro y tenían mamá para cocinarles con toda la comodidad en una estufa de gas.

Nos pasábamos aprendiendo a decir poemas traducidos del inglés; los libros anunciaban en el dorso:

"Made in USA"

Pero sobre todo, los dos personajes de nuestras lecturas de niño eran Fellito y Tatica, (Jack and Jill en inglés) dos niños bien vestidos con ropas multicolores iban a una linda escuela con un campanario en la cúspide y llevaban manzanas de regalos a sus maestras. Su pelo eran lacios. Tatica lucía ropa impecable, sus medias eran de seda, se peinaba con lacitos de colores su pelo caía en cascada sobre sus hombros. Fellito era fuerte, rubio y de pantalones cortos sostenidos con breteles cruzados en la espalda; este niño recogía mariposas en un valle encantador, donde había casas inmensas; el padre era profesional, empleado de oficina y vestía de saco y corbata para ir al trabajo.

No entendía muy bien lo que me querían enseñar en la distancia, pero esos personajes se quedaron en mi mente.

Yo solo sabía de un retrato de Trujillo como único adorno en mi hogar y las casas no se parecían a las de los cuentos. Cuando todos los niños decían: "QUE VIVA TRUJILLO...." yo me iba de la mente y veía el retrato y la imagen clara de ese señor, llamado EL JEFE en todos los lugares donde yo iba. Nunca vi a Trujillo en persona. Cierto día mi madre me preguntó:

_ Mi 'jo tu ere Trujillista ¿verda'?

Frente a las visitas ese día en casa, yo le contesté: No madre. En realidad, no entendía la pregunta de mi madre; yo solo era un niño y mamá quería hacer exhibición de la *"INTELIGENCIA DE SU MUCHACHITO"*.

Tenía siete años de edad y ante mi respuesta, mamá me golpeó la boca ligeramente y me dijo con autoridad...

_ ¡No diga eso nunca... muchacho el coño...!

Desde ese momento vi a Trujillo como un hombre a temer, sino le partían la boca a uno.

Por asociación, la vida me enseñó a ser Trujillista a los siete años; "Si los hijos confesaban no ser Trujillista, las mamás le partían el bembe a los niños". Ese axioma para mí era suficiente, no tuve necesidad de adoctrinamiento con relación al régimen. No me inscribí en el Partido Dominicano porque no aceptaban niños, pero yo estaba dispuesto a ser de cuerpo entero para Trujillo.

Yo no quería meter en problemas a mi mamá, muchos menos deseaba mi boca partida. Acepté la realidad de ese momento; todos los niños que asistíamos a la escuela pertenecíamos en carne, espíritu y alma a ese hombre, presentado por la radio como el patriota benefactor y padre de la patria nueva.

Sin embargo, el asunto de la bandera, el himno, y el grito de vivas, me provocaban unos nervios horribles; muchas veces me daban correderas estomacales y constantes ganas de cagar, pero me daba asco sentarme en los sanitarios de aquella escuela; estaban sucios, tapados y al vaciarlos, chorreaban agua por todos los lados; nunca los limpiaban, las aguas arrastraban los mojones de los otros niños que instantes previos habían usado el baño; otros se cagaban en el piso y luego, alguien se impregnaba los zapatos, sin darse cuenta se encargaba de esparcir ese olor putrefacto por donde pasara.

Esa mierda flotaba como embarcaciones en medio de una tormenta, subía y bajaba y al verla me daban náuseas y vomitaba allí mismo. Desde estos recuerdos pregunto: ¿Qué me estaban enseñando de valientes y de Quisqueyanos? Nos estábamos muriendo lentamente del mal olor emanado de esos baños tapados y nos sentíamos extraños ante unos cuentos descontextualizados de la realidad de aquel pueblo triste.

Aquella putrefacción no la toleraban ni en las partes más recónditas del infierno; sin embargo, a ningún poderoso le importaba en lo más mínimo vernos hundidos hasta el cuello en esa inmundicia; ni siquiera el Gigante se compadecía de aquellos muchachos, dizque en potencia, el futuro de la patria; pero nadie hacia caso...aquel grupo de muchachos no tenía ningún valor para las autoridades de educación; y para colmos, algunos llegaban a la escuela sin desayunar y en medio de ese ayuno forzoso comenzar el siguiente cántico:

"Uvas, peras, manzanas y arroz, ¿ de cuántos años me casaré yo?"

Aun da lástima recordar. En sus casas no había ni para comprar leche; estaban mal nutridos, con sarnas y llagas en los pies. Unas úlceras llamadas 'nacío' explotaban de repente en los días muy calurosos y medias, pantalones, y faldas quedaban manchados de sangre y pus.

Eran infecciones causadas por la falta de cuidado y contaminación existentes en todos los lugares de un pueblo donde la población es víctima del descuido de aquellos encargados de crear las condiciones para vivir bajo unas condiciones dignas de calidad de vida y en paz.

Esa situación era desesperante, no había medicinas para curar esas elementales enfermedades. ¡Que optimismo! Dizque con esa generación de hambrientos se iban a dar cambios. Pero la realidad a veces no sigue designios; muchos no quisieron quedarse ni para hacer, ni para ver el cambio; hombres y mujeres decidieron partir muy lejos para nunca regresar y tal vez, dejaron sus recuerdos encerrados en algún salón o baño de la escuela para no cargar con tormentosas pesadillas para toda la vida. Otros mirarán atrás y se sentirán orgullosos de haber pasado por aquella escuela a pesar de haber sido formados a puros martillazos.

En el recuerdo está mi otra escuelita, mucho más pequeña porque acogía solo pre-escolares. Allí aprendí el abecedario, a sumar y a restar mis primeros números; estaba situada en el patio de la casa de MAMMY CHALLENGER, detrás del Cuartel de la Policía Nacional y allí permanecían unos cinco policías en total.

Mammy, una mujer de mirada firme y con amor inmenso por los niños (esa maestra alfabetizó a varias generaciones de niños en mi pueblo). Para mi, en esa escuelita las cosas eran mejores; no había banderas, ni filas, y los únicos cantos escuchados eran las tablas de multiplicar o la canción para memorizar el abecedario, entonada por unos cincuenta muchachos. Todos gritábamos a pleno pulmón y al aire libre:

DOS POR UNA DOS....DOS POR DOS
CUATRO......
DOS POR CUATRO.......OCHO!!
ABC...CH...D...E...
.F G...HI..J...K...."

No dejaba de imaginarme nuestras voces en ascenso al cielo, más allá de aquellas nubes blancas en un fondo azul intenso prolongado hacia un infinito sin fin.

A veces miraba hacia esa bóveda celeste y en oración imploraba a quien estaba más allá de las nubes. Le pedía mirar abajo y enterarse cómo estaba la situación en mi pueblo, pero era interrumpido por una columna de humo oscuro, dispersa en el ambiente; era la contaminación exhalada de la chimenea del ingenio, como si El Gigante estuviera en el ritual de fumarse un cigarro habanero y Neri Martínez no le estuviera echando agua para calmarlo. Así son los Gigantes; requieren atención y es necesario correrles, de lo contrario se enojan. Esa nube negra cargada de contaminantes y mis imaginaciones distraían mi plegaria.

En la escuelita de pre-escolar, al aire libre, las cosas eran mejores no había pestilencias, ni ..., lo repito, mejor era mi escuelita de MAMMY CHALLENGER,...donde al final de cada día cantábamos un breve canto:

¡Hemos terminado, hay que descansar!...
Este trabajito llévale a Mama!...
Hasta Mañana, antes yo ire, muy.........
Tempranito yo volveré

Después de esta canción, con mi amigo Rigalito nos metíamos a un montecito situado entre la casa de la maestra y el barrio Los Blocks y allí, en medio de la naturaleza, cagábamos. No había malos olores, pues las lluvias de mayo se encargaban de limpiar el monte, las piedras eran lisas y nos limpiábamos el trasero con mucha facilidad, no había necesidad de papel sanitario con marcas extranjeras ni desinfectante en latas de aerosol; las matas de Apazote, Yerba Luisa, Anamú y Yerba Buena, servían de desinfectante natural. Había unos trabajadores también asiduos visitantes del montecito para aportarle continuidad al proceso natural.

Los recuerdos de mis escuelitas son añorantes; quizás la dureza de esos días formaron parte de mi carácter para luchar hoy; me dieron valor, el suficiente para afrontar cualquier situación adversa; pero me pregunto: "Como estarán los niños en el pueblo de hoy?, ¿ habrán mejorado?, ¿destaparían los baños?, ¿habrá papel higiénico?, ¿les darán desayuno a los niños en la escuela? ¿estarán nutridos? Han pasado años... ¡ojalá no sufran más!

Capítulo 16

Limpiabotas

Me interné en las barriadas más excluidas de mi pueblo; buscaba comprender lo acaecido en estos sectores en el tiempo de mi ausencia; hurgar en las historias que nadie se atreve a contar. Iba dispuesto a ser parte del encuentro con la verdad. Me senté junto a la puerta de la conocida Iglesia de la Lomita y me dormí. Comencé a soñar. Era una revelación, casi Epifanía de alguien muy interesado en el regreso. Encontré a la familia Malavé.

Quizás al estar en la puerta de la iglesia, un lugar de reunión de jóvenes del pasado, mi espíritu se ligó a lo que pudo ser y no fue. En ese sueño /pesadilla/ revelación, era participante. No sé cuánto tiempo duré en el trance comencé a oír voces y ver figuras. Blanco, Negro y Marrón!. Gritaba Antonio Malavé a viva voz. Moviéndose en su camastro en un sueño intenso que lo hacía sudar. Eran como cosa reales, una especie de pesadilla inconclusa.

Antonio, solo tenía 13 años de edad, y sus ojos se movían de un lado a otro, quería despertar y no podía. Soñaba con hacer algunos pesos en su oficio de lustrar calzados para llevarle el dinero a su madre Ana. Vivian juntos en dos cuartos, en una casucha de cedro, en un batey fundado por los norteamericanos estadounidenses, en la fiebre de fabricación de azúcar del año 1922.

Todo esto pasó como un sueño, allí estaban Antonio y su madre. El limpiabotas en sus sueños más angustiosos, llenaba la cama de sudor; de su frente caían gruesas gotas. Ana Malavé, vivía sin suerte. A los 30 años de edad no tenía hombre fijo; dos fracasos, dos hijos y una caseta polvorienta en medio de un barrio de ningún cambio; dizque el último cambio que se hizo en el barrio, fue en épocas de Judas Iscariote cuando entregó a su maestro por 30 piezas de plata. Parecía no concluir la historia de ese paraje; ahora le tocaba a ella y a la familia Malavé pasar por esas angustias creadas por otros, generación tras generación.

Era sábado en la mañana; ya los gallos habían cantado el despertar, y la fábrica de azúcar había dado su pito de siete y media para ver si despertaba ese pueblo, soñador, frente al Mar. Comenzaba un día más en la zafra. Sábado, día de pago.

_ Levántate Antonio, e' hora de limpiar…. Dijo Ana, con ojos soñolientos.

_ Hay mamá, e' temprano, la gente no se levanta todavía. Esta nublado - le contestó Antonio a quien le interrumpieron el sueño -.

_ Si vamos, casi son las ocho. Ya.. De aquí a eso, sale el sol.

Antonio se levantó a regañadientes, salió por la puertecita del cuarto hacia el patio, y entre puerta y piso, entre luz y sombras, sacó su "pistolita" tierna, agarrada entre punta y cabeza, hecho un chorro de tres golpes, apretó y saco, apretó y saco, apretó y saco. Vio su largo chorro espantar una gallina y la interrumpió en su tarea de escarbar la tierra; la casucha no tenía servicio sanitario, solo un hoyo hediondo conocido como letrina; Antonio no le gustaba usarlo, le tenía asco al lugar: moscas y cucarachas de agua, olor a resina, excretas viejas, y una humedad eterna estaban ahí desde el descubrimiento de la Isla, por Cristóbal Colón

_Date pronto, Ana acosaba a su muchacho; deseaba verlo salir cuando el sol apenas empieza a calentar. El pueblo se pone insoportable en temporadas de calores sin lluvias. El Sur solo tiene dos puertas y una de ella esta conectada a las calderas del infierno. Y con frecuencia por ahí se escapa.

_ Déjame mamá. ¡Oh, oh! Lo aguanté to'a la noche, pa' no moja' la cama, ni moja' a Pedro...él ta' dormío todavía.

En la cama, Pedro Malavé de cuatro años, no se daba cuenta del episodio. Durmió pegado a su hermano, y también soñaba recibiéndole a su madre un poco de té de hojas de limón, y una Yaniqueca haitiana como desayuno.

El alimento era poco en la familia Malavé, aunque se ayudaban con leche de chivo. Bienvenido llevaba la leche, como a las 10 de la mañana los sábados. Ese señor era impredecible, llegaba a la casa como dueño.

Antonio, Ana y Pedro componían esta familia Malavé. Antonio se fue con su caja de limpiabotas, sin desayunar. No había para comer, ni para beber. Partió con la idea de pasar por la casa a las once y media para comprobar si ya había algo de comer o tal vez para beber leche de chivo del suministro de Bienvenido. Él era puntual después del ordeño de los sábados. Llegó a la puerta, la tocó duro, tres veces toc, toc, toc:

_ Hola. ¿Como tan? Llegó Bienvenido. ¡Je,je,je!

_ Pase ¿como tá don...trajo leche?- Preguntó Ana.

_ Sí, tengo un bidón completo, montado en mi Jeep Toyota. Te doy horita.

_ ¿Cuándo la ordeñó? Ta nublao. Intervino Ana, con mirada baja.

_ En la madruga ordeñé, después se nubló mucho. Dijo Bienvenido y se acompañaba de ademanes con los dedos.

_ Y tú?...muchacha, ¿dormite? Interrogó, tomándole la mano izquierda.

_ No bien...aquí, medio regular. Respondió y con disimulo escurrió la mano.

_ ¿Y lo muchacho?...-guiñándole el ojo derecho con picardía a Ana.

_ Ya Antonio se fue...a limpia y Pedro aun dormido.
Ana cerró la puerta del frente.

El trato estaba claro. Pedro, en la cama contigua, solo oyó entre sueños parte de lo que decía su madre, en posición de orquesta. No sabía si escupir, gritar, llorar, fingir... pero la leche de Bienvenido garantizaba el desayuno de sus muchachos y unos cuantos billetes en las manos de Ana Malavé; ella no sabía si el sol salía o se ocultaba, día tras día, en su calle polvorienta de aquel barrio, al lado del mar. Pero las esperanzas no eran muchas. A Bienvenido le llamaban 'leche é chivo' en el barrio, por la multitud de paradas diarias por las calles del pueblo, entregado al reparto de leche y por añadidura a superar cercas ajenas y a saltar pedregales de patios, cuando despavorido y pistola en mano, salía en huida de cualquier marido celoso decidido a no soportar seducciones a su mujer o a sus hijas.

Bienvenido 'leche é chivo', era un guardia viejo, había servido a varios gobiernos. Con una pistola calibre 45 se hizo a la mala fama por sus abusos. Se le cargaban algunos muertos. Por eso se había mudado de la Capital de la nación a aquel barrio muerto de un pueblo olvidado, y en sus mañas cogía todo lo que se le atravesara, sin importarle nada. Era muy receloso con sus chivos, nadie podía molestarlos; esos animales eran su modo de subsistencia y placer; tenía como dos docena de madres y parían con frecuencia, de ellas sacaba la leche y a esta debía su fama.

El día comenzó a esclarecer. Algunas doñas en batas de dormir, botaron sus jarros de agua, poncheras y bacinillas, de los múltiples líquidos acumulados durante la noche. Los motoristas por otro lado, sonaban su Honda 70 o 90. Hacían aguaje de aceleramientos y maniobras para despegar pero sin moverse: la idea era hacer bulla y llamar la atención. El transporte urbano. La comida del pobre. Hombres languidecidos, ropas de colores ya desteñidas por las múltiples lavadas; gorras de los Yankees de NY, de los Mets, de los Gigantes de San Francisco en sus cabezas. Algunos, no pensaban ni 150 libras, con todo y ropa. Pero era sábado y había algún movimiento económico en el pueblo. Ellos nunca han salido más allá de la Capital, vivían en aquel valle sin esperanza, en un sur olvidado por todos los gobiernos.

Antonio, se acerca a algunos de los moto-conchistas y le pregunta: ¿Va limpia?...

_ Mira, coño muchacho, no hay cuarto. Respondío Quebrao.

Le decían Quebrao, al moto-conchista, por un problema testicular que le hacía notar su hinchazón entre las dos piernas.

_ No hay cuarto porque tu partido ganó!- ja,ja,já- le dijo otro compañero de gorra partidaria.

_ ¿Va limpia?-Insistió Antonio.... No le interesó la política.

Cada moto-conchista esperaba el pasajero con su motor de fabricación Japonesa: debía hacer algunos pesos para pagar al prestamista, comer y morir en la misma noche.

Un señor leía el periódico en el patio de su casucha, muy cerca de esa escena. Desde la silla donde estaba sentado llamó al limpiabotas con tono de autoridad, reforzado de una señal con los dedos.

Antonio acudió al llamado.

El interesado era Don Alselmo Diaz-Michelle, hombre de descendencia puertorriqueña; estaba en preparativos para ir al pueblo de compras. El jamás regresó a Puerto Rico, sus familiares lo dieron por muerto o independentista; ambas cosas eran lo mismo.

_ ¿En cuánto limpia?...

_ En Cinco. Dijo Antonio con voz firme.

_ ¡Tu, tá loco!, no hay cuarto muchacho. Ta bien, entre y limpia ahí! Ordenó Anselmo Diaz-Michelle.

Antonio sacó su equipo. Se sentó en su lata vieja de aceite vegetal, improvisada como asiento y en forma casi reverencial, inicio aquel rito dando golpes rítmicos a su caja-ta,ta,tá- para indicar cambios de pie. Daba la sensación de acariciar aquellos zapatos al ritmo de una música sin letras y para tocarla, usted podía escoger el instrumento. Eran unos zapatos Boston-Brown, color marrón, de hoyitos bien distribuidos para formar una figura de corazón en las parte delantera del zapato; los cordones extranjeros hacían un juego perfecto. En todo el barrio solo había cuatro pares de ese calzado; Anselmo, el cura, un gringo del cuerpo de paz, y un muchacho deportado de USA eran los respectivos propietarios.

_ Muchacho cuidado con las medias, ¿eh?. Don Anselmo retiró su zapato por un momento de la caja porque sospechó un manchón por descuido del limpiabotas.

_ No se apure Don Anselmo, yo sé de eto, é limpiao' mucho... se untar líquido a centímetros de distancia de las medias sin mancharlas, eso hay que tener un pulso de cirujano. Así advirtió el muchacho sobre su capacidad para hacer el trabajo con precisión.

_ Ok. Le dijo el Don mirándolo sin mirar.

Antonio veía esos zapatos como una cosa del otro mundo. Cuanta perfección, cuanta suela. Unos zapatos inalcanzables para el pobre muchacho; nunca en su vida de limpiabotas se pondría unos así. Él siempre estaba descalzo o con unas chancletas de goma y daba lo mismo llevarlas puestas que andar a pie limpio; apenas los domingos se ponía unos tenis, un regalo de su madre Ana Malavé para ir a la Iglesia. Los compró con mucho esfuerzo.

Todos sabían el trabajo de Ana, pero en el pueblo le guardaban el secreto. Había muchas mujeres en esas condiciones. Para sobrevivir necesitaban dejar ver sus horizontes grises y sus montañas pectorales al mejor postor. Asunto de sobrevivencia.

El día comenzó bueno para Antonio, de seguir así las cosas podrían salir bien, si el sol se lo permitía. Lustrar zapatos era una experiencia de expertos y el sábado lo había creado Dios, creía Antonio, para proporcionarle a los limpiabotas del barrio la forma de levantar unos pesos para tener algo de comida antes de ir a la escuela durante la semana. 'El lunes ya llegará, pero hoy es sábado y hay que trabajar', era el decir de los limpiabotas.

Antonio esperaba las once de la mañana; a esa hora siempre se juntaban a hablar vainas bajo el árbol de almendra, los prestamistas, los chulos, las putas pobres, los viejos verdes y los bebedores de Ron criollo; esa reunión representaba una buena oportunidad para limpiar zapatos de muchos colores y hacerse el negocio del día. Estaba listo para la tarea; tenía de todo en su caja: líquidos, pastas, paños, cepillos, grandes y pequeños y un ajustador, obsequio de turco del pueblo.

Don Anselmo, se fue en uno de los motores. Antonio lo vio partir con guayabera azul de cuatro bolsillos, los pantalones fuentes, azules también y la gorra negra con unas siglas que Antonio nunca entendió: 1J4; parecía un código especial y secreto de ese Puertorriqueño quien a veces borrachito, hablaba de un tal....Albizu Campo y de unos jodío maricones, traicioneros de la revuelta de Lares... que los jodíos Yankis se habían adueñado de las mejores tierras de su Isla... que se yo. Don Anselmo, siempre estaba borracho; se dormía con las palabras en la boca y la botella de ron en la mano se le caía cuando perdía el control de sus facultades. Antonio no entendía a Don Anselmo. El solo era el limpiabotas.

El sábado solo se trabajaba medio día en la Fábrica, media jornada laboral representaba un preámbulo de fiesta. En ese tiempo de la vida del pueblo, se le pagaban a los trabajadores sus salarios al contado; el 95% no tenía cuenta bancaria. Así se les podía engañar más fácil porque los pagadores les esquilmaban los centavos. El asunto era al contado y habían muchos trucos para aprovecharse de esta gente incapaz de contar y leer bien; muchos eran analfabetas. Trabajadores primarios con poca educación, recibían muchos abusos en esas filas o mejor tumultos, en una caseta llamada "El Pago". Los dueños de la fábrica lo sabían. Eran cómplices.

Había una fiesta de billetes de varios colores y figuras; siempre me han llamado la atención. Los había rojos, azules, morados, blancos, bronce; hombres con bigotes, tenedores, monumentos. Todos esos símbolos aportaban valor a aquellas monedas y billetes y aunque contados y vueltos a contar, no alcanzaban para nada. Solo para comprar un litro de Ron criollo como consuelo, jugar dominó en la tarde, hablar de pelota[49] y de sueños; estos eran "arreglados" o "interpretados al acomodo" por algún compadre para hacerle al soñador una sugerencia acerca del número jugar en la Lotería Nacional.

Mientras todo esto sucedía, Antonio Malavé se acomodaba sobre su lata de aceite para oír todas esas algarabías, voces, pleitos, reclamos y frustraciones; sin distraerse de los comentarios ofrecía sus servicios ya sea

---

[49]   Baseball

allí mismo o en la casa del interesado un poco más tarde. Ese día iba descalzo y además vestía pantalones cortos y una camiseta con un letrero en inglés que él no leía, ni comprendía, que decía: I LOVE NEW YORK.

Esa camiseta se la regalaron unos evangélicos en uno de los recorridos por su casa, se la ponía el día sábado, para que le trajera suerte en la limpia. Los evangélicos querían salvar a Antonio del infierno. No podían, el era muy pobre; le gustaba la bachata, el merengue y ver películas los domingos en la tarde, cuando le permitían ver televisión en la casa de algunos vecinos. Los religiosos no permitían eso, según ellos, esas tentaciones eran un salvoconducto para ir directico donde Satán. Pese a los regalos, no pudieron convencer al limpiabotas para cambiar su religión. Era mejor la del cura a pesar de sus malas mañas.

El día transcurría lento, como casi todo en aquel entorno sureño. El sol calentaba un poco y a Antonio Malavé se le dilataban los pies; ya estaba cerca su cumpleaños. Le dio hambre de solo mirar a hombres y mujeres comer algunas cosas en funditas grasosas diseñadas para sostener algunas frituras, un pedazo de carne, bollitos de yuca, pedazos de plátano verdes fritos, yaniqueque haitiano, pedazos de cuellos de gallinas, etc., acompañaban esos bocados con un refresco rojo denominado en la botella, "Country Club". En realidad, los pueblos adaptan cosas foráneas. Allí en aquel conglomerado de trabajadores, no habían quien supiera el significado del término "Country Club". Eso lo aprendí en El Norte.

Debajo de aquel Almendro había sillas improvisadas, pedazos de troncos viejos, bloques de construcción, sillas tejidas ya muy desfondadas y pintadas de azul. Muy cerca se veía una pared vistosa con propaganda política; se invitaba a quienes sabían leer, a votar por candidatos locales, regidores, síndicos, diputados, senadores, presidentes: también por representantes de los colores blanco, rojo, morado, negro, verde, amarillo; todos prometían mejorar los bolsillos con el aumento del pago de una semana. Pero los animados conversadores debajo del árbol de almendro dudaban de los letreros. Había pasado mucho tiempo y sus canciones no mejoraban. Es más, la pobreza en algunos era una especie de tinte y les había cambiado la tez. Sus esperanzas ya no existían. El engaño siempre había triunfado y la desilusión no llena el estómago.

Antonio Malavé, aunque tarde, estaba en el empeño de aprender a leer y fijaba sus ojos en esos letreros. "Vota por mi", "Soy la solución", "En este año sí ganamos", "Jamás hambre, pan para todos". Tales mensajes quedaban grabados en la mente de aquel limpiador de calzados y en su ingenuo interpretar pensaba en una guagua, un autobús, un camión, llenos de fundas de pan destinado a las madres para alimentar sus hijos y por fin contar con un desayuno con pan caliente en la mañana. Mientras el pensaba apretó el hambre y regresó a su casa a verificar si su madre Ana, le tenía algo preparado para desayunar.

Antonio Malavé corrió por las calles polvorientas, entre patio y patio, entre escombros y arboles caídos - habían caído algunas lluvias en las noches y algunas ramas no resistieron el embate de la brisa -. Ansiaba volver a su casa. Regresó a las 11:35, donde su madre, con 20 pesos y ochenta y cinco centavos en los bolsillos.

_ Mamá tenemos pa' los plátanos.

_ ¡Que bueno! ¿Cuánto hiciste?

Los niños que trabajan en mi pueblo se lo dan todo a la madre. No hay engaños.

_ 20 pesos con ochenta y cinco chele..... Antonio puso cara de satisfacción y deber cumplido; al sonreír mostraba unos dientes descuidados.

_ Esta noche comemos mucho y con sal.

Ana Malavé se sintió satisfecha del trabajo de su hijo. Era una prueba directa del tránsito de niño a hombre.

_ ¿Hay desayuno?.... Preguntó algo desesperado.

_ Sí, preparé leche é chivo y dos Yani de madame Cocó.

Antonio comió rápido aquel manjar; quería regresar a limpiar antes de llegar la tarde. Los habitantes del barrio deseaban sus zapatos limpios antes de las 3:30 de la tarde, después de la comida y la siesta. Ese era el deseo porque algunos acostumbraban irse de fiesta o a caminar por el parque del pueblo, o quizás a bacilar con sus novias y novios, porque eran pocos los medio de entretenimiento en un pueblo donde la gente solía entregarse al sueño muy temprano. Pocas horas después de apagarse el sol, era notoria la disminución de las actividades del pueblo.

_ ¡Comé al paso, muchacho! Le insistió la madre.

_ ¡Ya, ya, ya! Umm, Madam Cocó hace buen Yani.

_ También Bombón y Coconetes. Esas haitianas si saben, lo malo es que son haitianas…congosas, ja, ja, já. Se inicio un momento de tensión en la familia Malavé.

_ Mamá lo haitianos son bueno, mi amigo é, Patecré Pié limpiamos juntos, él es de Haití. Antonio se indignó un poco.

_ Tú dices eso é que se quieren quedar aquí, en Dominicana pero se van to'. El patriotismo le cubrió la piel a Ana Malavé.

_ Pero mamá nosotros somos Malavé. Insistió el niño

¿ Ese apellido é haitiano? Preguntó Antonio.

_Mira muchacho el coño, no diga eso... lo haitiano viven aquí pero son haitiano. No hable así, mira tú color. ¿E negro, si? Pero lavao....-Dijo Ana, halándole el brazo y mostrándoselo al muchacho.

_ Pero mamá; pero nosotros somos vecino aquí en el barrio, somos igual, to' igual.

El limpiabotas sin saberlo, hablaba de igualdad de condiciones y de destinos comunes en un pueblo con escasos grados de colores. Todos negros.

_ Si, tá meclao' el barrio, pero nosotros somo' dominicano; y cuando tú te' en la escuela, vas a aprender el Himno Nacional muy bien.

La madre se marchó de la presencia del hijo un poco decepcionada, porque su hijo llegó a compararse como igual con un haitiano. Eso había que cambiarlo. Entre el manjar, Ana Malavé le aclaró a su hijo que si bien vivían entre haitianos, él no era haitiano, era dominicano.

Antonio terminó la leche de chivo, le dio el dinero su madre, tomó su caja de limpiabotas, y se marchó confundido. Se cuestionaba cómo como podía ser que gente de mal pensar cocinara tan bueno y por qué su amigo Patecré Pié, no era bueno, si los dos iban a la misma escuela y compartían la misma silla. Había confusión en su mente. Regresó de nuevo a sus labores a vocear sus servicios por todo el pueblo. Sin saberlo decía la realidad de un pueblo de sol y calor que tiñen estos colores de melanina en su piel. No podía aceptarlo.

¡Limpia bota, llevo negro, blanco y marrón!

El sol esparcía calor y empujaba a la gente hacia la sombra. Antonio se dirigía de nuevo al almendro donde estaba todo el pueblo a la espera de nada. Se oyó una bocina insistente de un carrito Volkswagen amarillo de capota negra. Era el cura del pueblo, enviado de Roma. Los curas siempre andan en carro aunque todo el pueblo camine a pie.

_Limpiabotas! _Llamó el padre Mauricio Constantino.

_Si padre, diga usted… Sin míralo mucho.

_Anda hijo sube a la sacristía, necesito limpiar los zapatos.

_Si padre, iré rápido. Contestó Antonio Malavé, como siempre.

_¿A cómo estás limpiando hoy? Indagó el padre en un español aprendido en Francia, en tres meses.

_ A 10, padre, el líquido y la pasta subieron. Fue una respuesta con sonrisa omitida, sin mirar.

¿Qué pasó? ¿ subieron los precios? Inquirió el cura con estilo dogmático.

_ Las cosas suben padre, además sus zapatos son extranjeros y chupan más líquidos y pasta. Argumentó el limpiabotas con mucha determinación.

_ De todas formas sube; te espero, ya sabes, temprano.

El carrito subió la lomita donde estaba ubicada la casa curial, construida debajo de unos árboles frondosos, adornada con flores extranjeras y cercada con una pared. Al lugar no entraba nadie sin invitación; la casa estaba vedada para todos los habitantes del pueblo. La vigilancia estaba reforzada por unos perros inmensos de cinco pies de altura capaces de comerse las partes íntimas de cualquier muchacho ladronzuelo de guayabas, mangos y cerezas cultivados en ese patio. Solo entraban allí los escogidos por el cura.

Antonio subió con miedo. El cura tenia mañas. Desde pequeño fue acosado; le ponía la mano en su pistolita[50] dizque para bendecirla y para cuando creciera fuera un hombre vigoroso y tuviera hijos decentes. Cosas de sacerdotes desviados. Desde los tiempos del Arca de Noé según ellos, tienen derecho sobre los muchachitos, porque el niño Jesús, también ha sido objeto de adoración. También tienen derecho sobre las muchachitas jóvenes, vírgenes, aquellas que no han sentido la fundición del hierro sobre su carne en una noche de luna. Ellos adoran a todas las vírgenes. En fin, el padre Constantino era un representante de todos esos poderes. ¿Qué podría hacer un pobre limpiabotas? Someterse en el nombre de la iglesia, y del padre, reverendo Mauricio Constantino, descendiente directo del emperador, el inventor de todas esas vainas.

_Shu, Shu,... le dijo el padre Constantino al limpiabotas.

_ Las monjitas duermen la siesta. Insistió, con voz suave y hablando con las manos.

El padre Constantino era un hombre cincuentón, medio calvo; un calvo vergonzante; se peinaba con

---

[50] Pene

los pelos de atrás para adelante, para taparse la calva incipiente. Su bigote desordenado, le tapaba el labio superior de su boca blanca y los dientes amarillentos de fumar cigarros cubanos.

_Entra rápido sin hacer ruido. Invitó el cura con tono de conquista.

_ Tá bien padre. Contestó Malavé asustado.

El niño tembloroso, pero la Catedral firme como una roca. Como siempre, le dio un poco de vino al niño, pan del día cocinado por las monjitas en la mañana, un pedazo de queso Holandés, de esos de forma de bola, cubierto con papel y cera roja; también lo atendió con dulces marca Nestlé, de chocolate con maní, importados de USA. Todo eso en un momento de seducción, y toque por entre las mangas de los pantalones cortos de un niño descalzo.

__ ¿Y lo zapatos? Preguntó Antonio, después de colocar su caja de limpiar en el suelo y con el cuidado necesario para evitar derramar los líquidos sobre una alfombra de color terciopelo de tres pulgadas de espesor. Era una alfombra importada de Italia y exclusiva en un país tropical.

_ Horita come, hijo, come. Insistía el cura.

_ Esto sabe a cielo. Comentó el niño con hambre insaciable.

_Claro, vienen del cielo, del mismo cielo. Je, je,jé. Enfatizó el sacerdote.

El cuarto se oscureció de repente, el vino se salía por los poros de las paredes y el cura comenzó una danza extraña; se puso una falda azul, el sonido de los papeles remeneaba el estante de los libros. San Agustín,

Marx, Megle, Fidel, Arzobispos Romanos, Pablo Sexto, Vaticano primero, segundo, tercero, cuarto....ay!...ay.... ay...! Platón carajo, Teología de la Liberación, al carajo, todos los libros se fueron al mismo carajo. Ese frenesí incontrolable sacó a aquellos dos seres de la razón y la conducta férrea de la religión. La Bestia humana se manifestó en todo su esplendor.

La esfinge de San Pedro enclavada en la pared, no resistió la vibración. El vino fluía y fluía. Todo ese vino de los montes Pirineos, quesos con olor a genitales, confusión total en un instante donde el torrente de vino, superaba la fuerza de las Cataratas del Niagara.

Entre ruido y dolor regresó la calma. Recogimiento absoluto según lo reglamentado; luego, una melodía romántica. El cura se embriagó de un tal Charles Aznavour, violines alemanes, trompetas y clarinetes; de notas melódicas de un piano clásico de cola larga. Se tendió en el piso, aun con la mano izquierda entre la torre y la base y con la derecha se fumaba un tabaco cubano; en el entretanto, Antonio Malavé no entendía nada. Muy romántico, el sacerdote pensaba en las atenciones de unos revolucionarios amigos, llegados por la frontera de Haití, cuando los guardias del Ejercito Nacional, no quisieron ver los regalos al pasarlos de contrabando.

En las afueras de la casa curial caía una llovizna ligera del trópico; son lluvias muy características porque no duran más de cinco minutos. Todo se nubla y todo se aclara en ese lapso de tiempo. Eran las 2:00 P.M. El pueblo se cerraba a las 6:45 de la tarde, entre luz y sombras.

La gente regresaba de sus múltiples diligencias y de hacer compras en la Capital; los viajeros se desmontaban de unos inmensos autobuses. Quien sabe si algún día Antonio Malavé, pueda ir a La capital. Pero estaba lejos, en la distancia, en el tiempo y en las posibilidades. La Capital estaba muy lejos, le habían enseñado en toda su vida y llegar a ella significaba salvar múltiples obstáculos.

Las travesías de montañas, vencer monstruos aparecidos en el camino, cruzar algunos puestos con soldados dotados de armas largas y en una postura amenazante como a punto de disparar. Pero sobre todo, dejar el Mar, dejar el mar... eso suena como un sueño.

La verdad, ese mar estaba ahí por tiempos inmemoriales; vinieron unos ángeles del cielo y bajaron por las montañas del puerto Martín García y tendieron esa sabana azul. Es un espejo de regalo para el Sur, una exclusividad no dispuesta para nadie más y así evitarle a alguien la tentación de partir hacia algún lado. De salir había que hacerlo para irse a New York.

Para la gente del pueblo, la Capital era para los 'capitaleños'. Antonio Malavé era solo un limpiabotas; ir a la capital era ilusión; además, no tenía zapatos y la capital se caracterizaba porque el asfalto se calentaba y así la ciudad comunicaba que no se aceptaban los descalzos del Sur.

Mientras caminaba a su casa a contar más de 50 pesos en billetes y monedas, concluyó haber tenido un buen día; había sido bueno en lo económico. Llegó a su casa y cansado del trabajo, se acostó, no sin antes entregar todo el dinero a su madre Ana Malavé, degustar unos trozos de plátanos hervidos con un poco de salchichón salami bañado en mucha salsa de tomate y cebolla. Pedro Malavé, su hermano menor, le guardó la caja de limpiabotas a su hermano. Para esos momentos ya habían comenzado los ruidos de los indisciplinados de la noche. Motores en las calles sin luces traseras, las vociferaciones amenazantes entre vecinas en disgustos por bobadas. Cuatro Putas pobres en plan de conquista, con un caminado insinuante en la búsqueda de alguien para mitigar el hambre. Un cocolo con un radio viejo marca Phillips, en el intento de sintonizar algún programa de las islas holandesas o de Jamaica. El ritmo lejano producido por los tambores de los haitianos, quienes "calentaban" sus ritmos, hechizos, látigos, polvos, cinturas y santos, porque se acercaba la Semana Santa, y era imperativo bailar Ga-Ga. Este ritmo enloquecedor traído del continente africano y el vudú, hacían de la noche una ocasión de sueños, pesadillas y grimas. En el imaginario ha rondado un temor infundado pues al decir de muchos, los muertos comenzarán a caminar como dueños por todo el pueblo y podrán sorprender a cualquiera en cualquier esquina oscura. De todas maneras, si esto era verdad o no, la familia Malavé se recogió en su casucha a descansar.

¿Te va' a' costar temprano? Preguntó Ana a su hijo.

_ Si, toi' cansao'. Contestó Antonio Malavé.

_ El día ta' duro, la noche también. Apuntó Ana mientras cerraba la cortina divisoria del cuarto de dormir con el resto de la casa.

_ ¡Oh!... tengo sueño, tengo sueño. Dijo el limpiabotas con voz cansada.

_ Duérmete mi jijo'; ya ta' bien. Fue una voz de consolación pronunciada por una madre desde lo más profundo de su sentimiento.

_ Los sábados son así en este barrio. Intervino también el menor; Pedro Malavé se acostó junto a él, para cuidarle el sueño, y los dos abrazados en hermandad concluyeron el día.

Capítulo 17

Se Abrió Una Puerta

En mi caminar por el pueblo en busca de mi pasado y para consolarme de mi ausencia y de paso aliviar esa sensación de no sentirme parte de este pueblo, noté una señora muy distinguida del pueblo; se dirigía al Mercado Municipal; se trataba de Doña Carmela Duverge en su recorrido de 2 kilómetros y tres cuartos para comprar el pollo del domingo. Era temprano y la caminata la iniciaba alrededor de las 8:30 de la mañana. El pollo debía ser gallo manilo, sacrificado delante de ella, no uno de la pelea. El mercado se llenaba rápido y quien llegara temprano cogía la mejor presa.

Ese mercado proviene de viejos tiempos, cuando los indios bajaban de la sierra del Bahoruco al trueque de oro por espejitos y Larimar. Además de la venta de yuca, pescado seco y otras vainas. Doña Carmela Duverge, seguía una tradición de sus ancestros, porque su presencia era una mezcla de indígena con alguna melanina del Africa.

_ E'to pollo tan caro ¡carajo! Fue una expresión de protesta de la doña.

226

_ Es el gobierno. Respondió el vendedor.

_ El asunto no e' el gobierno, son lo barahoneros. Es este pueblo. Contradijo la señora.

_ ¿Y quién compra mai' (maíz) aquí? Cuestionó el hombre.

_ El gobierno ta' en la capital; mejor pésame el pollo –Ordenó con firmeza, tirándole de las manos, casi arrebatándole el ave.

_ Óigalo eta tarde. Que va a decir to' esa gente son las que mandan en este pueblo…. Insistió, en un esfuerzo de convencer a la clienta.

_ Va subí to !Ese presidente e un timacle! Un hijo de la gran…… El pollero militaba en uno de los partidos de la oposición al gobierno de turno.

_ El pobre no puede ni comer pollo criollo… Contestó Carmela

_ Dígalo duro doñita Hizo la petición el vendedor mientras pesaba el pollo en una balanza Romana del tiempo de Cristo.

_ Aquí lo que hace falta es trabajo. Comentó la doña, refiriéndose a un grupo de gente ocupada en hacer nada en la esquina. Cierto, eran desempleados y se aglomeraban en las esquina del mercado a hablar de cosas sin sentido.

El pollero pesó el pollo, le partió el pescuezo, lo abrió, le sacó las tripas, las lavó, le dio un pedazo del periódico y cobró el precio…

_ 35 con vente…tun, tun.

_ Aquí están sus cuarto[51]. Dió la vuelta y se fue.

---

[51] Dinero en efectivo

El asunto era serio. Era mejor antes; había comida y había cuarto. Ella pensaba en su juventud, cuando corrían los dólares por la región, todo era dólares y hasta productos extranjeros accesibles para los trabajadores. Era el tiempo de las danza de los dólares en el caribe, azúcar, tabaco y ron.

Ese día compró pollo para la sopa de las once y el locrio. La sopa era de los "entresijos" del pollo, las patas, el cogote con casi toda la cabeza pero sin ojos, un pedazo de papa, ajíes gustosos, fideos marca Milano, (para mantenernos fuertes y sanos) y sus respectivos condimentos secretos. Las sopas se hacían temprano para matar la primer hambre del domingo.

Como era un día tan largo, se abrían las ventanas de la casa. La familia tenía un televisor a blanco y negro, con muchísima estática, con horizontales y verticales que aparecían sin ser llamadas y cambiaban la imagen haciendo un ruido extraño....zun, zun, zun, zun. Como si algún platillo volador o un OVNI quisiera comunicarse con los terrestres, pero los tripulantes veían las pendejadas del pueblo y pasaban de largo. A los extraterrestres les gustaban más los desiertos de Arizona o Colorado en USA y en estas islas aun no encontraban las condiciones para una buena comunicación.

Las puertas de la casa de doña Carmela Duverge se abrían para todos esos niños deseosos de ver la televisión; no había muchas opciones: un locutor en su perorata anunciaba "Radio Televisión Dominicana, canales 4-9-2... ". Solo había tres canales. Entre los niños acogidos a ver TV estaba Antonio Malavé; siempre se lavaba los pies en una llave de agua instalada al lado de la puerta de la casa. Era un niño respetuoso.

_Entren mis hijos…_Decía doña Carmen.

_Gracias. Expresaban docena y media de muchachos y se acomodaban en el suelo de esa casa para conectarse con el mundo fantástico y dirigido de las transmisiones de televisión.

Aparecía una escena vieja de Hollywood. Hombres seductores y mujeres rubias con gestos atractivos picaban el ojo, movían las manos y enseñaban las piernas. Esos muchachos sentados frente a este aparato, deseaban entrar en él cuando daban un comercial sobre comidas y bebidas americanas: Chef Boyardi, Coca-Cola, pavos al horno, piernas de puerco, jamones, uvas, peras, manzanas y arroz. ¿De cuántos años me casaré yo? Fantasías de Superman, Batman y Robín, La mujer maravilla, King Kong. ¡Ah! y la infaltable propaganda de un carro Chevrolet.

¡Cuántas maravillas!

Esos muchachos, querían irse de viaje; lo importante y más deseado en esos momentos de fascinación era llegar al Norte donde estaba Dios en el reino de los cielos; así lo imaginaban porque los mayores les decían que en New York había "rascacielos".

En la cabeza de Antonio Malavé el limpiabotas, rondaba la idea de unos edificios tan altos que era posible 'rascar el cielo', entonces New York era la ciudad de Dios y allí uno podía estar más cerca de El. Y en su imaginación, llegar al cielo, como decían los evangélicos del barrio, era entrar a una gran mansión, donde había leche y miel.

Así se inició en un niño el deseo de partir. Irse lejos a esa ciudad para vivir mejor y disfrutar esos programas extranjeros; y al llegar la prima noche, salió del cuarto de la casa una mujer negra como la noche, con una escoba en una mano y una biblia en la otra y en predicación dirigida a los niños en un idioma incomprensible para ellos.

_ ¡Children! What's your names? Decía la mujer rara.

_ Do you pray to Jesus? Insistía en inglés británico. Era Mrs. Calidonia Elizabeth, mi abuela paterna. Era una mujer de veinte batallas, luchadas en cada guerra de las islas vírgenes y no vírgenes. Las de la colonias holandesas y otras pretendidas por los jodíos españoles deseosos de robárselas y donde Francis Drake guardó el oro robado durante sus aventuras en el Caribe.

Calidonia Elizabeth era una experta en convencer a los niños de su tiempo acerca del origen de Dios. Según les contaba, El era un hombre inglés, llegado de Palestina en un barco de vapor de fabricación portuguesa y ahí fue cuando ella conoció al Creador de todas las cosas.

Para la negra, los dominicanos eran unos tontos porque oraban a Dios en un idioma diferente al inglés. En su particular versión, Dios nació inglés, pasó por Palestina, emigró a Nueva York, se hizo ciudadano Americano (después de 5 años) y la evidencia está en todos los billetes verdes; ahí se puede leer:

"In God We Trust"

En el relato a los niños, les enseñaba los billetes, reiteraba la frase "In God We Trust"

"...y gracias al mandato de los billetes verdes se puede comprar de todo". Así sentenciaba Calidonia Elizabeth para finalizar su plática.

Obviamente los niños en su crecimiento, retoman la sentencia pero transformada en la posibilidad de obtenerlo todo con dinero; comida, niños, cigarros, televisores, carros Chevrolet, neveras, pan de pasas, bicicletas, pistolitas de agua, aviones usados, políticos, helicópteros verdes y ruidosos, pistolitas Cacha Blanca, botas de montar caballo, botes hechos en Miami, putas, pendejos, maricones, whisky Johnny Walker, celular de última generación para hacer llamadas a sus países de origen. Y todo lo vendible y comprable en tierras de nadie, se puede hacer con esos billetes refrendados con el nombre de Dios "In God We Trust"... en Dios confiamos.

_ ¡Ay papá! Esa vieja ta loca - Se le salió un grito al limpiabotas, Antonio Malavé.

_ ¡Shut up! No interrumpirme. Ordenó con enfado la viaja centenaria, arreglándose los espejuelos.

El silencio se apoderó de todo el entorno.

La vieja siguió su lección. Recomendó con lujos de detalles no creerle a los dominicanos porque ellos habían contraído "La enfermedad de la mentira", de unos mosquitos exportados por Theodore Roosevelt a Panamá cuando hacían el Canal; luego por equivocación los insectos llegaron a las costas dominicanas. Y quien sufriera la picadura de un mosquito, de inmediato se convertiría en un mentiroso. Esa enfermedad terminó por contagiar a todo el mundo. Esa es una de las razones que explican, por que cuando un dominicano dice SI, eso no es afirmación, ni negación, ni neutro, puede ser cualquier cosa.

_ ¡Qué mentirosa esa vieja! Pensaron en voz alta muchos de esos niños reunidos en la casa de mis padres, deseosos de ver la televisión en blanco y negro.

Esa rutina de ir a la casa significa mucho, para todos esos niños, pobres como Antonio Malavé y la mayoría de habitantes del entorno. Los pobres no eran nadie. Pasan sin importancia por la vida porque no hacen nada trascendental, sus obras no inspiran libros para disponerlos en bibliotecas y hacerlos partícipes de las historia. Para muchos en mi pueblo la pobreza es una especie de maldición. Es enfermedad y como tal, nadie quiere contraerla.

Lo impresionante para el pobre limpiabotas fue enterarse del origen inglés de Dios.

No se especificó el tipo de inglés y se dejó a la libre interpretación. Por lo tanto, cualquier persona inglesa estaba hecha a la imagen de Dios; los demás no lo eran. Lo cual y vista la realidad, se podía notar en el Pueblo.

Los ingleses conocidos en el barrio por el limpiabotas eran negros, Cocolos, leían la Biblia, masones, bebedores de té y ''Guavaberry''. Caminaban cuadras los sábados en la noche destino al infierno, hablaban enredado, no confiaban en muchas gentes, se daban a la tarea de tener muchas mujeres e hijos. Se morían de 100 años en adelante.

Esa vieja dice que "Dios es inglés". Esto no caminaba bien en la mente de Antonio Malavé.

Los retratos de Dios y los Santos, no hay ningún negro. Son vainas de la vieja esa. Lo único verdadero lo dicen los dólares: "In God We Trust". Es más, pienso que Dios es americano, pero no inglés. Porque los de USA son grandotes, blancos, y viven en New York, y la gente dice que "Allá Ta Dios".

Antonio Malavé, pensó, que la historia de esa vieja estaba ligada con "Guavaberry" - mezcla de frutas, ron preferido por los 'cocolos' - y por eso exageraba al decir que Dios era inglés con muchos dólares. Pero ella lo decía con una seguridad capaz de confundir la mente impresionable del muchacho limpiabotas.

En realidad, su marco de referencia era el mar, el valle infinito, la Loma del Curro con su punta de nieve que no se derrite y las montañas, visibles de día pero de oscura estampa en la noche.

La señora negaba su origen dominicano y el de los demás 'cocolos" y se asumía con ellos como 'súbditos de la Reina Isabel'; y cuando se daban dos tragos de ron decían: "'God Save the Queen" refiriéndose a una reina en un palacio de Londres, Inglaterra. Muchos no sabían geografía, ni se imaginaban dónde estaban esa ciudad y aquel país.

Todo era confusión en Antonio. Cocolos reconociéndose como ingleses, dominicanos negros en negativa de su origen, haitianos de buen cocinar pero odiados por los dominicanos, vírgenes blancas, curas con poses de santos pero maricones y coge muchachitos. De añadidura, un sol inmisericorde a las 12 del día y el revoloteo de mosquitos transmisores de la enfermedad de la mentira, cuyos gérmenes estaban en la sangre de los dominicanos; bailes de gaga para invocar malos espíritus, brujas chupa sangre de niños pobres.

Y para rematar, poca comida y un oficio desagradecido de limpiabotas, mal pago y de insuficientes ingresos para ayudarle a la madre Ana Malavé a sacar adelante la familia.

El asunto se confundía en la mente de Antonio Malavé. Nació allí, en aquel valle encantado detenido en el tiempo. El deseaba irse de allí, pero no podía. Su caja de limpiar era algo más; el peso de su responsabilidad en su andar en la tierra, pero el quería volar.

Capítulo 18

Tentaciones

Un diciembre cualquiera, yo estaba en el Pueblo para esa fecha. Antonio Malavé oyó que los dominicanos residentes en New York, estaban de regreso y lo hacían por los aeropuertos del país. Algunos eran invitados por los medios de comunicación a hablar de las experiencias en el extranjero. Uno de esos viajeros llegó al Pueblo; tenían en sus planes el disfrute y el descanso al lado del mar y del calor; retornaba huyéndole al invierno implacable de un Norte sin compasión que vive en penumbras por seis meses o más, mientras somete a una rutina inmisericorde a quienes viven bajo sus sombras. Eran muchos con planes similares. El pueblo se llenó de hijos ausentes.

_ Miren señores. Decía uno de esos viajantes: tres anillos. Eso es lujo, je, je, jé eso no se consigue aquí. Es Fajao brother, fajao en esa gran ciudad. Con un llamativo gesto, sacudía los dedos para hacer ostentación de sus anillos con luces intermitentes incorporadas; sin duda, logró llamar la atención. Era ocasión para lucir camisetas de varios colores, muy apropiadas para combinarlas con el ambiente festivo de la época navideña. Navidad traía una brisa 'bullosa'; el comercio, la radio, la televisión y los cuadros por doquier aludían sobre las maravillas de ''Santa Claus'', la nieve, el licor, las comidas. Todo era presentado como una tentación. Cuando los pueblos empiezan a perder rasgos de identidad, echan mano de otros, por lo general importados. En esas estaba mi gente; en su celebración decembrina, acogía personajes ajenos a la propia realidad de ese Pueblo olvidado y frenado frente al Mar Caribe.

_ ¿Será verdad? Se preguntó Antonio Malavé al verse envuelto en toda esa bulla callejera; no podía creer tanto trajín de música, luces, colores, olores. También se cuestionaba acerca de la posibilidad de partir un día de su pueblo natal para disfrutar todo eso en New York. Por su tierna cabeza en forma rauda pasaron ideas y dimensionó esa navidad como punto de partida. Según su proyección, esperaría a ser un poco mayor para transformar en realidad la desprevenida idea de viajar al exterior. Sería un viaje soñado por todos los pobres habitantes de ese entorno pueblerino para disfrutar de los flujos de leche y miel de la gran ciudad, tierra de abundancia y provisión.

Además, Julito Encarnación se encargaba de provocar la tentación. Se había marchado y cada año regresaba más cargado de oro; prendas, brazaletes, cadenas, cada una pesaba media libra; también hacía ostentación de billetes verdes; 'dólares brother dólares' decía el exhibicionista Julito.

Antonio Malavé, tuvo la gran suerte de encontrarse con este personaje, un día cualquiera.

_ ¿Señor, va limpia? Preguntó Antonio Malavé.

_ ¿A cómo? Contestó Julito Encarnación sin dirigirle la mirada con sus gafas de sol "Ray Ban".

_ A diez. El limpiabotas se aseguró de acercarse al cliente.

_ ¿A Cómo? To ta' caro en este país, brother.

Le hizo una señal con el dedo al limpiabotas pidiéndole se acercara. El chico acató el llamado con mucha timidez; estaba al frente de un migrante a New York y eso era mucho para la comprensión de un limpiabotas del Pueblo.

Se inició la faena. Eso sí eran zapatos, más bien una maravilla, superaban a los del cura maricón y a los del viejo Anselmo. Eran unos Tom McCain, con su sello y todo. Eso era una leyenda del tiempo de los ingleses, americanos, españoles, alemanes y todos los bárbaros ocupantes de la isla y en especial de los asentados en este pueblo.

_ Tú nunca tendrás unos zapatos así; je, je, jé. Se ufanó Julito Encarnación con cierto movimiento de hombros en señal de poder.

En mi pueblo, los aguajes de poder se hacen con el meneo de las extremidades superiores para significar posesión de poder; es un gesto de arrogancia para reafirmar superioridad sobre los demás.

_ ¿Cuánto te costaron?, ¿son de Nueva Yol, verdad? Indagó Antonio Malavé. Esta vez le enfocó la cara a Julito Encarnación.

_ Una balsa e' cuarto; lo compré en la Quinta Avenida Replicó el viajero.

¿Dónde?, ¿dónde es eso?, ¿más allá del mar? Preguntó sin entender el limpiabotas.

En Nueva Yol, limpiabotas, en Nueva Yol; ok, ok. La voz se oyó como a tres pies y medio a la redonda, para enterar a todos los curiosos. Julito alzó los pantalones para exhibir la finura de sus medias. Tenían unos diseños jamás traídos al pueblo en los últimos cincuenta años; ni siquiera los turcos y españoles, grandes comerciantes del pueblo y del país.

_ ¿Y dónde e' eso? Yo e' oído pero no se bien. Inquietó Antonio Malavé.

_ Eso e' como ta' en el cielo, brothe, ahí si ahí ta' papá Dio. Ok? Brother, Ok? Julito Encarnación trató con esas palabras darle una idea al limpiabotas acerca de la ciudad donde vive Dios, el mismo descrito por la vieja cocola en la casa de Doña Carmela.

Al limpiabotas, se le pusieron los pelos de punta pero no por refrendar que New York era la ciudad de Dios, sino por corroborar la existencia de unos zapatos así, en combinación con semejantes medias y pantalón; y de remate, una camiseta tipo franela de pelotero abierta sin disimulo para dejar ver el pecho adornado de oro. Era de envidiar. Decía:

"New York one hell of a town"

_ Cuando tú te vayas déjame esos 'zapato'. Fue la inocente petición del pobre muchacho.

La pobreza es una fuerza incontrolable y todo lo pide. Esos zapatos no le calzaban al limpiabotas; sabía sin embargo, que en manos de su madre los podía vender para hacer algunos pesos para la familia. El limpiabotas pensó en todo.

_ Bueno, quizás. Adujo Julito, una respuesta con cargas de duda y esperanza.

_ ¿Cuándo se va? Con los ojos inquisitivos y deseoso, preguntó el servidor.

_ En dos semanas. Pasá a buscarlo a casa brother. Julito Encarnación había cargado con cinco pares de la misma marca para exhibir su opulencia y poder en el pueblo. Cada día se ponía unos distintos. La gente se maravillaba del poder de Julito Encarnación.

_ ¿Cómo? Se alarmó el limpiabotas.

_ Si pasa, te lo doy. Prometió Julito, otra vez en voz alta para notificar a todos de sus bondades fingidas.

Antonio no podía creerlo, esos zapatos serían suyos. Para él, en su credulidad, unos zapatos así tenían magia y le permitirían volar algún día a New York donde todo se conseguía, y así hacer muchos pesos y de esta forma no limpiar más zapatos, ni ensuciarse los dedos con esa pasta, porque en sus dedos no habría una mancha más, sino un letrero con lo siguiente: GRIFFING-SHOESHINE.

Si hecho mayor, Antonio Malavé llegara a New York, buscaría un trabajo más decente; eso sí, iría de compras, donde venden mucha comida; comería carnes de todas clases para saciar deseos insatisfechos, sustituiría por otros bocados y bebidas esos yaniqueques haitianos y la leche de chivo de los sábados suministrada por el aprovechado de Bienvenido, ese que mantenía fastidiada a su madre.

Todos esos sueños se hicieron en la mente del limpiabotas mientras lustraba los zapatos del engreído viajero. Es una especie de catarsis, no solo de Antonio Malavé sino de muchos otros en mi pueblo, imaginar que todo se reduce a viajar para resolver todo los problemas de manera casi automática.

Al regreso a la casa, Antonio pensó en Bienvenido.

Todos en el pueblo sabían del pasado de este hombre de dientes de oro y cachucha color roja; le conocían sus atrevimientos. El había afectado a la familia Malavé con daños irreversibles. Ese era Bienvenido Leche Chivo.

Para los pobres, el regreso a la casa ha sido siempre, confuso. Las sorpresas no han de faltar dentro de un valle encantado, entre planicies, piedras, construcciones mixtas, bloques, madera y paja.

Entre unas ventanas medio cerradas, se asomaban ojos de mujeres negras con niños en los lados, desnudos, con fluidos supurándole las caras 'largas', descalzos, sus ropas ya no lo son. Las mujeres flacas no usaban sostenes para sus tetas. Son reservadas; el niño cargado busca entre una blusa roja su alimento; no se hace esperar, baja y mama. No hay protocolo entre los pobres. Mientras se camina, a unos pasos rítmicos, sonidos de cualquier música.

Cerca del camino hacia la casa de Antonio Malave había un perro; miraba hacia arriba y luego hacia abajo. Tenía vergüenza del entorno. El perro de color blanco, perdió el color por las muchas mezclas de las calles. El gobierno no tenía que ver con perros pobres, realengos, viralatas. Todos los perros son iguales.

Antonio Malavé, se confundía en ese panorama de madres con hijos de brazos y mal alimentados y de perros callejeros en disputa por cualquier bocado. Veía otras cosas en su mente en formación, afectada por los periódicos y cómics que leía los sábados en el baño de los turcos y por las prédicas exageradas de la vieja cocola y su capacidad de llevar a los niños fuera de la dimensión donde se encontraban. No había energía eléctrica en el pueblo, y poca agua potable; solo velas, gasoil, y una linterna con pilas Everready de un trabajador del ingenio acostumbrado a madrugar. Para el muchacho limpiabotas, el camino le representaba solo quince minutos de marcha pero ese tiempo se le convertía en una eternidad.

_ Si Dios me ayuda-pensó Antonio-le haré a mi madre una casa donde haya agua, luz, televisor y todo lo necesario. Durante mucho rato siguió embelesado en sus ideas y deseos.

El perro que vió Antonio en penumbras, le ladró; era raro el realengo. En las noches sufría una mutación, como todo en mi pueblo, mutaba a negro con ojos de gato. Lo habían traído de Venezuela; sus dueños lo soltaron en ese pueblo oscuro para alumbrar las noches con esos ojos gatunos. Así la gente podría soñar cómo sería la población si tuviera energía eléctrica. Pero, los ojos de gato en perro no alumbraban suficiente. Solo daban para hacer un pequeño resplandor en la oscuridad. Aunque sea venezolano en los pueblos pobres siempre se considera lo extranjero como lo mejor. Cualquier perro, aunque fuera dominicano, superaría al venezolano y alumbraría mejor las noches. Cuando el animal le ladraba a la presencia de Antonio Malavé, este le decía:

_ ¡Ah perro carajo coño! te doy con mi caja de limpiabotas, y llegas a Venezuela. ¡Coño!

Le entró una fuerza desconocida al limpiabotas.

El perro sabía que Antonio Malavé aunque flaco, pobre, descalzo y limpiabotas, era capaz de caerle con la caja de limpiar y darle un golpe tan contundente, capaz de pasarlo por encima del ingenio, hacerlo volar por encima de la Bahía de Neyba, cruzar todo el Mar Caribe y acuatizar en el mismo Lago de Maracaibo. Ese perro entendía con detalles, las versiones de las gentes acerca de Antonio Malavé y sus fuerzas descomunales durante las noches. Para el muchacho las noches tenían un efecto energizante.

Se olían diversos aromas. A té de jengibre, asados de coconete haitiano, palos de cuaba, carbón clandestino hecho a orillas de la playa: además, el aroma inconfundible de un arenque asado al aire libre con matices de Cerveza Presidente y Ron Bambacu. La mezcla aromática llenaba todo el entorno.

El ser humano de mi Pueblo afectado por esta combinación de olores, se dormía o se convertía en un fenómeno de ciencia ficción. Antonio Malavé tomaba fuerza de esos olores. Él sentía poderes extraños, incluso le servían de aliento para conseguir el propósito de ser el mejor limpiabotas de todo el Valle, pero no sabía como alcanzarlo.

Por alguna razón, desconocía parte del contenido de su caja de limpiabotas. Allí había esperanza, dignidad, deseo de superación; el solo debía seguir sus estudios, aprender a leer bien, documentarse en diversas fuentes como periódicos, panfletos clandestinos de los revolucionarios y anuncios políticos en las calles;

aprender a usar un diccionario viejo dispuesto para todo el mundo en la escuela. Y además, aprender las palabras en inglés de la vieja habladora, la cocola Elizabeth; saber usar los dolores, callar y esperar para cuando le llegue el turno.

El entorno por el momento era lúgubre. Las estrellas se podían contar en el firmamento. Los ruidos nocturnos aumentaban la confusión en la mente en desarrollo de Antonio Malavé. Conflictos naturales de la "Tierra mágica", sensual, caliente; era la hora de dormir en un valle dormido. Los tiempos de la conquista y la reconquista los habían pasado dormidos. Los tecnológicos dormidos, los industriales dormidos. Todos se quedaban dormidos. Sin embargo Antonio Malavé tenía esperanzas de un cambio en su vida. El ruido se hacía menos intenso y de ahí el sonido del silencio, luego algo con efectos anestésicos, tal vez el cansancio, haría dormir a Antonio Malavé y a toda su familia, en esa casucha hecha a mano por un carpintero anónimo. Dormían todos.

Afuera y echado en la puerta de la casucha, el perro venezolano con intenciones amistosas y a la espera de un bocado a cambio de iluminar un poco la envolvente oscuridad del lugar. Adentro, una familia sin opciones: o comen ellos o come el animal; además estaba la duda de hacer la buena obra porque siempre se ha dicho que "darle pan a perro ajeno se pierde el pan y se pierde el perro". Al día siguiente el chisme crecía: se hablaba de un perro endemoniado con ojos luminosos en persecución de una rata; ambos animales ingresaron a los predios del ingenio y nadie sabe qué pasó luego.

En el transcurso del día dos reuniones extraordinarias fueron convocadas en sitios separados; una, en el cabildo municipal para discutir como punto único del orden del día la captura con propósitos de extradición a Venezuela de un perro embrujado que anda suelto en el pueblo y ha creado un problema de orden público. La otra, en el ingenio donde la junta directiva discutirá la financiación de una investigación de un raro espécimen canino capaz de emitir luz fría e iluminar con sus potentes ojos el campo del "play" siempre y cuando lo mantengan bien alimentado y reciba cariño. El animal ahora figura en el inventario de la compañía azucarera.

Capítulo 19

Un Acontecimiento Inolvidable

Al otro día tomé de nuevo mi camino exploratorio, se agotaba el tiempo de mis vacaciones y experiencias. El viaje era intenso, pero me detuve a conversar con el cartero, en su oficina ubicada a la entrada del pueblo frente s las Tres Palmitas y al lado del monumento a Ventura; pocas veces se movía de ese lugar. Quienes vivían en la comarca se conocían entre sí toda la vida y se entregaban la correspondencia unos a otros; esa forma tan particular de hacer circular la correspondencia, dependía de la importancia y la relevancia de la misma. Era una práctica antigua de espionaje instaurada por el Generalísimo Trujillo, para controlar y restringir la circulación de algo sin su aprobación, tal cual se hace en las prisiones de El Norte.

El pueblo seguía preso en ese sentido, cuando su correspondencia era registrada. La cartas muy importantes se le enviaban al destinatario; si no lo eran, se quedaban retenidas por meses en una caja de madera. Cuando una carta tenía un sobre blanco y el anuncio de "Air-Mail" más unas barras y banderas azules y rojas eran americanas, o si se notaba algo especial diferente al correo regular, en esos casos se reconocía la prioridad.

Mientras conversaba con el tradicional cartero, llegó un hombre en una camioneta verde con el correo. Era un bulto algo sospechoso; la escena en conjunto era para suspicacias, porque le hizo unas señales a mi interlocutor preguntándole por ese hombre en pantalones cortos, espejuelos de sol y color oscuro. No hubo respuesta clara. Se intercambiaron los paquetes.

Esta vez, le llegó una carta a Don Anselmo Díaz-Michelle, el puertorriqueño, quien se mantenía borracho por las frustraciones revolucionarias en su país natal y todas las otras partes del mundo. La correspondencia venía de Ponce, Puerto Rico; cayó en manos del cartero y de inmediato fue sometida al acostumbrado manoseo para verificar si contenía algunos valores en dólares o cheques. Después del respectivo escrutinio vía luz solar, seguida del despegue minucioso del sobre, se concluyó que solo era una carta en apariencia importante, y por lo tanto Don Anselmo merecía recibirla. Eso apresuró al cartero en los menesteres para cuanto antes, acercar esa carta a su destinatario.

Antonio Malavé vivía cerca de Don Anselmo y por casualiodad pasaba por allí en el voceo de sus servicios, coincidencia aprovechada por el encargado del correo; llamo al limpiabotas:

_ Muchacho! Ey, ven acá; rápido. Urgió el cartero. Antonio Malavé se imaginó una oportunidad de negocio, pero se decepcionó rápido al ver los tenis Converse all star del cartero.

_ ¿Pa' dónde va?, ¿Tienes las manos limpia? Preguntó con tono de autoridad como si se indagara acerca de un crimen.

-No señor, están manchadas de pasta marrón. Respondió cabizbajo el muchacho.

¿Cuando va' pa' tu casa? Le preguntó otra vez.

_ Horita, tengo que hacer cuarto. Hay que comer.

_ ¿Conoces a Don Anselmo, el puertorriqueño?

El asunto se tornó en una conversación seria. Era una cuestión urgente. Así parecía.

_ Sí, yo le limpio los sábados antes que beba. Respondió Antonio con una media sonrisa socarrona.

_ Mira, llévale esta carta. ¿Ta' Bien? Insistió el encargado.

_ Si señor, yo se la doy.

Se la puso en un papel de periódico para evitar mancharla con las manos del limpiabotas siempre untadas de pasta de cualquier color. El periódico de la envoltura era ''El Caribe''.

_ Toma eto' do' peso. Buen regalo a esta hora del día para un mandado corto.

Gracias- Dijo el limpiabotas.

Antonio se embolsilló la propina y marchó rápido de la presencia del cartero estacionario del pueblo. Caminó medio kilómetro al sol.

Tocó la puerta de la casa de Don Anselmo Diaz-Michelle.

_ Toc, toc, toc. Golpeó con el puño cerrado, para no manchar la puerta verde muy bien cerrada.

_ ¿Quién eh? ¡carajo! a esta hora del día. Se escuchó una voz ronca dentro de la casa.

_ ¡Soy yo Antonio Malavé, el limpiabotas!; ¡Tengo una carta de correo!.

_ ¿Carta? A mí nadie me escribe; vete pal carajo limpiabotas, hoy no es sábado y no tengo cuarto.

Se enojó el boricua porque le habían interrumpido el sueño.

_ Sí señor, pero se la mandó el Sr. del correo, aquí ta'. Insistió Antonio.

_ Además, yo no veo bien sin lentes; no sé dónde están estos jodíos lentes.

Don Anselmo ponía las manos en todo su cuerpo y palpaba en desorden en la búsqueda de unos espejuelos que nunca encontró.

Don Anselmo, entreabrió la puerta, le entró un rayo de sol sureño y quedó encandilado por breve tiempo. Había bebido toda la noche; además, tenía una mulata de esas curvilíneas, una compañera de todo el día con quien calmaba sus penas y quería discreción; no deseaba enterar al limpiabotas. Ella salió por la puerta de atrás. El muchacho sabía quién era. La vió de espalda poniéndose con afán el vestido mientras se escapaba.

_ ¿Tú sabes leer muchacho? Preguntó.

_ Si, yo estoy en cuarto y ya se. Respondió Antonio Malavé con firmeza.

Don Anselmo tomó la carta, sospechoso, la acarició, la miró dos veces, se la acercó al oído por si algo sonaba.

En verdad era una carta de Puerto Rico, con remitente de Ponce. La abrió, la entregó al muchacho y se medio recostó en su cama. No tenía camisa, sudaba copiosamente en un sol de 11:30 antes del mediodía en un verano del Sur.

Antonio Malavé, comenzó a leer aquella misteriosa carta.

Ponce, Puerto Rico

Querido hermano: Dios te Bendiga!
Hace 38 años 6 meses y 10 días que te fuiste de la isla, al tiempo de escribir estas letras. La familia y yo nos enteramos de ti por un amigo lejano; fue a la República y nos dijo que vivías allí, porque te vió de lejos montado en uno de esos motores que usan allá. Te llamó y no le respondiste. Nosotros acá, te creíamos muerto. Tú con tus ideas independientes, te aventuraste a irte de nuestro país a pasar de todo en esa República.

Hermano, aquí en Puerto Rico, las cosas han cambiado un montón. Los del PNP y la Palma y otros partidos, se han turnado en el guiso, y la prosperidad llegó...pese a que hemos perdido sangre en guerras que no son nuestras y los campos están abandonados...... Ya la gente no siembra.

Nada, todo lo comen de pote, especialmente esos que dicen "Green Giant".Entre las cosas que pasaron en tu ausencia fue, que mami murió y en su boca solo se oía tu nombre, pero nosotros te hacíamos muerto... Pero al parecer ella sabía. Así que resígnate. El viejo, también se nos fue, pero ese era como tú, el quería que Puerto Rico fuese libre. Pero murió en la espera.

Yo me metí a la iglesia, ese es el único camino. Las cosas solo las resuelve Dios. Puerto Rico se está llenando de gente extraña, de allá de la República, vienen corriendo para acá, nosotros no sabemos qué hacer con tantos extranjeros, creo que la isla se hunde. Una de las primas se casó con un dominicano, con el pelo malo, y los muchachitos salieron trigueñitos, trigueñitos trigueñitos. Si los viera no se parecen en nada a la familia de nosotros. Ya la raza se mezcló.

En cuanto a la finquita del viejo, repartimos hermanos, y como tú no estabas tomamos y la partimos en partes iguales... hicimos algunos ranchos y vivimos aquí, los que no, se fueron a Chicago. Julia, Antonia, Polibio, Vivian ya tienen 15 años que no vienen a Puerto Rico, creo que nunca regresaran tampoco.

A veces vienen los hijos, así que nuestra familia esta regada y estamos poniéndonos viejos, quiera Dios que antes que sea tarde, nos juntemos debajo del Palo de Mango de la finca del viejo, así como lo hacíamos en nuestra niñez. El palo esta ahí todavía de recuerdo.

Hermano, porque te fuiste?... yo sé que la política es fuerte, pero la familia no se olvida. Tu posición con los pipiolos era fuerte y el FBI te buscaba, pero todo se puede arreglar. Es más, una de las sobrinas fue a la UPI, es abogada ahora, si tú quieres hablamos con ella, yo sé que tú no eres un criminal.

Puerto Rico es otro país, ven, que tu familia te espera, además tú eres un ciudadano Americano, nacido en Ponce y registrado en el Registro Civil Demográfico. Yo sé que a ti te gustó siempre la República Dominicana, te pasabas leyendo sobre independencias y esos menesteres, Betances, Bolívar, Martí, Don Pedro y el dominicano Luperón, pero la verdad es mi hermano, que Don Luis Muñoz Marín, hizo lo que hizo y tu estas refugiado en ese país porque quieres. Vente a Ponce, que tu verá lo bueno que esta esto, y mueres aquí en tu tierra, con los tuyos y no en ese país y esa región donde tú vives, que dicen lo que viajan, que es un desierto que no hay ni luz eléctrica.

Hermano recapacita, el tiempo pasó y es un cuento la política en Puerto Rico. Los independentistas viven bien y más. Están viajando a Estados Unidos, algunos se hicieron muy ricos y viven hablando, pero no haciendo. Tú te sacrificaste, pero la realidad es otra.

Puerto Rico te llama, los mismos dominicanos sueñan en vivir aquí. Además, Estados Unidos es dueño de todo. Tienen muchas armas y muchos dólares. No seas más bobo mi hermano; las ideologías se murieron.

Tu hermano que te quiere aquí-
P.S, llámame al teléfono-888- 888-888

--Joaquín--

Al oír las letras en boca de un limpiabotas y no de la suya, las cosas le sonaban a broma. 38 años y dieron con su paradero tras el rastro desde Ponce hasta un Pueblo perdido en el tiempo. Creía imposible el retorno de la historia a buscarlo. El dejó casi todas las evidencias, para hacerse pasar por muerto. Además todo independentista en Puerto Rico es un muerto. Esa es la creencia vendida al populacho.

_ ¡Carajo, carajo! Dijo Don Anselmo y le daba puños a la pared de forma frenética en señal de angustia por el contenido de esa carta. De inmediato se imaginó al FBI tras la carta con la intención de arrestarlo por hechos cometidos en su juventud.

¿A Puerto Rico yo.? Eso nunca. Mientras no sea libre, jamás. ¡Carajo! Don Anselmo caminaba errante por todo el cuarto, mientras profería maldiciones en contra de los Yankees y los traidores, los putos traicioneros de la causa independentista y la liberación de su país.

Se puso colorado por el sentimiento de coraje patriótico. Levantó el puño, al recordar los encuentros con Don Pedro Albizu, también dado a la fuga después del encuentro en el Congreso, evento denominado por ellos, los independentista, como "La batalla de Washington".

El asunto de la invitación de su hermano en esa carta tan profunda, en un momento tan inoportuno, leída por un limpiabotas del pueblo, le dió una transcendencia casi mística.

Miró su reloj Bulova; marcaba las doce y cinco y le dijo al limpiabotas.

_ ¡Vete! Gracias muchacho. Vete a comer.

Don Anselmo, se echó sobre su cama. El limpiabotas se retiró camino a casa. Anselmo metió la mano en una caja vieja donde había guardado su vieja pistola revolucionaria durante 38 años. Cogió la carta, se la puso en el pecho; luego ubicó bien las sienes con el cañón de aquella pieza antigua.

Gritó: _ ¡ Viva Puerto Rico, coño! Bang. Sonó un disparo libertario.

Ese tiro se oyó en todo el entorno. Unas seis palomas blancas del predio vecino, volaron por el ruido del disparo. Una señora en el oficio de lavar y tender ropa suspendió la tarea y se llevó las manos al pecho.

_ ¡Que ruido más raro en casa de Don Anselmo!

La asaltó la curiosidad.

El limpiabotas regresó, al lugar del suicidio asustado por el ruido del disparo.

_ ¡Dios mío! Don Anselmo, Don Anselmo.

Gritó perplejo Antonio Malavé.

Volvió al lugar de los hechos; estaba fresco el olor a pólvora después de una explosión nueva para sus oídos. Era muy raro escuchar disparos, ni ahora, ni en los inicios de la cimentación de esa cultura de pueblo frente al mar. Lugar de sueños y de tranquilidad, donde todos éramos una gran tribu, todos nos conocíamos, no había extraños.

Un charco de sangre se deslizaba dentro del cuarto semi - oscuro. El cuerpo del boricua patriota estaba sobre una cama; la había tendido con la bandera original de Puerto Rico.

El limpiabotas corrió calle abajo en solicitud de ayuda. Sabía de la tragedia ocurrida y del cuartel cercano de la Policía Nacional. Llegó afanoso con su caja de limpiabotas en la mano derecha y dió parte a la autoridad. Nunca había hecho cosa semejante. Un policía era un semi-dios. Los pobres no hablaban con la autoridad.

_ ¡Policía, policía, venga, venga, algo paso en casa de Anselmo! Con muchísimo susto dijo el muchacho.

_ ¿Qué te pasa, por qué esa cara de asusta'o? Preguntó el agente.

_ ¡Algo terrible, venga, sangre, una pistola, don Anselmo! Dijo Antonio Malavé sin poder hilvanar una idea coherente.

El policía se encaminó con el limpiabotas a la casa de los acontecimientos. Los vecinos habían llegado. Sobresalían los ojos brotados de una señora que a decir de muchos, era la amante de Anselmo... Juana Dolores.

_ ¡Uay, uay, uay! Se me mató, carajo, se me mató. Gritaba Juana Dolores.

_ Cálmese señora, Dios consuela. Le dijo otra vecina.

-¿Y quién me atenderá, mi vecina, dígame quién? Uay, uay!uay, ¡Dios mío! Retorcía el cuerpo y lloraba sin consuelo.

En estos pueblos un muerto pesa. Mientras tanto llegó el policía al lugar. Pidió orden, revisó el cuerpo, miró el arma aún caliente; luego, levantó el papel escrito y junto con cien dólares americanos y el sobre que los contenía los guardó en el bolsillo derecho de su camisa gris.

_ ¡Coño!, es el boricua. Atinó a decir el policia.

Viró la cara para no ver la fatídica escena.

Aquí si hay sangre ¡carajo! Hay que llamar al Dr. Tambú y al fiscal también. Pronto. Ellos viven aquí mismo en este pueblo.

Fausto Brito, curioseaba de lejitos. El conocía a todos en el barrio y las historias de cada quien; una especie de enciclopedia andante pero los británicos aún no lo contrataban para sus planes.

_ Ahora si, ese señor era bueno con todo. Dijo Fausto Brito... Su gente lo dejo aquí, para que hiciera como "chacumbele", el mismito se mató. Agregó Fausto, mientras con sus dedos simulaba una forma de pistola y la llevaba a la altura de la sien derecha.

_ Fausto, ve y busca el doctor Tambú y de paso también al fiscal Eugenio Pan de Azúcar; mira que el teléfono del cuartel no sirve. Ordenó el agente.

_ Ta' bien. Yo creo que ellos están en sus casas, a esta hora del día, son más de las doce. Aceptó Fausto.

Fausto ubicó al primero y luego caminó los doscientos cincuenta y ocho pasos que separaban a esos dos grandes personajes de la historia del pueblo. Todo se hacía con luz solar, para que el tiempo no traicionara; había muchas cosas por hacer: el levantamiento del cadáver, el examen del forense, actas y darle cumplimiento a trámites con varias personas como el sepulturero, el síndico, el cura, y demás personas allegadas de alguna forma al muerto. Para considerar también el origen del muerto y el interés y deseo de los familiares de buscar el cadáver en Barahona. Todo se debía hacer a la luz del sol, porque después de las 6 de la tarde nada funciona en el Sur.

Las averiguaciones posteriores arrojaron resultados. Anselmo Diaz-Michelle, no era el verdadero nombre del muerto; como cualquier revolucionario en fuga, ese era su nombre de guerra. Cuando le dieron papeles, para confundir al enemigo, el boricua se hizo dominicano. Vivió entre mulatos; comió mangú; caminó todo el territorio Nacional e internacional como instructor de entrenamientos de guerra de los revolucionarios de las diferentes regiones y pasó desapercibido para las autoridades y para la embajada americana.

Mandaba códigos secretos con palomas mensajeras a Nicaragua, El Salvador, Perú, Chile, Venezuela y otros países de la Región. El muerto era experto en comunicaciones y explosivos, por eso se metió a vivir en un lugar donde nadie lo podía reconocer. Pasaba por cibaeño, específicamente de Santiago Rodríguez, sin levantar sospecha alguna.

Tenía su nombre de pila y solo se supo con su muerte, como todo revolucionario. Se descubrió cuando un curioso de las autoridades locales reviso el cuarto donde estaban las pertenencias del muerto; vio unos papeles sueltos que mal puso el muerto en una de sus borracheras. Decía el papel:

Antonio Vega, revolucionario subversivo buscado
por el FBI por actos de agresión contra Estados
Unidos y atentados diversos a la paz.

Había más papeles en inglés, pero el curioso no se detuvo en ellos; no entendía nada. Buscó dólares y no los halló. Botó el resto a la basura porque ya estaban amarillentos por los efectos del tiempo, el sol, el salitre y la humedad. El Sur es un lugar donde los papeles no valen mucho.

El funeral de Don Anselmo Diaz- Michelle fue corto. Dos Padre Nuestros, un Ave María y la presencia de unos pocos amigos de trabajo. Algunas quince mujeres putas reconocidas, dos o tres docenas de haitianos beneficiarios de sus favores. También estaban al lado del cadáver el padre Mauricio Constantino, Quebrao, el moto-conchista, y naturalmente Antonio Malavé; el muchacho limpiabotas lloraba sin consuelo por el hombre que todos los sábados; sin fallar, le daba a limpiar un par de zapatos marrón y blanco. Eran cuartos seguros los de aquel cliente fiel.

El entierro fue a las dos cuarentena y cinco de la tarde. Se buscaron seis haitianos para cargar el ataúd de madera fabricado por Patrón, el carpintero – ebanista, ayudado por Sony Edwin. Asistieron también unos doce cocolos compañeros bebedores de ron, quienes rociaron el cadáver con una botella de Ron Brugal Añejo; un ritual para la suerte del compañero en el más allá o el mas acá. Cualquiera sea el sitio.

Cuando llegaron con la procesión al Cementerio Municipal comenzó a llover. La gente corrió a refugiarse entre las tumbas, los árboles, debajo de los cartones y periódicos viejos. Con esas condiciones atmosféricas el pronóstico era lluvia incesante en los próximos cuarenta minutos. El padre Mauricio Constantino se desesperó, porque tenía otros compromisos. Estaba un poco ebrio por los efectos de un vino francés; que le había llegado a la sacristía el día anterior, quiso catarlo y continuó con quien sabe cuantas botellas más. No estaba en sus cabales.

_ Dejémoslo aquí hermanos. En el nombre de Dios, ups, ups, ups…y la virgen. Amén.

_ Lo inhumaron de una forma rápida. Pusieron también en el hoyo, sus zapatos Boston Brown, su gorra negra de mensaje codificado 1J4 y sus lentes negros. En el epitafio decía:

"Aquí descansa Don Anselmo Díaz- Michelle
hombre solo pero muy bien acompañado".

Varias mujeres se desmayaron; les untaron cloroformo y las despertaron. Todos, incluyendo a Antonio Malavé, caminaron de noche a sus casas a refugiarse en la nostalgia de un día más, en un pueblo que jamás podrá ver otra vez a Don Anselmo. "Se fue para un lugar mejor", dijo el cura. Se abstuvo de referirse al cielo porque se trataba de un suicida. Efectuó la ceremonia por orden superior de unos revolucionarios clandestinos; lo amenazaron de quemarle su carrito Volskwagen si no le daba santa sepultura a aquel hombre extraño que vivió en este pueblo.

Capítulo 20

Un Pueblo Fantástico

Al otro día de mis aventuras, transcurrida la muerte de Don Anselmo, la prensa nacional se mudó al Sur.

El acontecimiento demandó la instalación de antenas especiales en lo más alto de la Loma de la Hoz. -Un pico montañoso cuya cúspide llega al Reino de Dios; por lo menos eso creen quienes viven en el Valle, desde allí se puede contemplar el vaivén de las nubes hasta chocar con las faldas de ese pico y de vez en cuando se distinguen ángeles-.

El mundo completo estaba pendiente. La noticia más sobresaliente de los últimos ciento quince años, con la rara excepción de la muerte del Generalísimo Trujillo el 30 de Mayo.

"Muchacha pare chivo humano."

Las páginas de todos los periódicos del país tenían este titular.

Solo en la Mitología griega nacieron seres así. Pero en el Sur pasa cualquier cosa; mitad y mitad. Una niña nació de la cintura para arriba humana, y hacia abajo chiva. El Doctor Tambú, galeno algo dificultoso para atender partos, vio con asombro el fenómeno e hizo el anuncio después de pasarse cinco horas, en atenciones obstétricas y ginecológicas.

_ ¡Pero bueno coño! Exclamó el doctor.

Esta vaina es un fenómeno, mitad. y mitad ¡coño! Eso no ta' en los libros de los estudios Americanos de la ginecología, obstetricia, genética o cualquiera otra rama parecida. Argumentó el médico.

El asombro cundió en todo el hospital donde Ana Malavé dio gritos enormes cuando salió la cabeza por su estrecho canal vaginal, luego el tronco, después las dos patas, ubre, y genitales de chiva. Eso significa que esa criatura caminaría en cuatro patas-manos por el resto de sus días.

Las paticas tenían pezuñas, no había duda; no eran dedos. El cuerpo cubierto de pelaje y cuero de chivo. Era tal el fenómeno que la niña gritó como humano y berreó como chivito recién nacido. La criatura buscaba las tetas secas de su madre Ana Malavé, desesperada por alimentarse. Luego subió la leche y salieron pequeños chorros como cualquier rumiante.

_ ¿Quién es el padre? Preguntó el doctor Tambú.

Bienvenido 'Leche Chivo'. Respondió Ana.

_ Hay que hacerle un estudio de esperma rápido. Ordenó el doctor.

_ ¡En este hospital no hay equipo para esto, doctores! Advirtió una enferma recién graduada.

_ ¿Y cómo va ser?, ¿ Qué es esto Señor?, ¿Ese hombre seguirá como chivo sin ley?

_ ¿ Señora, usted tiene más hijos?

_ Dos; Antonio Malavé y Pedro Malavé. Contestó la madre de los Malavé.

_ ¿Son medio chivos también? Curioseo el doctor.

_ No, son normales. Contestó la recién parida.

_ ¿Cómo pasó esto? Necesito tomar nota en la historia clínica.

_ Bueno Dr. Tambú, fue ese "hijo el agua" de Bienvenido 'Leche Chivo'; yo solo hacia mi deber, pero usted sabe. Dijo Ana medio abochornada.

_ Pero bueno; hay que buscar ese hombre de inmediato. Insistió el médico.

_ Será los sábados. Él viaja aquí solo ese día a repartir leche por el pueblo. Ese es el problema doctor, ese es el problema. Cabizbaja y triste notificó Ana.

Claro, la niña era una de las rarezas de la vida, en aquella región encantada del sur; suficiente motivo de leyendas, cuentos y acciones, por lo menos para los próximos 500 años.

Esa generación de mujeres chivas, fue cosa de regar el cuento por todo el sur, el país y América Latina completa. Los barcos comenzaron a llegar por el puerto; los telegramas llenaron todo un cuarto del hospital, para indagar el carácter científico del acontecimiento y otros pormenores de la criatura y sus progenitores.

_Solo así será famoso el Sur, cuando las mujeres comiencen a parir chivos. Dijo el guardia, custodio de la puerta del hospital.

Se acumuló gente en todo el Hospital; la calle, los barrios, el play.

El guardia Teodoro Bustamante no descansaba; se mantenía pendiente del hospital día y noche. No reconocía mucha gente; circulaban por los pasillos muchos extraños para él. Este guardián gustaba vestir de semi-militar; los pantalones de camuflaje eran cortesía de un sobrino, teniente de la guardia. Complementaba la vestimenta con una camisa azul, desteñida y una cachucha colorada con publicidad de la WEST FARGO. Él no sabía mucho de vigilancia; lo habían ubicado en el cargo porque tenía fama de haber matado cinco haitianos de un solo tiro en las lomas de Bahoruco, en los tiempos de las cazas de brujas y de persecuciones insólitas del gobierno de turno.

La multitud se aglomeró frente al hospital, para exigir se permitiera ver aquel fenómeno. Salió el galeno vestido con su bata blanca a calmar la multitud. Sacó pecho para hacer más llamativa aquella figura de estatura mediana, bigote incipiente, dientes cortos y manierismo de actor de cine. Y frente a los corrillos de curiosos dijo con voz gruesa:

_ Señores, tengan calma, esta vaina, no es normal.

Trasciende todos los estudios científicos de los británicos y los Americanos…, bla, bla, bla, continuó con sus rodeos para concluir: Esta pobre mujer, Ana Malavé, es víctima de un lechero que, obviamente, contaminó el semen… Por lo tanto, yo Doctor Héctor Tambú, declaro esta zona vedada, hasta que el Ministerio de Salud Pública venga e investigue a fondo. El problema es desconcertante porque esta mujer es madre de dos hijos más, ambos normales; uno es Pedro Malavé y el otro Antonio Malavé, el conocido muchacho limpiabotas del pueblo. Señores, tengan fe. El gobierno de turno tiene el caso, muchas gracias. Finalizó el galeno.

No contestó preguntas ni a radio, ni a televisión y mucho menos permitió tomar fotos a los corresponsales de los periódicos. Con un saltito muy particular, se apeó de la tribuna improvisada; uno que otro periodista tomó fotos, con la intención de sacar información, pero el doctor tenía fama de no hablar muchas vainas.

Camino cincuenta pasos y se metió de nuevo al hospital a iniciar la espera de las delegaciones gubernamentales encargadas de atender el problema de una niña-chivo parida por Ana Malavé, además de otros casos jamás denunciados por él, sobre partos nocturnos de haitianas y la artimaña de introducir los recién nacidos por las ventanas del hospital para obtener los papeles y legalizar la nacionalidad. Allí esta la obra de ese médico amigo del pasado, en el esfuerzo de sacar adelante al pueblo, que se niega a salir porque no ha logrado el empujón de todos para sacarlo del hoyo. Y el pueblo no ha comprendido el mensaje del fenómeno; tal como la niña – chivo es mi pueblo: una parte humana a la espera de ser nutrida, educada, recreada y otra parte animal poseedora de las ubres – los recursos- y también de largas patas y cola para espantar.

Capítulo 21

Esperanza Perdida

El tiempo pasó y Antonio Malavé, su madre Ana, su hermano Pedro y su nueva hermanita Herminia, se quedaron a vivir un poco más tiempo. La niña daba saltos, comía plátanos y yerbas, masticaba para fuera, su situación solo inquietaba al resto de su familia; con el tiempo ni los fenómenos son importantes en el Sur.

En contraste, un evangélico norteamericano, propuso iniciar trámites para hacerle a Herminia una cirugía en Filadelfia, para al menos cambiarle las patas a piernas y las ubres a tetas; no obstante todo quedó en promesas. En este caso había poco por hacer para apoyar esa familia y darle un poco de felicidad. En el fondo, ese evangélico, el Reverendo Theodore Smith - le decían Reverendo Teo - no pasaba de charlatán, de los que van a los pueblos pobres a falsificar el evangelio con esperanzas y a creerse superior a los nativos.

La familia de Antonio Malavé, asistió a unas cuantas ceremonias de aquel falso profeta. El insistía en tocarle las ubres a la niña para hacerle el milagro. Fueron pocas las reuniones a pesar de lo animadas; lo más sabroso eran las canciones que los niños acompañaban con el batir de sus manitos y después los caramelos de leche marca Nestlé; los daba de regalo a los asistentes el muy cuentero y embaucador reverendo Teo. Este media como 6 pie 10 pulgadas de estatura, pelo rubio, ojos azules y era nativo de Trenton, Nueva Jersey.

Les hablaba con muchas palabras para atraerlos hacia su religión como remedio para aquella región, porque luego llegarían las inversiones y negocios con los Estados Unidos y la instalación de muchas fábricas en toda la costa.

_ Bueno,….. Amén. Decían las gentes en coro.

_ El asunto de la pobreza se resuelve en el reino de los cielos,… no hay esperanzas en alcanzar la gloria aquí en la tierra, menos en el Sur. Ese era el mensaje insistente del reverendo Teo.

Antonio se confundió.

_ ¿Dios me quiere así pobre? –Pensó. Le preguntaré al reverendo cuando se acabe el culto.

Antonio era curioso. Deseaba respuestas; estaba muy cerca de cumplir 16 años y en su mente revoloteaban muchas preguntas que no le permitían dormir; tenía pesadillas constantes y por eso mojaba la cama de sudor. Él nunca había viajado más allá del pueblo. Las noticias de propiedad solo llegaban en la televisión, las revistas a colores, o se comprobaban con los visitantes del pueblo cuando llegaban desde New York a pasar las temporadas festivas. New York, la ciudad de los rascacielos, el sitio donde esta Dios, según dicen los viajeros. Las esperanzas eran cortas en el Sur.

Quebrao se desesperó. Tenía cuatro muchachitos, una mujer, y un motorcito para rebuscarse la comida, pero jamás alcanza. La situación de la República chiquita, estaba muy corta para Quebrao. Su verdadero nombre era Jesús Pérez Feliz, un hijo de Fundación, criado en El Peñón. Se mudó al Pueblo buscando mejorar su situación pero lo votaron de la fábrica de Azúcar, cuando su partido perdió. Era costumbre sacar trabajadores cuando había rotación de gobiernos. Además él era un hombre enfermo, aunque joven.

_ Me voy en yola. ¡Coño! Refiriéndose a emigrar a Puerto Rico o a New York.

_ Compadre, eso es peligroso, Sigue luchando aquí. Le dijo Manuel Vargas, compañero de sus males.

Estos eran compañeros de conchar[52] en su barrio. En eso apareció Antonio Malavé.

_ ¿Va a Limpia?

_ ¡Mira! Le dijo Quebrao a Manuel.

Cuando yo era joven tenía una caja de limpiar, como ese muchacho que tú ves ahí.

Antonio Malavé escuchaba; tenía curiosidad de oír la conversación entre estos dos hombres mayores.

Limpié zapatos de todos los colores, allá en mi campo, crecí, vine a vivir a este ingenio azucarero, y míreme compa quebrao dos veces: pobre y enfermo. Dijo con respiración profunda y picardía.

_ Pero compadre, usted puede. O prefiere morir y ser comida de tiburón. Piénselo. Insistió el amigo.

---

[52] Manejar un taxi

_ Yo tengo un primo en Nueva Yol...Julito Encarnación; él tiene billete pa' prestarme. Le pago al yolero y punto, ¡me voy! Me voy porque esto no lo aguanta nadie. Dijo Quebrao casi frenético.

Antonio Malavé a sus 16 años oyó ese lamento. Lo marcaría otra vez. Un hombre conocido, dispuesto a marcharse del Valle encantado, para irse en yola a Puerto Rico de ilegal donde se acercaría mas a New York adonde vivía Julio Encarnación.

Quebrao invitó a Antonio Malavé a la casa, lo montó en el motor y le encargó limpiarle los zapatos y tomarle una carta al dictado. El muchacho era inteligente y sabía escribir y leer bien. Entraron a la casa.

_ Siéntate y límpiame esas botas que las voy a necesitar. Pidió Quebrao a Antonio Malavé.

Son las botas heredadas de mi pai allá en Fundación; las tengo de recuerdo. Derramó en privado una lágrima que le llegó a la cintura.

El hombre estaba turbado. Buscaba entre las cosas de su hija, una libreta de papel amarillo y un lapicero azul Paper-Mate, que según él escribía muy bonito. Encontró ambas cosas. Antonio limpió las botas en un dos por tres. Había prisa. Los viajes en yola a Puerto Rico salían con calendarios.

Quebrao invitó a Antonio al comedor; el mobiliario era de caoba, antiguo, pero bien cuidado. La mujer tenía cargado un muchachito agripado y hambriento que no paraba de llorar. Antonio miró y no resistió; se le salieron las lágrimas al darse cuenta de la pobreza; era la misma situación de su casa.

-Pero si esto también le pasa a uno que concha a diario. Se dijo a sí mismo el muchacho.

Él pensó que la pobreza era solo para limpiabotas y su familia; pero ahora sus conclusiones tomaban una nueva dimensión.

Escribe ahí, le pidió Quebrao. Una luz muy brillante entraba por la ventana. El muchacho tomó la hoja, el paper-mate azul y comenzó a escribir el dictado de Quebrao.

Sr. Julio Encarnación
Nueva Yol.
Sus manos.
Querido primo:

Te saludo a ti y a los tuyos. Perdona primo, pero esta vaina aquí no hay quien la aguante. La familia está llevándosela quien la trajo. El partido perdió. Estoy conchando en un motor honda 90 alquilado, pago diario y a veces no hago suficiente para el pago. Como lo que sea. Mis hijos a veces no tienen leche. Esa no hay quien la compre. Tengo una enfermedad que tú ya sabes, tengo los cojones grandes del accidente. A veces no consigo pa' la patilla diaria que tengo que tomar.

Mi primo, toi con la soga al cuello. No me quiero mete a asaltante, aunque René Custodio, mi compañero de concho, me lo propuso. No quiero jode ma' con política, el otro partido me dijo que me cambiara, pero yo soy leal; pica' caña e pa' lo haitiano; el conuco del viejo lo vendimos, no me puedo ir al campo de nuevo, me muero de vergüenza.

Como quiera, primo toi' cogió. E' por eso que le escribo con respeto pa' que me prestes uno dólares, para cambiarlo, que etan alto y coger una yola. Yo llego allá. Hay unos guardias que etan cobrando 17 mil pesos, con garantía.

El viaje sale de Pedernales, que no hay que viajar a Higüey. Yo se lo pago tan pronto llegue allá, y consiga un trabajito. Si me comen los tiburones, sirvo para algo, porque ete pai', no lo arregla ni Trujillo que resucite. Parece que eto hay que dejárselo a lo' Haitianos, que vengan y lo cojan to' que se largue el último dominicano y cierre la puerta. Eta vaina ta' dura. La comida en las nubes…. La gasolina pal' motor… la ropa, y si uno se llega a enfermar se lo lleva el mismísimo diablo….

Perdone primo…. Pero Usted se me puso a las órdenes la última vez que vino al pueblo…. Así que yo confió y Usted sabe que no le fallo. Soy hombre pobre pero de palabra. Usted sabe que nos criamos juntos, bañándonos en el Rio y en el Mar, y en esta hora de dolor…. se me cae la cara de vergüenza… pero así eh la vida.

Su hermano y primo-
Recuerdo a todos
Quebrao.

El limpiabotas arrancó la hoja de la libreta donde había escrito tan lúgubre carta, al dictado de un desesperado padre de familia; la dobló; Quebrao le pasó un sobre con el conocido letrero "Air Mail" y allí quedó empacada la misiva dirigida a Julio Encarnación. Quebrao pidió el favor de escribir en el sobre,

Sr. Julio Encarnación, Nueva Yol, sus manos

Quebrao mandó la carta con un amigo vacacionista de ocasión y vecino de Julio Encarnación en New York.

_ ¡Gracia! Le dijo Quebrao a Antonio Malavé y le entregó dos pesos al limpiabotas.

_ Ta bien, cuando quiera escribí algo yo se lo escribo. Dijo Antonio agradecido y triste. Se marchó de la casa de Quebrao. El corazón quería salírsele del pecho, las manos le temblaban un poco y comenzó a sudar. No se sabe si por el calor o por la conmoción producida por aquella carta. Caminó como cien pasos. Comenzó su cántico de siempre, para llamar la atención de la gente del barrio.

_ !Limpiabota, limpiabota! Llevo blanco, negro y marrón.

Por el momento nadie requirió sus servicios; se auguraba un día duro. No había mucha moneda en la calle, pero él no perdía las esperanzas de trabajar para llevar algo a su madre, a Pedro y a Herminia.

El día de la partida de Quebrao llovió; el estado del tiempo no era propicio para navegar. El aventurero preparó un bulto, metió dos pantaloncillos, un traje de baño, dos camisetas que decían "SOY BORICUA 100 X

100", un salami entero, fósforos metidos en una funda plástica, una cuchilla pequeña, unos tenis prestados, y un tubo de motocicleta, por si se hundía la embarcación. La ruta del viaje exigía pasar por El Canal De La Mona, por eso puso una mano de guineos maduros, para dárselo a La Mona y calmarla y así lo dejara seguir rumbo al paraíso.

Esa noche le hizo el amor dos veces a su mujer, para dejarla satisfecha y así se resistiera de no caer en la tentación; debía esperarlo mientras regresaba de New York, aunque en su pensar estaba mandarla a buscar tan pronto hiciera unos pesos o mejor dicho unos dólares. Para la despedida, algunos amigos cercanos lo dotaron de unas cajetillas de cigarrillos; fumar le serviría para matar el tiempo mientras llegaba a Puerto Rico y para evitar los mareos en alta mar.

Esta vez el viaje ilegal saldría de Pedernales. Una docena de motores marca Honda 70, escoltaron a Quebrao; sus amigos querían acompañarlo hasta el último instante porque casi todos tenían la idea de una partida definitiva o con escasas posibilidades de volver a verlo. Uno de los moto-conchistas se llevó a Antonio Malavé, para enseñarle el camino. No fue fácil recorrer 125 kilómetros.

Los motores roncaban, las subidas y bajadas de la carretera en la Costa sureña hacían algo divertido cumplir el trayecto y con una mezcla de nostalgia y esperanza, de soledad y compañía, Quebrao llegó a Pedernales. El nombre del lugar lo decía todo: detenido en el tiempo, polvoriento, casuchas, cosas inexplicables y un viejo, ya merecedor del descanso, aun cargado de leña y al lado su perro ladrándole. De aderezo, la brisa del mar y un calor insoportable. Era el atardecer del Sur profundo muy cerca de Haití, donde satanás había hecho morada con la puta de los ojos verdes, la mujer que lo había conquistado y convencido de instalar una sucursal del infierno en esa región del Sur.

La llegada de esos doce motores, fue algo impresionante. Algunos niños llegaron a pedir, otros a curiosear; algunos semidesnudos de la cintura para abajo, otros totalmente desnudos, todos mostraban el ramo. Cosas sin importancia, poco había cambiado en aquel lugar desde los tiempos del descubrimiento, cuando Colón llegó a la Isla.

Quebrao no era el único interesado en partir como ilegal;esa tarde arribaron otros migrantes y de manera disimulada se hicieron huéspedes temporales en algunas casas, siempre con las prevenciones del caso para evitar sospechas de la marina nacional.

En el punto acordado para el pago, Quebrao le dió los diez mil pesos a un señor apodado Bruto el Bueno; así se hacía llamar. El tipo era un cobrador sonriente, de piel morena y ojos amarillos de beber ron. Pasó en recolecta y una a una, veinte personas en lista le entregaron lo convenido. Eran como las 4:30 de la tarde.

_ Salimos con la buena e Dio padre a las 7:00; señores, buena suerte y que la virgen los acompañe. Dijo Bruto el Bueno, mientras miraba hacia los lados, siempre vigilante con la mano en la pistola.

_ ¿Cuánto somos en total? Preguntó Quebrao.

_ Veinte exacto.- Respondió Bruto el Bueno.

Había un silencio sepulcral. Cada uno hacía una callada antesala a sus presentimientos o se entregaba a la oración personal o contenía sus emociones ante la inminente travesía; todos deseaban llegar a Puerto Rico, otros a New York, y otros al fin del mundo; a todos los unía el deseo de abandonar la Isla.

Quebrao había encontrado esos pesos basado en la petición a su primo Julito Encarnación, tenía el firme propósito de trabajar en Borinquén y pagárselos, o seguir, llegar a la Gran Manzana, New York, conseguirse un empleo y responder por el crédito.

_ "No bebedera, no comedera". El Mar ta un poco picao y se pueden vomitar. Ya saben. Recomendó Bruto el Bueno.

La suerte estaba echada. La hora de la verdad estaba cerca.

Quebrao, se apartó, se arrodilló y al lado de una piedra y como pudo, rezó un Padre Nuestro y dos Ave María. Se persignó mal por la falta de costumbre de asistir a misa; se hizo la señal del ombligo para abajo y no en la cara. Total era lo mismo. Su encomienda la observaron sus amigos moto-conchistas y desde lejos lo acompañaron en sus silenciosas plegarias; en conjunto hicieron de memoria algunos rezos y pidieron por el éxito del amigo en su aventura.

A la siete en punto apareció el capitán, en una cueva estaba la nave, una yola color verde, bautizada con el nombre 'Julia Catarey', en honor a la madre del capitán apodado Popeye. Él había hecho esas travesías en todo el Mar Caribe desde los días de Francis el Arabe y se le había convertido en algo rutinario.

Solo esperaba la llegada de los dos motores y la gasolina para poner en marcha la odisea a la Isla del Encanto.

_ ¿Cómo tan muchacho? Preguntó Popeye. A Puerto Rico a hacer dólares ¿eh?, ¿eh?....-Dijo tocándole la espalda a Quebrao.

_ Como usted diga capitán. Ja, Ja, Já – Se oyeron unas sonrisas nerviosas.

_ Los hombres delante de la yola, los más fuertes y los más flacos atrás; no se muevan mucho. Ordenó el capitán antes de salir de Pedernales de Sur.

Los amigos acudientes a la despedida de Quebrao se encontraron en una loma, desde allí se veía la plenitud del mar, ellos deseaban ver partir a su amigo en paz. Se oía el ruido del motor fuera de borda de la yola 'Julia Catarey'.

Lejos en la costa, como a diez millas náuticas de Pedernales, había unos tiburones rojos, cepillándose los dientes con dentífrico Colgate. Eran unas enormes bestias, habitantes del Mar Caribe; medían quince pies de largo por cuatro de ancho. Sabían esperar porque de cuando en cuando, caían unos seres de poca suerte, y eran la cena de la noche. El Mar Caribe es impetuoso, profundo, de grandes fosas, hábitat de esos monstruos milenarios. Vivían allí porque los Vikingos los trajeron como experimento a esas aguas. Les gustó y se quedaron. A los tiburones siempre les ha gustado el Caribe.

Sobre la yola con capacidad para doce habían veinte personas apretadas. La noche los esperaba con un mal juego. Un escollo de arrecife chocó el fondo de la yola 'Julia Catarey', la abrió de punta a punta; con la velocidad del motor, la gente calló en las aguas oscuras. No había remedio, los tiburones rojos hicieron de la suya cuando oyeron los llamados de auxilio de los náufragos.

_ ¡Uay!, uay, uay!
_ !Chop, chup, chop!

Todo el pedazo de mar se ensangrentó. Quienes vieron desde un indiferente crucero panameño y luego pudieron dar testimonio, exaltan la lucha de uno de los náufragos con los tiburones. A uno de tono bermejo le dio una cuchillada y lo mandó desangrándose al fondo; a otro le propinó una patada con la pierna izquierda; en el ajetreo lanzaba gritos audibles hasta en Haití:

_ Yo soy Quebrao, carajo. Nací en el mar y en el mar no muero. Repitió tres veces. Pero no se oyó su voz.

Enfureció la batalla por quince minutos. El tiburón rojo traicionero arremetió por la espalda, como hacen esos tiburones caribeños, en especial los de la región del sur, acostumbrados a atacar por detrás para evitar ser vistos por sus víctimas. Le cortó un brazo de una sola mordida… y mientras las burbujas de sangre brotaban de su pecho seguía con los gritos a pleno pulmón:

_ Soy Quebrao ¡carajo! Me voy pa' Puerto Rico.

_ Es un hombre de verdad. Dijo el capitán del crucero y no dio tiempo para hacer una parada a recoger esa gente.

Después de un tiempo prudencial, apareció un pedazo de "Quebrao" en las playas del Cayo en el Pueblo. Los tiburones rojos no pudieron comerse ese bocado humano; era la cintura con ramo y demás, pero no había vestigios de tronco, ni piernas. Casi todo el pueblo acudió a curiosear esa porción de cuerpo; en la muchedumbre estaba Antonio Malavé y a empujones se abrió paso para ver los sobrados de los tiburones, pertenecientes a un ser humano no identificado (PSHNI).

El asunto ameritaba la presencia de un experto forense y de esos no hay muchos en el Sur. Tampoco buenos laboratorios, para determinar casi nada. Todo se practica a ojo clínico de alguien a quien se le considera un perito o se solicita ayuda a la Capital de la Republica, caso en el cual es necesario esperar la asignación de recursos económicos. Los pescadores decían que era un pedazo de sirena masculina, otros que era hombre, pero nadie daba con el desafortunado propietario del pedazo.

Uno de los pescadores especuló acerca de algún náufrago en su intención de llegar a Puerto Rico, otros se reían y decían que Pedernales no era lugar de salida para ir a Puerto Rico; se sale por el este, insistían otros.

Surgió la idea de buscar un experto.

_ El Dr. Tambú. Hombre claro en asuntos de misterios. Además es de aquí, dijo Jorge el Cuadroso pescador de 25 años en costas sureñas.

_ Eso e verdad…El es preciso pa´esto. Asintieron a coro.

_ Antonio, Antonio Malavé, ¡Ey! limpiabota. Ve y dile al Dr. Tambú que venga a ver esto. Dijo el marino Buenaventura Vespucio.

Ante el tono de autoridad, Antonio ni habló, solo pensó en obedecer. Caminó derecho a buscar el Dr. Tambú, ya reconocido por el buen diagnóstico cuando nació Herminia, su hermana-chivo. Él era médico competente en todas las áreas y por eso muy buscado para atender todos los casos raros, además no había muchos doctores en ese Pueblo.

Llegó a la casa del médico y dijo:

_ Doctor, ¡apareció un fenómeno más! El marino lo mandó a llamar porque de eso no sabe sino Usted doctor. — Trasmitó la razón Antonio Malavé.

El Doctor con su calma, caminó de su casa al Cayo. Conocía desde niño y sabía de cosas aparecidas en esas playas tranquilas. Llegó al sitio y la gente le abrió el paso. Miró el fenómeno y dijo con firmeza:

_ Señores, ese pedazo de cuerpo es de Quebrao. Lo conozco de años, era yo un pasante cuando lo traté por primera vez. Sus partes son peculiares, porque aunque negro, sus testículos tenían pintica de blanco. Este caso es así; aquí en este pueblo no hay para hacer pruebas de ADN y no lo veo necesario. Mejor, manden a buscar a la viuda y ella confirmará mi examen; pónganlo en hielo para conservarlo del calor y la putrefacción Dijo el doctor.

El médico se quitó los guantes plásticos y los guardó en los bolsillos, para no contaminar el Mar. La gente comenzó a retirarse, lo hacía con un lamento por el fin trágico de Quebrao, un hijo del pueblo, fracasado en su intento de llegar a Puerto Rico; no tuvo suerte y solo sus testículos aferrados a su cintura regresaron. Un barco dedicado a buscar materiales en la costa de Pedernales, dio cuenta a las autoridades más importantes del país.

MUEREN DIECINUEVE (19) PERSONAS CAMINO A PUERTO RICO

Ese naufragio fue sentido en todo el entorno sureño. No había razón de salir por esa parte de la isla; la ruta lógica empieza por el Este; Puerto Rico no está en esa dirección, si el deseo es llegar a Haití, lo mejor es embarcar en Pedernales. Era un engaño más. El barco se rompió pasando la Bahia de Ocoa. Alguien seguirá encargado de alimentar los tiburones rojos y provisionarlos de pasta de dientes Colgate con parte del dinero de esos pobres desesperados por llegar al Norte.

Todo el pueblo lloró la muerte del Quebrao; se fue para el más allá sin sus partes pudendas; fue lo único que regresó. Los motoristas fueron a la misa por el descanso de su alma, al auspicio del padre Mauricio Constantino, en la iglesia del Pueblo. Se hicieron hasta discursos para poner su alma del lado bueno.

Se habló de Quebrao por cinco años consecutivos y lo recuerdan siempre todos los dieciséis de enero de cada año a las 4:00 de la tarde; de la conmemoración se encargan los motoristas conchadores de un pueblo que poco a poco queda olvidado en los anales de la historia.

Mi deseo al regresar a mi Pueblo es darle a conocer a todo el mundo nuestra existencia; es mi lucha por la inclusión.

En Pedernales aún vive un hombre; conoce al dedillo la ruta de los cruceros panameños; se le ve siempre al lado de su yola, sin afanes porque en cualquier momento caerá alimento pare él y para sus tiburones rojos... aprendieron a esperar la desesperanza de la gente de mi pueblo. Este Popeye no come espinacas.

Capítulo 22

Encuentro Con La Verdad

Después de 420 vírgenes, 50 casas y 32 viudas, el libro de Bienvenido, Leche Chivo, fue encontrado por Antonio Malavé; estaba bien cuidado en una funda plástica entre unos de los compartimientos de su camioneta Toyota. De este evento soy testigo presencial. Contenía los nombres, direcciones, teléfonos, horario de trabajo de los maridos, posiciones sexuales preferidas, todo los detalles desde perfumes a olores, no eran plagios del Kama Sutra. Él era muy joven, tenía curiosidades naturales.

Eso parece una lista. Pensó el muchacho Malavé.

_ Al lado del libro había otro con el registro de los clientes que compraban leche y carne de chivo; junto a los libros, una pistola cacha blanca calibre 45 del 1941, en el porta pistola se podía leer, "Bienvenido, EN". Era su arma de reglamento, cuando él era guardia. Al ver esto, Antonio Malavé se asustó.

Se desmontó rápido del vehículo y quiso meterse a la casa; al poner la mano sobre la puerta, oyó unos gritos medio raros de su madre y de Bienvenido leche e´

chivo, en el goce del placer de la tarde. Intuyó la escena y prefirió no entrar a confirmar sus sospechas.

Se fue cabizbajo de nuevo a la calle, a seguir con el oficio de limpiar zapatos, botas, chancletas, calzado negro, blanco, marrón. Así gritaba. Eran las 2:45 de la tarde.

Ese día no era costumbre de Bienvenido Leche Chivo visitar la casa; era miércoles, mitad de la semana. Había unos comentarios en el barrio; lo señalaban como un antiguo matador de revolucionarios en la capital y pronosticaban sobre un incierto día en el cual llegaría la hora de la venganza.

Antonio Malavé notó algo extraño. Había un hombre desconocido en la esquina, casi al empezar la subida a la iglesia. Lucía espejuelos de sol, barbas, cachucha morada, y botas de guardia; fumaba con ansias y de seguido y se le notaba un bulto en la cintura.

> _ ¡Limpiabota!.. Gritó el extraño.
> _ Señor… Corrió Antonio Malavé.
> ¿Tú conoces al dueño de esa camioneta
> Toyota? Interrogó el extraño.
> Sí, es de Bienvenido Leche Chivo. Afirmó
> el muchacho.

El señor sonrió con gusto. Se agarró el bulto de la cintura y le dio las gracias al limpiabotas, entregándole un billete nuevo de 20 pesos. Cosas extrañas de ese señor pensó el chico.

Sacó otro cigarro de su cajetilla y le ofreció uno a Antonio…

_ Yo no fumo, gracias.

El hombre se acercó a la camioneta Toyota y se ubicó al lado de unos árboles cenizos por el polvo y la sequedad del lugar. Esperó dos horas y veinte minutos exactos, vio como en ese barrio todo estaba medio dormido y a algunas haitianas de transitó con chancletas plásticas por el camino polvoriento.

El señor no estaba en eso, su concentración exigía estar pendiente del vehículo de Bienvenido y hacer su trabajo tan esperado por años. Por fin salió Bienvenido, arreglándose la correa. El extraño lo vio, se le acercó y le dijo: Don Bienvenido Saldaña del Monte ¿Eh?, ¿Cuánto tiempo? Por fin el verdadero nombre del hombre.

Bienvenido Leche Chivo no había oído ese nombre con ese acento y con esa seguridad, en los pasados años. Se asustó, miró en un esfuerzo de reconocer a su interlocutor. No pudo, sospechó en algo grave para su integridad física, revisó el bolsillo derecho a ver si tenía la pistola, vieja costumbre de un guardia, pero no estaba.

_ ¿Quién pregunta? –Indagó medio asustado Bienvenido.

_ El hijo de Pedro Napolitano. ¿No recuerda?, ¿Lo recuerdas eh?, ! carajo!

_ Ese hombre yo no lo conozco. Quería esquivar el interrogatorio.

Era tarde para todo.

El extraño conocía su pasado, de eso estaba seguro Bienvenido y ya era cuestión de esperar el desarrollo de los sucesos.

De repente, alguien hacía el resumen del pasado en el pueblo de Cotuí, en los días de la Revolución...

Entre matorrales, allí quedó mi padre. ¡Hijo de la gran puta! Tú lo acabaste, hoy es tu día. Sentenció el vengador.

Bienvenido Leche Chivo corrió a la camioneta, pero era tarde; un sabor a sangre inundó su boca, no sabía qué hacer, ya el extraño estaba a medio pie de él, pistola en mano y le propinó el primer tiro en el abdomen. Poco ruido porque la pistola tenía un silenciador hecho en Alemania. El segundo disparo se lo dió en el ojo izquierdo y salió por la nuca acompañado de un borbotón de sangre; una tercera bala la apuntó al corazón acompañada de expresiones despreciativas:

_ Este es por todas las mujeres ¡carajo! Muérete perro, nos vemos en el infierno.

Lo agarró de la cintura cuando caía.

El cuarto y último tiro se lo aplicó en la boca en nombre de su padre muerto. Luego abrió la camioneta, y como si nada, lo metió allí. Lo sentó en el asiento del chofer, le ató las manos al volante. Algunos ocasionales transeúntes confundieron la escena; se imaginaron un gesto de solidaridad con un borracho y este ya se compondría después de la puesta del sol tras dormir un rato. En el Sur la gente ayuda a los borrachos a dormir sus borracheras. El extraño, se quitó los guantes plásticos poco después de la ejecución, al estilo del cine de Hollywood. Caminó veinticinco pasos, llamó a un moto-conchista le ordenó dirigirse al estacionamiento de autobuses rumbo a la capital. Misión cumplida. Así murió Leche Chivo. El limpiabotas entró en su casa cuando Bienvenido salió.

Eran las 3:30 AM en la madrugada del día siguiente, cuando una patrulla mixta de la policía, la marina y la guardia, pasó por este barrio en búsqueda de individuos raros. Vieron la camioneta Toyota estacionada con un hombre dentro. Se desmontó un cabo, a esa hora de la madrugada sospechó de todo, menos en un borracho.

El vehículo no tenía identificación regular, lo cual llamó la atención. Se acercó a la Toyota con la mano derecha puesta en su revolver de reglamento y con una linterna en la izquierda, miró al interior del vehículo. Ya la sangre chorreaba, el agente abrió la puerta y miró al hombre...

_ Venga teniente, es un muerto. ¡Corra! Gritó el policia.

La patrulla completa se desmontó de prisa del vehículo, algunos con el fusil listo para disparar, otros en posición de guerra. El teniente, experto en este tipo de escenas criminales dijo...

_ Parece una ejecución de droga; los tiros se los dieron a quema ropa. ¡Carajo!.

La sangre empapaba la cabina; los asientos teñidos de rojo y el cadáver ya se notaba hinchado. Uno de los agentes reconoció al abatido.

_ Es Bienvenido Leche Chivo. Lo conozco.

La muerte de Bienvenido Leche Chivo consternó el Sur. Un episodio al estilo del cine de Hollywood, parecía algo inconcebible en una tierra seca y sin muchos cambios. El asunto comenzó a tornarse complicado, cuando las autoridades del país mandaron a un General de Brigada a investigar el crimen.

El caso importaba en un país donde las cosas caminan según tus conocidos. El muerto era un hombre con parientes militares en ejercicio de funciones en El Norte del país, hombres blancos y ricos, con grandes influencias en las esferas gubernamentales; y este miembro familiar, aunque resguardado en un Sur pobre y de negros aún tenía sus influencias y amigos del ayer.

El general enviado a la región para encargarse del hecho fue Plutarco Sánchez de la Rosa, hombre implacable en desatar persecución contra el crimen, entrenado en Panamá, con más de 25 años en las fuerzas Armadas del país.

El general hizo sonar los clarinetes cuando llegó en su vehículo al Sur. Tenía poses de rey, con uniforme y bigote, lentes oscuros marca Ray Ban y caminar de pavo real; sobresalían en su pecho fornido sus múltiples medallas de guerras nunca peleadas.

Los haitianos son los primeros en investigar; allí en su barrio fue donde ocurrió el crimen. Me los ponen en fila para escuchar su versión. Este crimen lo resuelvo porque lo resuelvo ¡carajo! O que me quiten una estrella. – Se comprometió el general con los atentos subalternos.

El funeral de Bienvenido Leche Chivo, fue todo un evento, se trajo al Sur un carro tirado por caballos blancos e hizo la entrada al pueblo con grandes alegorías. Un señor vestido de negro, conducía el coche.

Se hizo un cortejo fúnebre como nadie había tenido en 150 años en todo el Sur. Formaron todos los chivos en línea recta para llamar la atención por cuanta calle pasaran los animales rumbo al cementerio, cada uno amarrado de la cola del otro. Unas diez putas públicas, amigas del difunto, hicieron un baile extraño en vida solicitado por el cliente; frente al féretro, unos hombres viejos disparaban al aire con fusiles marca "San Cristóbal" de la fábrica del general Trujillo; otros milicianos con vestidos de colores, tocaban tambores al ritmo de una marcha marcial.

De otro lado, unos haitianos con ropas oscuras cantaban en creole canciones tristes. Unas veinte mujeres con el rostro velado, gritaban y se desmayaban al ritmo de esos ritmos extraños.

La concurrencia de más de 500 personas fue controlada por miembros del ejército nacional; junto al ataúd caminaba despacio la familia más apegada al difunto: Pedro, Antonio, Ana y la niña-chivo Herminia Malavé. El padre Mauricio Constantino, ofreció el entierro y entre muchas palabras resaltó:

_ Hermanos, hoy se da sepultura a un hombre increíble, un hijo,..., un hijo de su gran madre. Dios lo ayude.

Previo al funeral, el padre Mauricio se había bebido quince copas de su predilecto vino francés y sus palabras no eran muy claras. Rezó el "Padre Nuestro" al revés y hecho agua bendita de la misma tubería del Cementerio Municipal. La gente estaba un poco confusa.

_ Hermanos, este hombre era un, un, un hijo de su santa madre; todos le teníamos cariño, en especial las mujeres de este pueblo Dijo el cura con cierta picardía.

_ ¡Amén! Dijeron las mujeres veladas.

El entierro se puso expectante cuando el sacerdote invitó al general Plutarco Sánchez de la Rosa, a decir el pensamiento final. El General se subió en uno de

los monumentos contiguo al hoyo de Bienvenido y solo
advirtió:

Soy el general Sánchez de la Rosa. Soy el enviado del
Señor jefe de la Policía Nacional a investigar este crimen
ocurrido aquí en el Sur. Nosotros haremos todo a nuestro
alcance para encontrar al culpable. Vine del Cibao a eso.

El Sr. Jefe de la policía, me pedió de manera especial
resolver el caso y lo mismo hizo el excelentísimo Sr.
Presidente de la República. Cada rincón de este Sur
caliente será investigado. Tengo para decirles señores,
que Bienvenido era primo hermano de mi padre
también general en tiempos ya idos. Así pues, todo
nuestro empeño estará en esto. Que Dios y la Virgen
nos bendigan. Terminó el general.

De un salto se bajó del monumento; en el aire antes
de poner los pies en el piso, se ajustó los lentes de sol. Se le
acercaron dos tenientes y un sargento mayor armado de
una ametralladora, lo escoltaron de forma disciplinada
y rápida a su vehículo para hacer un cuadro. Se fueron
antes de terminar el acto. No había tiempo para perder.

El padre Mauricio dijo unas cosas de funerales en
latín, francés, inglés y en creole; invitó a la audiencia a
rezar un Padre Nuestro, esta vez de principio a fin. Se
hicieron la señal de la cruz, se comenzó a bajar el ataúd
con unas sogas de amarrar chivos. Todo era solemne.
Se hicieron los disparos finales con aquellas Carabinas
marca "San Cristóbal" y una mujer se desmayó, y decía
con voz de ultratumba:

_ ¡Uay, uay, uay! Que no me lo entierren señores, por
dios que no me lo entierren. ¡Uay, uay, uay! ¿Quién me
dará mi leche? Era Ana Malavé.

Algunas otras mujeres, la consolaban y trataban de sacarla del trance dándole a oler un pañuelo blanco bañado en alcanfor. La mujer no reaccionaba, como poseída por un espíritu exageraba en movimientos confusos, entre tensión y sexualidad. Unos de los haitianos algo conocedor de posesos y posesiones espirituales se acercó a las mujeres y ordenó:

_ Deja mujel, el tenel encima. ¡Papá Bocó! Hizo unas maniobras con las dos manos, saco algo del bolsillo envuelto en un pañuelo rojo y enseguida dijo:

_ Ven Antonio Malavé aguanta un pierna; y tú, Pedro Malavé, aguanta cabeza. Insistía el haitiano.

Se trataba de Tisuit, un hombre entendido en materias del más allá.

Antonio Malavé miraba y no entendía. El cura borracho, se hecho a un lado y permitió al médium sacarle el espíritu malo, posesor de la mujer. Después de diez minutos llegó la calma. Se hizo el entierro de Bienvenido Leche Chivo y toda esa multitud regresó confusa.

En aquel Sur no habían pasado tres muertes tan trágicas como las de Quebrao, el motorista naufrago, la de Bienvenido Leche Chivo y Anselmo, el boricua suicida. La gente no paraba de comentar estos trágicos eventos de la historia de la Región. Se hicieron misas, recordatorios, novenas, palos, horas santas, cultos evangélicos, sahumerios, limpiezas y todas las manifestaciones religiosas conocidas pero la gente no se consolaba.

Se crearon leyendas sobre apariciones repentinas. La de un hombre acosado en los patios de la casa, con los pantalones en las manos y los gritos, como Bienvenido Leche Chivo. Otra alusiva a un motor Honda 70; aparecía todos los jueves santos, a toda velocidad a lo largo de la avenida, camino a la costa y en dirección a Puerto Rico, con el espíritu de Quebrao y por último, el cuadro interminable de un hombre borracho y el sempiterno grito !Viva Puerto Rico libre, carajo!

El general Plutarco Sánchez de la Rosa, no permitía burlas sobre su reputación de comandante duro. Él intuía sobre el asesinato de Bienvenido Leche Chivo y lo calificaba como un acto de venganza bien planeado; ordenó un "rastreo". Eso quería decir buscar palmo a palmo en todo el territorio para dar con los asesinos; convirtió el asunto en un caso personal. Un general de Brigada, en el Sur era solo un peldaño más debajo de Dios. Se suponía la sumisión de las montañas, los valles, los árboles y toda la naturaleza a un personaje de tal magnitud.

_ Agarren to' lo haitiano primero para interrogarlos, ellos saben algo estoy seguro, pues fue en su barrio donde ocurrió el crimen. Ordenó el general.

_ ¡Sí, sí señor, a su mando; recogeremos esos haitianos del pueblo; son negros y los negros no son gente! Ja,ja, já. Argumentó con tono burlesco el mayor Desiderio Buenaventura.

_ Eso e' verdad. Ja, ja, já; si no colaboran lo devolvemos pa' Haití. ¿Verdad general? Ja, j ajá. Complemento el teniente Wilfredo Arias.

_ Tranquilos. Tráiganme un buen grupo aquí, tránquenlos por una noche y por la mañana iniciamos el interrogatorio. Yo haré la indagatoria, no la delegaré a nadie. Replicó el general.

El general se levantó y al grito de ¡Atención! los subalternos se pararon al unísono.

El general saludó y enseguida salió del cuarto; el resto de oficiales, sub-oficiales y rasos suspiraron en señal de tranquilidad.

Las órdenes estaban dadas: todo haitiano, negro que no pronunciara bien el idioma español: ¡Preso!

Se preparó todo y se comenzó la redada. Se equipó un camión volteo azul, marca Toyota, para subir a los arrestados. Salieron quince policías, tres con escopetas y dos con fusiles modelo 1955, marca "Remington"; también portaban unas cuantas bombas lacrimógenas. De complemento, una correa de cartuchos de perdigones fue encargada a uno de los policías; este tomó la munición y se la cruzó de hombro a cintura al estilo mexicano de la revolución del 1910.

Recogieron al primer grupo:

_ Tigason, el papa de Luis Jis.

_ Tisuit, el que limpia patio.

_ Tibayo, el que hace hoyo de letrina.

_ Eliis, el que limpia patio, hermano de Tisuit.

_ Tilafeb, el que camina derecho.

_ Lito, el que atendía el Juan Pablo.

_ Papo, el haitiano juguetón.

_ Roberto Bobo, el rabioso.

_ Antonio Malavé, el limpiabotas por negro.

_ Senclu, el Paletero

_ Negro Bua, el barbero

_ Patecré Pié, compañero

Todo este primer grupo arrestado el jueves a las 7:30 de la noche y llevado al cuartel policial, por sospechosos, por negros y por ser haitianos o convivientes con estos.

La noche fue fatal en el cuartel. Se fue la luz y los demás presos se dedicaron a ofender de palabra a esos pobres sospechosos de homicidio. Era como una cacería; se les buscaba y se ponían en la cárcel, así eran las cosas en un Sur sin ley, ni derechos.

El general llegó a las 8 am minutos antes de izar la bandera nacional. El centinela de turno alertó:

_ ¡Atención, mi General!

_ ¡Posición anterior!Ordenó el general, sin mirar al guardia.

Se dirigió a su oficina, unos tres oficiales le siguieron a dos pasos de distancia, con la lista de los arrestados la noche anterior.

_ ¿Cogieron a alguien?

_ Sí mi general… A unos morenos del pueblo.

_ ¿Son buenos sospechosos?

_ Sí, mi general, son to' haitianos. Je,je, jé.

_ ¿Alguno sabe algo?

_ No mi general, sus órdenes fueron que solo usted los interrogaría.

Ta´ bien, tráigame el primero.

Se fueron a la celda a buscar a Tigason. Este entró a la presencia del general, con una cachucha azul del equipo del Licey en sus manos y había perdido el control de su cuerpo; sus manos y rodillas temblorosas y por su cuerpo corría un sudor frío.

_ ¿Cómo se llama? Preguntó el general con mirada al piso y gestos de asco para dar muestra de un mal olor.

_ Pequeño Tigason, señol. No sabel na señol; mi mama trajo de Haití y no poner otro nombre, pero creer que e' Pie apellido señol. Respondió.

¿Usted conoció a Bienvenido el repartidor de leche?

_ No, señol, yo no sabel na. Yo limpia patio y chiripa en fábrica. Yo no sabel na, vivil mi vida así.

_ Los haitianos nunca saben na', aunque sepan, ¡coño! Dijo el general.

Con una señal dirigida a un oficial, ordenó retirar a ese hombre de su presencia.

Tigason Pie se fue escoltado por un policía negro; lo paró a la entrada de la comandancia y le 'aconsejó '... Moreno, vete pa' tu casa o vete pa' Haití. Vete ¿ok? Mira que ese general e' una vaina, ¿Oiste? Le indicó el camino.

Tigason, salió con paso lento y muy seguido miraba a sus espaldas, para verificar si alguien lo seguía. Caminó dos horas, llegó a su casucha y se metió allí. El miedo nunca lo dejó caminar por fuera de aquel pueblo. El vió de cerca un general y eso traumatiza a cualquier ciudadano común en mi Pueblo. Era como haber alcanzado una epifanía celestial. Y vivir para contarlo.

Tigason Pie enmudeció por toda la vida. Cuando en su andar cotidiano se topaba un policía o un guardia, le comenzaban unos vómitos incontenibles. Duró así hasta fallecer de viejo, trancado en su casa, donde le llevaban todo. El hacia sus necesidades en la casucha y al morir se lo comieron unos cerdos porque confundieron su cuerpo con un montón de basura. El problema del crimen de Bienvenido Leche Chivo no se resolvió, ni se resolverá en los próximos 750 años de la vida del pueblo. Su fatal agresor no era de allí, ni era haitiano.

Si algún general rencoroso no está dispuesto a olvidar a Bienvenido Leche Chivo deberá dejar de tratar a los haitianos como chivos expiatorios. Y a cambio, buscar la verdad en la historia de revoluciones, contrarrevoluciones y ajusticiamientos. Y si el deseo es colgarse una medalla por su tarea como patriota, le tocará llegar a la verdad para elaborar y promover el perdón porque "perdonar es recordar sin rencor".

Capítulo 23

Una Gran Visita

Kalil-Al-kuru, viajó al Sur. El era amigo de la infancia de Mohammed-Al-Quezada y de toda su familia. Buscó el Sur atraído por la sequedad del entorno en similitud con su país natal y por las oportunidades de negocio porque deseaba vender cosas necesarias para la gente de la región. Me tocó la visita este arabe, a mi Pueblo con mi viaje de nostalgia.

Los antepasados de Kalil, vivieron en Barahona; en ese entonces, frente al parque central, había unos árboles inmensos y debajo de estos descansaban los caballos de los viajeros; existían unas cuantas casas a la orilla de la playa y cada una costaba 100 pesos oro. Los parientes de Kalil-Al-Kuru sabían del potencial del Sur, aunque la lejanía respecto a la ciudad capital, significaba un freno a su desarrollo. Además el crecimiento del pueblo era lento porque si los oriundos emigraban a buscar suerte a otras ciudades rara vez retornaban a restablecerse; se iban porque según ellos, la Isla estaba infectada y eso no le permitía crecer.

Esta vez, Kalil tenía planes concretos para invertir y quedarse. Él había vivido en España y tenía socios españoles conocedores de esta región desde la lejanía, aunque advertían acerca de 'un sol tan candente que le había quemado la piel a sus habitantes'. La región era muy oscura, decían.

El sábado le tocaba a Antonio Malavé limpiar los zapatos en casa de los turcos; para el muchacho limpiabotas siempre era un día especial y más en cierta ocasión cuando encontró como novedad algunos pares desconocidos. Primero vio los marrones, luego, unas botas negras con inscripciones en árabes; todo le indicaba la presencia de una visita. Cuando el muchacho se ocupaba de limpiar el novedoso calzado, en ese preciso momento apareció Kalil, en pantalones cortos y en un español castizo preguntó al limpiabotas.

¿De dónde eres mozalbete? Preguntó el turco-español

_ De allá atrás. Respondió mientras señalaba con el dedo el lugar donde quedaba su casa.

_ ¿Cómo te llamáis?

_ Antonio Malavé mi señol.

_ ¿Cuánto tiempo lleváis en ese oficio?

_ ¡uh! Hace mucho. Respondió Antonio

_ ¿Vas a la Escuela?

_ Sí, pero ahora tamo de vacaciones.

El visitante vio la disposición del joven y sus pobres ropajes, unos harapos apretados y manchados de los líquidos de hacer el lustre.

_ ¿Quieres unas camisas? Tengo varias por si usted quiere.

_ Claro, las quiero. Diga no ma´.

Kalil entró a la casa y en menos de diez minutos encontró unas camisetas; una adornada con la bandera del Líbano y otra con inscripciones en carbón alusivas al PLO.

_ ¿Sabes quién es Mahoma?

_ No. Respondió tajante Malavé

_ Pues, un Profeta...

_ ¡Y sabes que es un profeta? Puntualizó y preguntó Kalil.

_ No, no sé.

_ Uno que viene en el nombre de Dios. Pero dime ¿sabes leer...?

_ Sí, leo todo.

Aquí te traigo con las camisas un libro: El Corán. Antonio tomó aquel libro con brillo y comenzó a verlo. El turco también lo miró. Sabía que en el Sur no había diez libros de aquellos; era tierra cristiana y jamás se hablaba de Mahoma.

Antonio Malavé envolvió el Corán, en unas hojas de periódico. El libro era verde con palabras en árabe y al lado, la respectiva traducción al español.

_ Dijo Kalil: ¡Ala-A-bar!

_ ¿Qué es eso? Preguntó con asombro el limpiabotas

_ Un clamor a Allah, le dijo el turco. Sigue leyendo y te explico más el próximo sábado cuando llegues aquí a limpiar los zapatos.

Antonio no entendió nada, eran palabras nuevas, extrañas e incomprensibles para un limpiabotas de un barrio olvidado del Sur. Además, las creencias de Antonio no tenían lugar para otro dios con nombre diferente; él tenía suficiente con el dios del cura maricón y el reverendo pone mano y con el dios inglés de la vieja habladora. Por ahora no estaba en sus planes añadir a su confusión de juventud un dios árabe y las lecturas sagradas de un libro diferente. Limpió los zapatos y se marchó. Así de esa forma, continuará la vida de todos los limpiabotas como Antonio Malavé, mientras algunos señores con mucho poder dentro de la Isla se nieguen a acabar con la iniquidad. Quizás lo hagan antes de que me llegue la hora y en definitiva termine mi tiempo de viajar de El Norte al Sur.

Los asuntos continuaron en el el Sur y fui testigo presencial de una reunión de los turcos-españoles. Me aceptaron porque en El Norte conocía algunos inversionistas y filántropos. Toda la reunión la componían árabes y sirios- palestinos, con muchos de sus disidentes, emigrantes al Sur de manera definitiva, en un viaje sin retorno. Algunos ya estaban entrados en edad y los desmontaban de sus carros con mucho cuidado, porque sus huesos estaban muy frágiles.

En esta visita a la región Sur, Kalil trajo un nuevo invento del cual esperaba una favorable acogida, porque en estos pueblos pequeños y retirados las ideas modernas y las novedosas tecnologías son tomadas como magia; y si alguien llega a decir cosas y a realizar prédicas, de inmediato arranca un movimiento o investigación. Por eso a la reunión asistió con una caja cubierta con una capa negra. Hubo cierta incertidumbre respecto al contenido y se llegó a pensar en un recordatorio para homenajear a alguno de los viejos pioneros del comercio de la región.

Mientras se hacían especulaciones sobre el tapado, Kalil, desveló lo oculto; era una máquina con muchos botones, alambres, mechas de hacer hoyos en la tierra, una especie de trituradora.

_ A ver qué tenemos aquí. Llamó la atención.

Kalil empezó por ajustar poco a poco cada pieza con un destornillador de estrías y un alicate. Lo hizo con mucha habilidad y todos quedaron convencidos de la presencia de un verdadero profesional y no cualquier novato.

_ ¿Qué es eso? Preguntó la audiencia al oír el ruido y el zumbido de pájaro emitidos por esa complejidad de acero.

_ Es una 'máquina transformadora'. Fue concebida junto con los familiares cuando yo era aún era joven allá en Palestina, luego la ensamblaron en New York. Les respondió el ingeniero y al tiempo deleitaba al ver tantos curiosos con sus rostros incrédulos al ver semejante diseño

_ ¿Transformadora de qué? Gritó la audiencia compuesta de comerciantes e inversionistas cuyo dinero y tiempo invertido en el lugar solo les retribuía pequeñas ganancias. El sur no tenía fama de atraer grandes industrias.

-Señores, colegas y amigos, esta es una transformadora de ¡mierda!, sí de mierda, tal como lo oyen. Insistió Kalil.

-Esto es algo que mis abuelos inventaron en Arabia Saudita, cuando se encontró petróleo allá, y los ingleses no lo supieron. Ellos hicieron el diseño y lo guardaron con mucho cuidado en distintos puntos del Medio Oriente;

lo último requerido para hacer esto una realidad, son los ingredientes que hay en el Sur.

_ ¿Qué pasó?, ¿Es una tomadura de pelo? ¿Cómo te atreves a proponer semejante absurdo? Preguntaba consternado el auditorio.

Algunos comenzaron a abandonar el salón para no participar más de semejante ridiculez. Pero Kalil siguió con su explicación.

_ Entre todas las maquinarias perforadoras, mis abuelos se dieron cuenta por accidente, de esta maquinita transformadora de mierda.

_ ¿Pero en qué convierte la mierda? Preguntó Mohammed con un poco de ira.

_ En oro de dieciocho kilates, y lo hace de forma casi instantánea. Respondió Kalil con firmeza para no dejar dudas.

Mientras respondía, enseñaba como prueba un bolso cuyo contenido eran dos libras de oro puro, obtenido del procedimiento con aquella máquina maravillosa. Lo pasó a la multitud de curiosos y en realidad era oro. Aunque conservaba un poco de olor a excretas humanas, algunos lo masticaron sin escrúpulos para ver si era verdad tanta belleza.

_ Je, je, jé. Sonrieron algunos aun dubitativos.

Pese a las dudas, reconocían en Kalil a uno de los mejores ingenieros del medio oriente, árabe; devoto y de muy buena reputación y firme en sus cosas, sin llegar a confundirlas por vainas.

Eran todos hombres ricos, bien conectados en la región Sur en el país, se consideraban dignos de respeto y admiración. Por lo tanto era muy difícil que alguien en sus plenos cabales los convocara a hacerles perder el tiempo. Kalil, o estaba loco, o tenía en sus manos algo maravilloso.

_ ¿Cómo trabaja ese invento? Explícanos con detalles, porque aquí hay gente muy conocedora de negocios. Conminó Mohammed, y aprovechó para hacer unas señales a la audiencia, expectante por unos buenos resultados favorables a todos los turcos.

_ Esto trabaja con una combinación. Contestó Kalil y luego se expandió en detalles.

Se necesitan los siguientes ingredientes: un racimo de guineo maduros, dos litros de ron Brugal, un galón de Mabí de cocolos, una docena de bombones de haitianos, muchos dulces de coco hechos con azúcar de caña. Esa receta tiene 200 años. Por eso llega al Sur donde existen estos materiales en abundancia.

Esa máquina es la evidencia irrefutable de la sabiduría de los turcos; es gente sapiente y tiene en el país la habilidad de convertir la mierda en oro y vendérsela a todos los deseosos de acumular el precioso metal. Ellos prefieren el oro a las monedas de los gobiernos. Por eso usted nunca encuentra un turco en una esquina dedicado a la ociosidad, porque evitan perder el tiempo.

Ellos transforman todo; hasta la mierda.

El inventor llevó el asunto a las autoridades de mi Pueblo, les recomendó estudiarlo y les hizo ver la inutilidad de las letrinas centenarias, porque en adelante se requerirían bolsas para empacar la materia prima esencial. La idea avanzó y adquirió forma de Proyecto de Ley; llegó al Senado de la República, pero no pasa porque para ponerlo en agenda cada Senador espera lo suyo y por el momento lo requiere en dinero contante y sonante, porque aun la mierda no sirve para nada. Así, el proyecto morirá y no habrá nada para el Sur y si algún día hay algo, con seguridad los pobres empezarán a padecer de estreñimiento o de obstrucciones intestinales y entonces sobrevendría un problema de salud pública.

Capítulo 24

El Juicio

Recordar todo aquello me produjo un terrible cansancio. Era el final de mis recuerdos y viaje fantástico y tambien fui invitado a ser testigo de este juicio. Me recosté sobre las manos entrecruzadas con los dedos puestos en la nuca; comencé a soñar en escenas casi reales en las cuales era posible palpar texturas, oler el incienso y saborear los manjares formados en mi mente. Mis ojos cambiaron y mi sueño se tornó casi en realidad; había seres de toda clase, color, tamaño, forma y posiciones sociales.

De repente sonaron las notas de una trompeta. El cielo se abrió, bajaba un caballo alado muy parecido al montado por Eurípides el Celador. Echaba espuma por la boca, tenía una montura de cuero negro y un machete colgaba de un costado; no tenía jinete, de este solo quedaba el sudor en el asiento, unas manchas de sangre y una pierna enredada en el estribo de la montura como si hubieran arrancado al jinete; sangre escurría a borbotones.

El caballo dió cuatro vueltas al vuelo, de Norte a Sur y de Este a Oeste, como exhibiéndose a todos los habitantes del pueblo. Era de día. El azul intenso del cielo y la luz del sol permitían plena visibilidad.

De repente se oyó una voz en todo el Valle de Neyba con un mensaje acompañado de los acordes bien tocados de unas trompetas:

¡Juicio contra el Gigante! ¡Juicio contra el Gigante! ¡Llegó la hora de juzgar su culpa o inocencia!

El Gigante había vivido por una eternidad detrás de la chimenea del ingenio y fue el primero en conocer este anuncio apocalíptico.

Era la voz del tiempo; sonaba con vientos huracanados para ser escuchado por todos los habitantes; el juicio se realizaría ante el pueblo. Los niños hambrientos al ver el caballo en el aire, pensaron en el arribo de redención y en el fin de muertes con huesos secos y barrigas infladas.

Era el juicio final a un Gigante invencible, veterano de muchas batallas casi todas ganadas por su tamaño y por sus fuerzas descomunales.

Este juicio se llevaría a cabo por diez días, según lo anunció el caballo, y en el participarían todos los legitimados como compueblanos, cuyos intereses estuvieran sembrados en la esperanza de la llegada de la justicia a aquel sembrado de caña. Todos iban a ser testigos oculares de este juicio mitad divino, mitad humano.

Según este sueño-juicio, podían participar y verlo todas las entidades del país debido a un interés exclusivo en los acontecimientos por suceder; una gran pantalla proyectaría a todo el territorio nacional los acontecimientos de aquel pueblo olvidado por los gobiernos de la patria.

Este juicio se convocó con mucho tiempo de anticipación; la invitación se hizo a principio de mayo, cuando los árboles de mango echan sus flores en señal de esperanza y los ciudadanos parecen animarse a participar de los eventos de interés general.

El día de la invitación adquirió importancia para todo el país.

Apareció además un anuncio en todos los periódicos y periodiquillos, revistas nacionales y extranjeras de circulación nacional; fue leído en la radio oficial y la no oficial, en las emisoras de televisión, a color y blanco y negro y quienes lo escucharon o leyeron se convirtieron en portavoces de esta convocatoria extraordinaria. Por primera vez en la historia del pueblo se iba a celebrar un juicio de tal magnitud.

Parecía una asamblea de todos los residentes del pueblo, los de hoy y ayer, vivos y muertos. El anuncio decía así:

> *A todos los compueblanos vivos o a los*
> *muertos en el cielo,*
> *a los jubilados o pensionados,*
> *a trabajadores del Ingenio,*
> *cortadores de caña, administradores,*
> *a los constructores fantasmas americanos,*
> *al Generalísimo Trujillo en el infierno,*
> *a todos sus generales y esbirros y más,*
> *están invitados al juicio final y público del Gigante,*
> *para determinar inocencia o culpabilidad.*

El asunto tenía cara de seriedad y de aprobación celestial, porque se iba a permitir el testimonio de los antepasados, invitados a declarar desde sus tumbas, entre los cuales estaba Trujillo. Se hacía legal y necesaria su participación porque era residente ausente del pueblo y porque tenía una casa construida a la cual llegaba en forma periódica y sin aviso previo.

El juicio se desarrollaría lo más democrático posible, con un estilo simple; se acordó no acudir al sistema judicial del país, porque había dado muestras de estar basado en el amiguísimo, las influencias y los dolores.

Por la importancia del juicio, era necesario tener una justicia de pueblo, sin muchas complicaciones ni parlamentarismos.

Se iba a poner en práctica la justicia, donde los participantes no tuviesen temor a persecuciones, ni a cárceles postreras al juicio; y blindar el proceso de las influencias de un compadre del Gigante encargado de comprar conciencias u ofrecer trabajos.

Este anuncio también se extendió al infierno, donde estaban los ladrones de hoy y de ayer, antiguos funcionarios del Ingenio Barahona; también se envió al cielo, donde estaban las personas merecedoras de un descanso en paz por sus actos no egoístas y humanos, mientras vivieron en el vecindario de los humanos.

El anuncio se distribuyó con mucho énfasis en el exterior, donde vivían muchos compueblanos, quienes tuvieron éxito en la travesía por el Atlántico y el Mar Caribe. Aquellos en Nueva York recibieron una atención especial; se la llevaron a sus apartamentos rentados en Manhattan, Bronx y Brooklyn. Se puso un anuncio en el

Subway[53] y en las principales guaguas de servicio público de transporte en esas zonas del área metropolitana; es estas vive la mayoría de la gente interesada.

El lugar del juicio sería el terreno del play y como se dijo, solo se tomaría 10 días para resolver el asunto; no se llevaría el tema más allá de lo debido. Además, ningún magistrado podría presidir; al Juez lo nombraba el pueblo.

El primer día del juicio llegó con un poco de confusión. Allí se juntaron los espíritus del ayer, los de hoy y los de siempre. Fue una hilera de gente en sus mortajas, esqueletos oscilantes, cojos, ensangrentados, con tubos en la boca, con corazones en las manos, con sombreros de paja, zapatos de charol, corbatas anchas y vestiduras de las cofradías y logias de su tiempo. Había seres de todos los colores, tamaños, flacos, gordos, con y sin barbas. Hombres, mujeres, pájaros, maricones públicos y privados. No había discriminación en la asistencia.

Los convocados traían en sus manos retratos de sus santos favoritos. El Padre René con su incensario iba al frente; como en una procesión y entre muertos y vivos estaba el Generalísimo, su personalidad y figura arrogantes lo delataban. Trujillo no podía faltar en el juicio.

Comenzaron las discusiones preliminares, y los asuntos a tratar, las preguntas sin respuestas. Lo primero a determinar, era la persona a oficiar de Juez.

Se oyeron varias propuestas entre los vivos y los muertos y de repente, entre empujones y discusiones acaloradas se oyó el retumbar de una voz.

---

[53] Tren

Trujillo: *YO...¡COÑO!, SERE EL JUEZ...YO SEGUIRE A CABALLO. YO FUI, SOY Y SERE EL DUEÑO DE ESTE PUEBLO, YO SOY EL QUE HICE GENTE...ESTE JODIO PEDAZO DE TIERRA...LLENA DE HAITIANO.... ¡AQUI EL QUE MANDA SOY YO!*

A esa afirmación del Generalísimo las personas bajaron la cabeza; no querían hablar por el temor a Trujillo, aún después de muerto.

_ ¡Viva Trujillo! dijeron unos pendejos ya muertos; algunos quisieron acompañarle pero se interpuso la voz de Don Arcadio Encarnación:

SI TU TE SUBES EN ESA TARIMA TRUJILLO, YO TE DOY UNA PEDRADA DE AQUI MISMO...AUNQUE ME SAQUES LAS PESTAÑAS DE LOS OJOS. TU ERES, FUISTE Y SERAS UN ESPIRITU INMUNDO DENTRO DE ESTE PUEBLO...TU SOLO VENIAS A TU CASA A ROBAR Y COGER LAS NIÑAS QUE TE ACOSTABAN EN TU CAMA DE LADRON, ROMPISTE VIRGOS INOCENTES Y ROBASTE SUDOR DE SANGRE....JAMAS PODRAS SER JUEZ DE ESTE PUEBLO.

La gente comenzó a inquietarse con las palabras firmes de Don Arcadio, quien estaba dispuesto a morir cien veces y seguir en la oposición contra aquel hombre de carácter férreo.

Padre René: *hijitos, no peleen, ¡por la virgen! Yo estoy muerto, pero tampoco creo que el jefe-presidente Trujillo pueda ser un buen juez; necesitamos a alguien imparcial, preguntemos al pueblo.*

Estos tres personajes importantes en la vida del pueblo comenzaron a discutir. Trujillo, un eterno habitante del país aún sube de cuando en cuando del infierno a refrescarse de sus calores, incluso lo han visto en nuestro pueblo porque le gustan las playas del Cayo. Don Arcadio Encarnación, un inquebrantable revolucionario anti- Trujillista y El Padre René, representante de Dios y la Iglesia para dominicanos y haitianos – aunque era canadiense, calvinista, hablaba francés, inglés y latín.

Discutieron con rabia pormenores para el juicio, pero lograban ponerse de acuerdo. Trujillo, tenía interés en el poder político, aun después de muerto, y no le interesaba un enjuiciamiento del Gigante. Eran compadres.

Para Don Arcadio la hora de hacer justicia eterna había llegado y era inevitable llamar a juicio a quienes por tantos años se les consideraba responsables de la explotación de los trabajadores.

El Padre René como mensajero de paz y de justicia divina, estaba comisionado a intervenir en la situación confusa de aquel juicio. Sus argumentos teológicos y de religión universal lograron calmar los ánimos de aquel pueblo, propenso una vez más a una división entre revolucionarios y Trujillistas. Eso sería desastroso; un pueblo reunido para un juicio divino y ahora comenzar a pelear a piedras y a tiros y morir por enésima vez por balas entre hermanos. El asunto estaba muy caliente, pero se acogieron las razones del cura.

Todos los invitados al juicio, testigos de la trifulca entre estos personajes, estaban cabizbajos a la espera de una decisión acerca de quién sería el Juez. Todos debían permanecer en el play durante los diez días del juicio y alguien podría irse solo cuando el Juez lo despidiera, siempre y cuando hubiera agotado las declaraciones.

Los asistentes pidieron luz eléctrica, pan, agua y algunas sillas para hacer más amables las condiciones y enfrentar con sacrificio las horas de sol, lluvia, sereno, noches de luna o cualquier otro fenómeno atmosférico. Además, solicitaron sombrillas para taparse del sol caliente.

De manera especial hicieron un llamado para atender a los más viejos.

Don Emilio Adams se ofreció a hacer el pan en cantidades suficientes, en aquella milenaria panadería cuyos ladrillos estaban carcomidos por el tiempo; el horno ya no resistía más reparaciones, la última recurrió a unos hierros viejos pero ladrones insensatos se los robaron.

Don Eduardo Edward hizo algunas conexiones y puso una antena alta, casi hasta las nubes para recoger y almacenar la energía de algunos rayos del cielo para tener luz al caer las tardes y conectar los micrófonos y bocinas de amplificación del sonido. La compañía de electricidad no tenía suficiente potencia. Nunca la ha tenido.

Don Sino el plomero, Yuyo Martínez y su ayudante Malo-Diente, hicieron una excavación y descubrieron una tubería inmensa construida desde 1922 para dar paso al agua hacia el ingenio; luego de ligeras adecuaciones estaba resuelta la necesidad del vital líquido para toda la concurrencia.

Todas esas construcciones y discusiones se hicieron de una forma rápida porque el evento no se iba a detener. Esto se hizo en un día de labor, pero aún quedaba la tarea más difícil, la de escoger un Juez para presidir el juicio; la gente debía hacerlo con ayuda divina o humana. Estaban decididos a todo.

El segundo día del juicio se formaron por ruego de la Iglesia y del Padre René, unos comités electorales con el encargo de presentar pre-candidatos; se requerían nombres de individuos de sólida fé y de comprobada objetividad, condición reconocida a personas imparciales. Se aclaró acerca de la inclusión, la no discriminación y la eliminación de los conceptos de diferencias superficiales.

Los candidatos, podían ser cocolos, haitianos, congoses o mulatos bembones, no importa si se creían blancos. Como condición adicional se exigía haberse comido un pedazo de caña de la utilizada como materia prima en el Ingenio de los Bateyes y haberse bañado alguna vez en las Playas del Cayo o en las Salinas.

Después de reunidos una buena parte del día en sesión permanente y de las consabidas discusiones, por cierto acaloradas, hubo votación secreta, realizada con papelitos partidos a mano. Esa votación arrojó una lista de individuos vivos y muertos de ayer y de hoy, con el encargo de elegir dentro de ellos, un juez justo para presidir el juicio único e histórico en el pueblo. Esta fue la lista:

Yegarito
Cologui
Arcadio
Encarnación
Sony James
Cochinito
Cándido Molina
Maestra Socorro
Johnny Mason
Mocano
Diógenes (el de la
guagua)
Bienvenido Peña
(Biembo)
Mush
Doña Ernestina
Nando Molina
Antuan Malafe
Rev. Juan Medina
Viceret
El Viejo Perfe
Don Juan
Carbonell
Jack Cone
Jaime Brito
Sopito
Cele White
Gilberto Pérez
Luis Noboa
Clarita (la
vendedora)

Boss el zapatero
Santana El Loco
Clara James
Dr. Fello Subervi
Eveman
William Thomas
Mema la del Mabí
Pay Castro
Gustavo Philip
Don Padilla
Doña Artilicia
General Hernán
Disla
Mallín Gotay
Cuba Martínez (El
gallero)
David Lama
Jaime Farrill
Rev. Francisco
Javier Suero
Mapay
Senclu el Paletero
Miss Dony James
Nano Bernabé
Degas (la
vendedora)
Antonio Romelis
Sobé
Dr. Jaime Wilson
Amado Eusebio
Frank Disla

Maraca
Julio Gómez (july)
Dr. Antonio
Thomas Kelly
(Macho)
Gary
Rev. David Walters
Chulo
Nenita Martínez
Ing. Máximo Pérez
(Max)
Chivo el chofer
Papi Guilliani
Negro Búa (El
barbero)
Doña Jacoba
Andrés Piloto
Doña Soledad
Vásquez
Dr. Rogelio Wilson
Chapman (Gelio)
Pedro Castillo (el de
la bajadita)
Prof. Lilian
Carbonell de
Damiron
Dilone
Chulo
Chichi Cuna

La lista era muy extensa. En un papel normal, sería del largo de la calle que cruza el Play. No era posible anunciarlos a todos. Además, los comités podían elegir como alternos a más individuos, siempre y cuando se consideraran aptos para juzgar con sabiduría y equidad. Se pidió introducir todos los nombres en una lata de aceite de maní El Manicero, bien lavada y sellada para evitar una eventual pérdida del nombre de un candidato y para promover un 'juego limpio', o sea, sin trampas.

El Padre René fue asignado para sacar el papel, pero antes dijo con tono de sermón dominical en su parroquia:

> Hermanos, hijos todos... ¡Suerte! y que salga el que salga, aceptemos la voluntad popular; es la voz del cielo.

Se hizo así; era la voz del Cura.

La suerte quiso que Cologuí fuera el juez encargado de presidir el juicio.

Cologuí sería el individuo facultado para salvar o condenar al Gigante, a la luz de las evidencias. Algunos de los presentes comenzaron a murmurar, suspirar y a retorcer los ojos y los labios porque la suerte había recaído sobre una criatura muy inocente. Los inconformes no comprendían que el juicio no era humano, sino divino; se daba a través del tiempo y para el caso carecía de importancia si Cologuí siempre anduvo descalzo por su sencilla vida. El sería capacitado en un instante y envestido de poder para llevar a cabo sus tareas de juez y a la vez, sería ejemplo de lo que debió ser la justicia.

Los árboles aplaudieron todo lo realizado por el pueblo para sacar adelante el juicio y de repente los mangos, guayabas, lechosas, quenepas, almendros, cocos, aguacates y las flores extranjeras comenzaron a dar frutos en reconocimiento a los sucesos del momento; era algo fantástico. Las flores reían a carcajadas y perfumaron todo el pueblo; sobresalían fragancias de rosas y alhelíes.

Hubo pesar en el corazón de la clase mejor comida y mejor vestida del pueblo; ideas inconclusas llegaron a sus mentes, quizás para ofrecer zapatos a Cologuí o darle un buen plato de arroz con habichuelas y dos trozos de plátano, y pedirle su negativa a ser Juez. Sin embargo, la conciencia no permitió poner en práctica aquellos pensamientos; al final de cuentas estos privilegiados también fueron bautizados en las cachipas del Gigante y caminaron bajo su sombra.

Don Amado Eusebio y Don Charlie Cataline, se ofrecieron para hacer una plataforma más digna para el Juez. La pintaron de blanco para simbolizar un juicio justo y pulcro; no había manchas, ni arrugas en el proceso y Cologuí no aceptaría ningún tráfico de influencia. Así lo entendieron todos los testigos oculares.

El Juez tomó asiento en su tribuna. Nunca Cologuí había estado tan radiante. Se afeitó, le renovaron la caja de dientes, se peinó el pelo ya canoso y se puso una guayabera nueva, azul, de cuatro bolsillos y muchos bordados en el frente. No quiso usar toga, aunque se la ofrecieron, porque según él, su investidura era popular y no universitaria. Su autoridad se la daba el tiempo.

Algo se destacaba en su presencia porque continuaba con el aura de un ser imparcial y manso.

La discusión se formó, cuando algunos 'nacionalistas' y 'revolucionarios' se opusieron a la presencia de unos americanos muertos pero resucitados para el día del juicio. Estos también tenían derecho a presenciar el acontecimiento. Entre ellos estaba Mrs. Grant, una vieja histórica en el pueblo por causa del tiempo.

Se discutió un buen rato y se acordó trabajar por la inclusión, sin discriminaciones, se reiteró en un juicio libre, sin presiones ni limitaciones raciales. Si los muertos americanos querían escuchar podían hacerlo, no habría impedimentos.

El tercer día del juicio fue dedicado para hacer anuncios preliminares sobre el orden. Era prohibido mearse o cagarse en público, y no podían tirar desperdicios en el suelo, además debían mantener orden y silencio cuando un declarante agotara su turno.

Ese día trajeron una silla especial para el Gigante, hecha de hierro galvanizado importado desde un pueblo oscuro del estado de Texas.

Cuando tomó asiento El Gigante en aquella silla inmensa, quedó a un nivel más alto; sobresalía entre todos los presentes y expulsaba humo por la cabeza porque se sintió humillado ante la presencia de tantos vivos y muertos; pero no podía evadir el juicio, el momento había llegado.

Haitianos, dominicanos, cocolos, americanos, turcos, italianos, puertorriqueños, cubanos, holandeses, franceses, todos en general, exigieron la interpretación de una música muy especial antes de iniciar el juicio. El pueblo pidió Ga-Ga, una música de tambores y bambúes, sonidos de símbolos resonantes del África:

Turu-tu-ru ru Turu-tu- ru ru Turu-tu- ru ru

La gente comenzó a bailar y a dar piquetes con la barriga al compás de aquellos tambores y ritmos contagiosos. Todos parecían poseídos de espíritus extraños al menear sus cuerpos; vibraban de emoción. Hasta los esqueletos bailaban y al tiempo sonaban sus huesos secos, conservados por el sol y la humedad de unas tumbas tropicales. La velada duró medio día.

Hasta el Juez bailó. Le gustó la música toda su vida pero nadie en el pueblo lo había visto bailar. En esta ocasión especial invitó a varias mujeres, ninguna se negó; por el contrario aceptaron con gusto mover sus cuerpos. Entre otras invitadas por Cologuí sobresalieron Ritica, Degas, Chota, Titina Matitina, Francia, Gladis, Curru y Milagros. Bailó con cada una aparte y a veces en corrillo con todas al mismo tiempo. El Juez gozó como nunca lo había hecho; se le vió sudoroso, sonriente y alegre ese medio día de jolgorio. Su felicidad contagió a todos.

Era cosa extraña ver estos sucesos en mi Pueblo; el baile alegre de todas esas parejas para celebrar un encuentro de mucho tiempo y un juicio final. Todo era extraordinario, fuera de lo acostumbrado en el Pueblo y en el país. Era un día de júbilo y de juicio.

Al detenerse la música y el baile todos se mantuvieron en silencio y conservaron el orden. El Juez Cologuí levantó sus dos manos al cielo y dijo con voz como de profeta en el desierto:

Estas manos me sirvieron toda la vida para cargar hielo hacia las casas de la mayoría de ustedes para refrescarles el alma, y también me sirvieron para limpiarles sus patios y botar basura; a nadie robé y a nadie engañé.

Cologuí parecía inspirado por una fuerza no común, su acento era preciso y perfecto. Todos se convencieron de la seriedad del asunto. Por lo regular los juicios a los poderosos terminan en nada. Ninguno paga, mucho menos lo mandan a la cárcel. Este era diferente; parecía respaldado por una fuerza mayor capaz de controlarlo todo.

Incluso el Gigante bajó la cabeza de vergüenza ante aquellas palabras. Grandes y pequeños inclinaron sus rostros en gesto de reverencia y dejaron ver un sentimiento de dolor profundo en sus corazones por todas las burlas, atropellos, necesidades y rechazo, sufridas y soportadas con orgullo por este ser humilde. Ahora la historia y el tiempo lo redimían y lo ubicaban a la cabeza de un tribunal casi divino, para hacer juicio a vivos y muertos.

Se oyó una voz autoritaria: *¡Que pasen los primeros declarantes!*

Se pararon unos esqueletos de mechones rubios, muertos hacía más de 250 años, con flores en las manos y los ojos verdes, azules, canelos y arcoíris muy bien conservados; dedos anillados de los grados obtenidos en las universidades de El Norte. Con mucha arrogancia se plantaron frente al Juez.

Cologuí: *¿Quienes son ustedes?*

Nosotros somos los dueños del Gigante. Cuando construimos este ser le pusimos manos, cabeza, cuerpo y pies, pero no le pusimos corazón, nunca llegó de Kansas, donde lo mandamos a construir; queremos invocar el perdón. Él no es así; en el fondo fue bueno.

Cologuí: *¿Cuáles fueron sus intenciones?*
Uno de ellos, el principal y de castellano mal hablado, se apresuró a responder; deseaba acabar lo antes posible para irse a su lugar de reposo a jugar Golf.

> *El pueblo, siendo muy pobre, no habiendo mucho prosperó en el sur, pero teniendo buena agua, buena tierra y nosotros queriendo ayudar con economía. El patria suya. El zucar siendo muy importante en haciendo medicina en US, en extranjero, todo sitio y producir zucar ser bueno negocio para todo mundo, aquí haber mucho trabajo y prospero en uno forma muy bueno.*

Cuando terminó de hablar el constructor, la gente quedó fascinada con el acento anglosajón. A muchos le parecía entretenido mirar los labios finos y los espejuelos plumeados del declarante; este, mientras expresaba sus ideas, miraba a los presentes acusándolos con los ojos. Con especial énfasis señalaba a sus cómplices en el negocio de todos los tiempos, quienes meneaban la cabeza mientras la parte a favor del Gigante declaraba. Histrionismo puro para influenciar el juicio, como de costumbre.

Los todopoderosos cómplices de una explotación de lustros, se frotaban las manos y se llenaban de ansiedad.

Cologuí: *¿Alguien tiene algo que decir?*

Se levantó un señor, ya viejo, con el corazón palpitándole en las manos y un ojo menos; una muleta armada con palos de guayaba servía de apoyo al único brazo; su camisa azul estaba ensangrentada. Caminó con lentitud hasta ponerse delante del Juez; luego dijo:

> *Nosotros, señor juez, no estamos diciendo que el gigante no era bueno; pero ¿ por qué yo estoy muerto?,¿ eh, eh., eh, dígame? Fue que me cayó un jodío molino encima y me desbarató ¡oh, oh!; no me pudo salvar ni el medico chino, porque esos hierros no lo cambiaban y se pudrió. Yo estaba simplemente haciendo mi trabajo, como todos los que vivimos en este pueblo y trabajamos para el gigante. El asunto terminó en tragedia y ya usted puede ver.*

Cuando el obrero terminó de hablar, la audiencia sintió lastima, aún se oían los latidos de aquel corazón, el trabajador lo llevaba en sus manos, las palpitaciones todavía se escuchan en todo el pueblo.

Uno de los administradores se puso de pie y con poses de hombre arrogante y sin ningún respeto por el trabajador declarante y por el tribunal, dijo:

> *Señor juez, eso fueron descuido del trabajador… si el jodío molino estaba ya viejo, ¿para qué se puso cerca de allí? Hay que usar la cabeza, además nosotros tenemos un hospital del seguro que atiende cualquier cosa y ese trabajador no*

puede acusar al gigante de esa vaina...oh, oh...
pero bueno. ¿Qué es esto?

El Administrador volvió a sentarse. Su influencia sobre el auditorio era muy grande y en lo inmediato ningún trabajador se atrevió a contradecir su afirmación. Hubo silencio, pero después de un lapso no muy extenso, un hombre ya entrado en edad levantó las manos, se identificó como el Dr. Leguen, hermano de Clovis Leguen el soldador del ingenio y pidió la palabra.

Yo era médico aquí cuando era más joven. Es cierto, había un hospital; pero ¿Cómo se puede curar la gente sin médico y equipo? no había forma de meterle el corazón otra vez a ese trabajador en el pecho, por eso es que el aún va errante, en busca de quien le haga el favor. En ese hospital había solo serruchos manuales, pero no había ni suturas para coser. Así que alguien se robaba la vida de los trabajadores que pagan su cuota.

Cologuí: *el obrero necesitaba té de limoncillo y un poco de* sen[54] *con leche de coco, quizás así se le metía el corazón en el pecho otra vez...digo, eso soy yo, es mi recomendación. Así yo siempre me curaba.*

Se aplacó la confusión. Los pueblos de mi país creen cualquier cosa y le atribuyen poderes a remedios que no

---

[54] Planta medicinal de alto poder curativo y desintoxicante

aplican a la enfermedad. Ante eso, de nuevo habló Don Arcadio Encarnación con voz clara:

> *Señor Juez, aquí lo que estamos tratando es el asunto del gigante; no para dar recetas médicas. Pido a su excelencia llamar otros declarantes porque se confunden las cosas. Mantengamos el tema.*

Cologuí: *Muy bien. Ahora voy a pedir la declaración de los gallos de Cuba, del caballo de Uríspides, el celador y del mulo de Pie- Gisten, el recolector de basura.*

Se trajeron los gallos y los dos cuadrúpedos, pero las aves se negaron a cacarear si no se les protegía. Los emplumados eran verdaderos enemigos del Gigante y querían proteger las espuelas y todo lo demás, si se desataba una persecución.

Se discutió el tema y se acordó ofrecerles inmunidad, siempre y cuando permanecieran en el país y evitaran salir de improvisto a comer maíz y yerba a otra nación, en especial a New York, porque en realidad en esa ciudad no se permite criar gallos. Allí, en verdad, se morirían de soledad y frío.

Llegado el cuarto día del juicio, todos en la comarca y en los medios de comunicación nacionales y extranjeros estaban enterados del enjuiciamiento al Gigante. Había editoriales en todos los periódicos y en los medios radiales y televisivos. El asunto era real.

Para peores, el Gigante no podía pagar por una buena defensa porque había gastado una gran fortuna en cosas ajenas a sus objetivos, como fumar, beber ron criollo y fornicar cinco veces a la semana con cuantas mujeres putas se antojara. Se había enfermado en varias ocasiones, y le habían hecho operaciones delicadas para tratarle el intestino y extraerle la próstata. Sus testículos habían sufrido una transformación; eran de bronce, pero no trabajaban como los originales.

Ese cuarto día iban a declarar los gallos y los periodistas estaban atentos a las declaraciones, pero el caballo y el mulo comenzaron a patear. Hubo un poco de confusión. El juez una vez más hizo una señal para llamar al orden y luego reinó la calma.

Cologuí: *¡Silencio! ¡Que pasen los declarantes!*

El caballo de Uríspides: *Colo...perdón, Señor Juez...a mí no me gustaba corretear los pobres niños que se metían en el cañaveral; yo solo obedecía y de la rabia comenzaba a botar espuma por la boca. Yo reconocía que esos niños estaban hambrientos y solo deseaban mitigar su hambre con esos palos dulces. Así lo sentía, pero Uríspides, mi dueño, debía obedecer las órdenes del jefe.*

Cologuí: *¿Qué jefe?*

La voz del caballo estremeció el lugar porque allí estaban muchos de aquellos niños, ya hombres crecidos y figuras representativas e importantes, dentro y fuera del país. En el instante se levantó la figura imponente del Generalísimo Trujillo y con un golpe de bastón en la tierra, dijo con mucho coraje:

¡Protesto Señor Juez! Yo no di órdenes a nadie en este pueblo; yo no sé qué habla ese maldito caballo. Yo solo pedí cuidar mi caña.

Los guardaespaldas de Trujillo, ya muertos y procedentes del infierno, con metralla en mano se pusieron en alerta y alistaron sus armas para asesinar a cualquiera. El deseo de Trujillo era montarse en aquel esqueleto cuadrúpedo y darle unos espuelazos para partirle las costillas; lo mismo haría con cualquier atrevido contradictor.

_ ¡Silencio en el juicio! Aquí nadie tiene derecho a hablar si no lo mando yo. Dijo Cologuí.

Pero el Generalísimo insistió en el asunto y dió diez pasos hacia la tribuna del Juez. Quiso intimidar con sus botas, medallas y uniforme de mariscal a aquella multitud. Algunos cerraron los ojos cuando lo vieron y se pusieron muy nerviosos. Otros se hicieron sus necesidades biológicas en la ropa por la majestuosidad y pompa de aquella presencia. La mayoría de los vivos y muertos no habían visto en persona o como fantasma, al Generalísimo. Sólo sabían de su existencia.

_ Miren ese caballo del diablo acusándome a mí pero deja libre al gigante. ¿Qué es esto? Eh, eh. Protestó con un jadeo intermitente y puntual. El generalísimo estaba dispuesto a cualquier cosa, vivo o muerto. Da lo mismo para ese pueblo.

Cuando Trujillo terminó de hablar, un gallo de rabo larguísimo, como de cinco pies, voló sobre el lugar para llamar la atención de todos y no mal interpretaran la intervención; estaba decidido a declarar. Le dieron un micrófono inalámbrico y se lo adecuaron para facilitarle hablar y volar al mismo tiempo:

Señor Juez...el caballo tiene razón, nosotros todos los animales criados en los patios del pueblo, teníamos que acatar en todo al jefe; que no vengan con vaina, ahora porque están frente al gigante; no había otra alternativa o le partían el pescuezo al que hiciera resistencia. Un día los gallos del pueblo hicimos una huelga de hambre, no comimos maíz, ni guineos por dos días en protesta por los abusos y muchos gallos terminaron como sopas de pollo; eso fue una vaina jodona; por eso yo tengo que seguir volando porque si me cogen me rompen el fundillo.

El gallo estaba aterrorizado; ni el mismo se creía lo dicho; nunca un ave había cantado tan claro en toda la historia del pueblo. Fue la primera vez que un gallo habló desde las alturas; muchos dijeron haber visto el Espíritu Santo.

La gente meneaba la cabeza en señal de aceptación a las palabras de aquel gallo, nadie se lo imaginaba con tanto conocimiento acerca del pueblo. Él y otros gallos más despertaban al pueblo por las madrugadas con su canto de 'cu-cu-ru-cuuu'. Eran reconocidos como animales puntuales y precisos, sabían lo que hacían y decían y siempre cantaban en mi pueblo sin importar si el día estaba claro o nublado.

Después de la declaración, el gallo emprendió un vuelo al infinito y se perdió en los rayos solares. Nunca antes un gallo había volado a esas alturas, pero no le quedaba otro remedio, su propia suerte estaba echada y él lo sabía. Hubo silencio de pena. Jamás se sabrá de la suerte de esta ave valiente; en su osadía le enseñó a unos cuantos a hablarle sin miedo a un ser tan temido como el Generalísimo.

Cologuí: *Señores, no se desesperen y pidamos que el gallo descanse en paz.*

Otro Gallo: *Señor Juez, ese gallo no habló bien; nosotros estábamos tranquilos en el pueblo, comíamos maíz, guineos y una que otra cucaracha; gusanos en la primavera y nos dábamos un baño de tierra cuando teníamos piojos. Eso para mí es una buena vida, gracias al gigante y al jefe"*

Escuchadas las anteriores palabras, Don Angito se paró de su silla, ya estaba viejo y conocía a la perfección el asunto de los gallos; criarlos fue su oficio por varias décadas. Sin prisa dijo:

> *No hable así señor gallo; el maíz, la tierra, los gusanos y las cucarachas no los dio el jefe, es una producción de la naturaleza.*

Las personas comenzaron a desesperarse por los momentos de anarquía y se levantaron de sus asientos, vociferaban sin atender las exigencias del juez; cada individuo se formaba su propia opinión y tergiversaba todas aquellas versiones rendidas en testimonio.

Cologuí le hizo señas al Padre René pidiéndole hacer algo en relación a la situación; el religioso volvió a intervenir.

Padre René: *hijitos, este juicio, recuérdenlo muy bien, es una de las pocas oportunidades que hay en la vida de enfrentar la realidad y la no realidad, para sacar soluciones provechosas; mantengamos la calma hasta el último día del juicio; se los pido por favor.*

De nuevo se acató la voz de la Iglesia, era increíble el control de esta sobre los participantes.

Cologuí: *¿Quién es el próximo declarante?*

Se oyó el galopar lento de un cuadrúpedo cojo con fuerza apenas suficiente para medio afirmar sus patas traseras. Era el legendario mulo propiedad de Don Pie-Guisten; ese animal había caminado todas las calles del pueblo. La vejez seguía su trabajo inexorable, pero aún conservaba fuerzas. Tenía canosos los pelos de las patas, el rabo carecía de pelaje y los huesos de las costillas se podían contar con claridad; aguantaba hambre porque donde él pastaba casi no había yerba; así son los lugares secos del Sur en la Cuaresma[55].

Pidió un poco de agua y un micrófono. Sus lentes oscuros lo protegían del sol. Todos los presentes prestaron mucha atención, conocían la reputación de aquel afamado mulo.

Él había sido testigo ocular y de oídas de muchas tardes interminables, donde vio y oyó gritar de emoción a algunas vecinas del barrio, cuando mantenían

---

[55] Tiempo litúrgico de conversión, que marca la Iglesia para prepararnos a la gran fiesta de la Pascua

relaciones sexuales con los compadres, mientras sus legítimos esposos trabajaban en el ingenio azucarero. Tenía una mente fotográfica y podía poner en tela de juicio a muchos de los presentes.

El mulo además reconocía cualquier clase de basura, porque le arrastró la carreta al basurero por cuchucientos[56] años.

Cologuí: *¿Tiene algo que declarar?*

El Mulo: *Mucho, Señor Cologuí, hoy Juez de este juicio final. Perdone mi apariencia y voz ronca y bajita, es el tiempo que no pasa en vano y la nostalgia de ver a tanta gente que vi ayer y a niños que jugaban en los patios del pueblo y hoy son hombres y mujeres importantes.*

Cologuí: *¿Qué tienes para declarar sobre el gigante?*

El Mulo: *Me gustaría decir mucho, pero no puedo sino resumir mis declaraciones. Yo era el encargado de recoger la basura y ella hablaba sola de la miseria de esta tierra.*

Cologuí: *¿Qué había en la basura?*

El Mulo: *Muchas moscas, ropas sucias, sillas, cáscaras de guineos, un poco de arroz amanecido, algunos trapos de luna, pues las mujeres no tenían dinero para comprar tampones en las farmacias de los turcos del Pueblo. Pero lo que más me molestaba era aquel olor intenso a cosas podridas,*

---

[56] Muchos

un ácido que surgía como un mal aliento que ni los vientos
huracanados se podían llevar. Creo que ese olor a mierda fue
lo que me dañó los pulmones y ya no puedo ni relinchar.

La gente miraba aquel mulo con mucha compasión;
había tenido una de las experiencias más crueles. La
intensidad del olor a mierda y a cosas podridas de todos
los tiempos en el Pueblo; no había en ese tiempo un
incinerador para quemar todo aquel desperdicio. Solo
el mulo había vivido la experiencia de hundir sus patas
en aquel desperdicio eterno, producido por un pueblo
incapaz de comprender los peligros de permitir que la
basura lo carcoma todo.

Ese mulo estaba dispuesto a decir la verdad ante toda
la gente de todos los tiempos del pueblo, reunida por
el interés común de darle culminación a una etapa tan
desagradable y fuerte y sellar para siempre la opresión
de tanta gente buena y jamás merecedora de la suerte
vivida por tanto tiempo a merced de los designios de los
poderosos.

_ ¿Qué pasó con don Pie-Guisten? preguntó el Señor
Juez, quien tenía conocimiento de primera mano. Sabía
muy bien dónde se escondían todas las inmundicias de
ese pueblo; él también había recogido basura.

_ *De tanto desperdicio pestilente, se contagió y empezó a*
podrirse poco a poco y en lo últimos años de su vida se fue para
Haití. Allí lo encontraron en un montón de basura hecho trizas,
con cáscaras de plátanos, espinas de pescado, un poco de yerba
de guinea y una silla vieja hecha de palos de monte. Tenía cinco
días en aquella hediondez. Contestó el mulo

_ ¿El Gigante sabía de esa situación? preguntó el juez.

_ *Yo sé que sí, pero Pie-Guisten era haitiano y no lo atendieron bien. Cuando llegó el momento del retiro, fue a la oficina a hablar con los jefes sobre su liquidación y le ordenaron salirse de la oficina porque era un 'haitiano er diablo', un 'jediondo y un sepa e' plátano'...y que él no tenía contrato fijo sino un simple contratado por día. Yo creo que por eso se murió comiendo basura.* Dijo el mulo con mucha pena.

_ Está muy bien viejo mulo, puede irse a descansar, y sus declaraciones son suficientes. Dijo el Juez.

La gente le dió un aplauso cuando se despedía de la multitud. Era un animal muy manso y algunos se sintieron muy apenados por los recuerdos nostálgicos inspirados en la presencia de ese símbolo del ayer. Muchos de los niños cogieron su primer gutay[57] agarrándose de la carreta arrastrada por aquel mulo legendario, de nuevo presente en el Pueblo después de tanto tiempo. Quizás algunos no recuerdan la forma de recoger la basura. Quizás los camiones compactadores sustitutos de los mulos, no hacen el trabajo de manera amorosa como lo hacían esta pareja de ilustres benefactores de mi Pueblo.

Para el Juez Cologuí, el juicio contra el Gigante se tornaba complejo; no había acusaciones directas y la gente tenía miedo. La vaina no estaba fácil.

_ ¡Que declare Trujillo! dijo el Juez con voz firme.

Cuando se oyó esta orden, algunos adulones hicieron el saludo presidencial, otros esqueletudos, músicos en vida, quisieron interpretar el himno de la patria porque

---

[57] Palabra coloquial de gusto

Trujillo fue presidente y se merecía honores; pero el pueblo gritó: ¡LIBERTAD!, ¡LIBERTAD! ¡LIBERTAD!

Otros saca-bacinillas desconocedores de un tiempo ya ido y haciéndose los de la vista gorda ante un juicio justo, dijeron con voz de ultratumba: ¡VIVA TRUJILLO! ¡VIVA TRUJILLO! ¡QUE VIVA EL JEFE!

Uno de los revolucionarios anti-Trujillista veterano del Movimiento de Insurrección Catorce de Junio, se levantó y comenzó a darle batazos a aquellas calaveras estrellándolas contra el piso. Algunos sacaron sus revólveres calibre 38 cañón largo, para matar al revolucionario, pero él gritó: *¡mátenme, coño, que muerto o vivo da lo mismo en un país de abusos…coño!*

Se inició otro descontrol. La gente comenzó a agitarse, a correr y a esconderse porque vio aquellos revólveres locos, salir de los bolsillos y las cananas hechas de piel. Se presagiaba el correr de la sangre y el crujir de huesos en un pueblo incapaz de darse el tiempo necesario para dirimir sus problemas y dilemas. Aun después de la muerte, los difuntos tienen mucho poder en un pueblo donde la magia y los cuentos se reinventan a diario; por eso hay quienes le rinden culto a los poderosos interesados en perpetuar los conflictos. Esta vez no era diferente.

Hubo confusión. La gente ya ni creía en la celebración de un juicio justo, divino, en un acto digno de gente civilizada; las rencillas perduraban aun después de la muerte. Esta vez Cologuí se paró de su silla y a su espalda la luz resplandeciente y el rugido ensordecedor de un rayo hicieron caer en pánico a los asistentes.

El día se oscureció, un espeso nubarrón ocultó el sol y se presagiaba otra torrencial lluvia de mayo. Pero no, era un llamado de atención del cielo para solicitar calma y sosiego en el proceder. La asistencia, una vez más, pudo concluir acerca de la seriedad del acto e interpretó el rayo como un llamado a tener paciencia para acabar con el juicio de una vez y para siempre. No había otras alternativas. El Juez tomó autoridad diciéndole a la multitud,

¡SE CALLAN Y SE AQUIETAN O SE SUSPENDE EL JUICIO!

La gente nuevamente comenzó a calmarse pero sin dejar de proferir palabras de discordia entre dientes. No se ponían de acuerdo y comenzaron a pararse de los asientos; se querían ir del play, pero una fuerza sobrenatural lo impedía. Al final todo se calmó.

Cologuí: *¡General hable! Y permítame recordarle: usted fue jefe del país, pero en esta corte es un declarante como cualquier otro. Sujétese a eso.*

A Trujillo no le gustó el asunto y no pudo ocultar su indignación ante las palabras proferidas por un ser tan pobre y humilde. Estaba acostumbrado al temor y a la pleitesía de todo el mundo, aun después de muerto.

Trujillo: *¡Tu mai[58], Cologuí! tú eras un ratón delante de mí*

---

[58]   Madre

Cologuí: *Yo no tengo mai, soy hijo del pueblo, pero usted tuvo mai y no la debió tener. No piense que esta vez se saldrá con la suya. Eres un engendro de Satán. Tú no tienes derecho aquí de juez, ni de jefe. Nosotros en este pueblo estamos muertos y los que están vivos, seguro morirán.*

Trujillo: *¿Pa' qué me mandaron a buscar al infierno?*

Cologuí: *Para que declares sobre los hijos de este pueblo y oigan de tu boca lo sucedido con el Gigante. ¿Qué hizo el Gigante en este pueblo?*

Trujillo: *Pa' darle comida a to' el mundo. Haitiano er diablo, muerto 'e jambre. Pa' eso fue que vino el Gigante oh...oh...! aquí en este pueblo solo había montes y este Gigante hizo una industria y yo se la compré. ¿Qué hay de malo en eso?*

Cologuí: *¿Cómo? Usted vio lo que pasaba en los barrios de los block y las salinas, los sufrimientos padecidos, allí no había comida para nadie, niños y mayores estaban mal nutridos o morían de hambre.*

Trujillo: *Ah, yo no sé de eso. Se lo bebieron de ron, los cuartos que ganaban se lo fumaron o se lo dieron a las putas. Yo solo sé que el Gigante ayudó a este jodío pueblo.*

La gente oía las declaraciones de Trujillo con reverencia. Algunos de los presentes lloraron, sacaron pañuelos blancos para darle loas, lamentaron a su Jefe y desearon su resurrección y su regreso a la capital del país a gobernar. Este se bajó lentamente de la tarima de los declarantes. De la multitud surgió David Lama, un hombre conocido, turco y dueño del Colmado-Bar El Gallo; pidió permiso para declarar.

David: *En mi opinión, el Gigante dió muy poco. Los trabajadores debían hacer largas filas en mi colmado para poder comer; además, debían empeñar su ticket antes de cobrarlo. Eso mató a mucha gente en este batey. Mucha gente murió debiéndome dinero*

Cologuí: *Declaro un receso y solicito a los deudores de David pagar los compromisos adquiridos.. aquí están todos los del pueblo de ayer y de hoy.*

El quinto día del juicio comenzó con un sol radiante. El brillo de los rayos se reflejaba en el mar y desde la distancia las aguas parecían diamantes en sutil movimiento o estrellas luminosas en un desplegué de luces desde el fondo del mar. La mañana estaba fresca y una brisa suave esparcía el aroma de los brotes de las flores para aportarle al ambiente un toque de elegancia.

Los asistentes a las audiencias comenzaron a tomar sus respectivos lugares para esperar la continuación del histórico juicio. Una música de perico ripiao[59] sonó por las bocinas extranjeras instaladas por un vecino; la canción era un merengue patriótico de mucho ritmo, capaz de poner a bailar a los muertos. Todos daban piquetes en el baile al escuchar el fraseo:

---

[59] Música típica

Ay qué general, con tanto valor, a nadie hizo
mal, a nadie mató...
Dice Desiderio Arias, que lo dejen trabajar,
porque si coge el machete...

Apretaban el fundillo[60] y lo meneaban y quienes deseaban pasar por refinados, movían las manos y los pies en un ritmo medio rock. Al repentino jolgorio se sumó un olor intenso a café colado.

Cologui*: Señores, vamos a continuar con el juicio de hoy; apaguen la música. ¿Quiénes son los declarantes de hoy?*

En una esquina, estaban reunidos en conferencia los administradores, muertos y vivos, de ayer y de hoy. Buscaban ponerse de acuerdo en las explicaciones para aclarar lo acontecido por años con el Gigante y sus actos en el pueblo. Pidieron una mesita para poner algún equipo: una maquinilla manual cuyo teclado se pegaba por falta de mantenimiento; una calculadora con muchísimos botones y una palanca mecánica en el lado izquierdo; unas libretas inmensas esparcidas por toda la mesa con un listado de trabajadores y una docena de lápices amarillos marca 'Mongol #2'.

Estos administradores estaban al aire libre vestidos de guayaberas panameñas muy finas; en las muñecas lucían pulseras y relojes suizos, todo muy caro. Se destacaban los anillos de grado con los símbolos de las universidades donde habían obtenido los títulos básicos y de postgrado;

---

[60]   Glúteos

movían estas prendas de un lado a otro como si tuvieran picazón en los dedos. Y algo infaltable en sus atuendos, los espejuelos oscuros marca Ray-Ban; con ellos puestos no se les distinguía ni una sola parte de los ojos, ni se sabía hacia donde miraban.

Cologuí: *¡Quítense los lentes oscuros para declarar en esta corte! Deseamos verle los ojos*

Aun las calaveras tenían espejuelos, no se sabía para que ya que los gusanos le habían comido la pulpa de los ojos.

Los administradores protestaron por la orden del Juez y adujeron enfermedades ópticas y molestia a la luz solar; preferían tener sus espejuelos puestos. Era una extraña coincidencia. El Juez accedió a la petición, pero exigió a los administradores declarar con la cara al pueblo y abstenerse de ademanes de prepotentes.

El Juez ordenó entregar los revólveres calibre 38 y 45 y depositarlos en la parte posterior del vehículo administrativo, un Jeep marca Land-Rover; luego le solicitó a Rigal, el chofer de la compañía, llevar el auto y tirarlo por el muelle del Cayo. Quiso evitar el Juez el uso de esas armas para intimidar al pueblo, tal como había sucedido desde siempre.

Cologuí: *Nosotros, y este pueblo queremos oír sus declaraciones. ¿Cómo fue su administración?"*

Administradores: *¡Buenasa! (a coro) Nosotros le dimos vida a este cementerio de gente muerta en vida; además, aquí nadie sabía hacer nada y nosotros nos graduamos de la* *universidad, fuimos al extranjero y aprendimos a hacer todos estos asuntos y los implementamos para el desarrollo de este pueblo.*

Cologuí: *¿Cuál desarrollo? Las casas fueron las mismas, los baños siguieron tapados, le daban trabajo a una persona si era del partido y después que un trabajador daba su vida entera al Gigante, ustedes lo despedían o lo liquidaban o le hacían un gancho[61] para que lo botaran. ¿Cómo explican ustedes el desarrollo?*

Algunos trabajadores del ayer y de hoy al oír esas palabras del Juez cobraron ánimo y dijeron
¡Administradores bandidos, se chuparon to' y nada les sobró

Cologuí*: ¡Silencio en la corte!*
Algunos de los administradores tuvieron temor de un linchamiento de parte de algunos enardecidos asistentes y se echaron a correr hasta llegar a pie a la capital.

Cologui: *¿Quién tiene la culpa de tanto mal? ¿Por qué ustedes tienen casas tan buenas en tantas partes del país?*

Administradores: *Nosotros solo llegamos a este pueblo a administrar y después de esto nos íbamos. Nosotros hicimos lo nuestro con el trabajo.*

Cuando los Administradores dijeron esto, los muertos y los vivos se levantaron de sus asientos y miraron de frente,

---

[61] Trampa

uno a uno, la cara de aquellos hombres considerados y tratados como dioses cuando administraron los bienes del Gigante. Tuvieron en sus manos la vida y la muerte de todos aquellos individuos y hoy estaban frente a frente a la verdad.

Cuando todos esos ojos comenzaron a mirar a los administradores, estos se avergonzaron, sintieron miedo y algunos se cagaron en los pantalones; no soportaron la furia de un grupo de individuos, en su mayoría oprimidos por aquel sistema.

Cologui: *¡Silencio! No hemos terminado y no se está haciendo un juicio a los administradores sino al Gigante. Haremos un receso, tomaremos un poco de mabi*[62] *para calmar el ambiente.*

Se acordó una pausa hasta el día siguiente. Algunos querían tomarse un poco de ron y cerveza porque ya les hacía falta beber algo criollo.

La gente pensó en alguna diversión para hacer más llevaderos los días y aprovechar el momento para hablar con mayor relajamiento. Había amigos con más de 50 años sin verse, otros llevaban 30 o 20. De los primeros emigrantes ya no se sabían ni los nombres y para poder iniciar una conversación amable, primero debían reconstruir el árbol genealógico para dejar en claro de quienes eran hijos.

El pueblo se veía inquieto. Las calles estaban llenas de gente y en cada esquina se hacían reuniones casuales

---

[62]   Refresco de raíz, fermentado

para intercambiar comentarios y hacer reminiscencias nostálgicas de épocas idas en el pueblo y para proyectar tiempos futuros. Algunos comentaban en voz alta:

Uno: *Como son las cosas de la vida, Cologuí juez de todos nosotros.*

Otro: *Tanto patio que limpió y hoy esta calmado. Es algo raro.*

Uno más: *Fue la paciencia de los santos. Porque el pobre nunca tuvo quien le lavara y le planchara la ropa o le cocinara una cena en los días de nochebuena. Tenía que conformarse con lo que le dieran.*

El pueblo estaba dispuesto para continuar el juicio; esperaba con especial interés las declaraciones del Gigante; a este se le había visto apaciguado durante los últimos días, su pasividad asustaba, y nada parecía alterar su estado de ánimo; en algunas ocasiones se dormía y dejaba ver una sonrisa burlona; no podía disimular su dentadura amarillenta.

El Gigante conocía la sicología del pueblo y la de casi todo el país. Gentes propensas al escándalo y palabras roncas con voz de meter miedo, pero sus acciones no acompañaban las palabras. Sabía de la disposición de muchos a venderse; bastaba con mandarlos a vivir a New York, donde sudarían la fiebre con una buena dosis de dólares, cadenas de oro, anillos y mucha ropa pasada de moda o inadecuada para la época. El Gigante era inteligente, en su mutismo reunía argumentos sobre su defensa para cuando le llegara el turno.

Llegó el séptimo día. Amaneció lluvioso y la gente no sabía qué hacer, porque la llovizna no era como las demás; llovía de abajo para arriba y no se podía usar sombrillas. Nunca había llovido de esa forma en todos los días del pueblo.

La gente no sabía cómo detener esa lluvia extraña; todos buscaban protección entre las rocas y los árboles, pero era guarecerse en vano; no obstante, la lluvia no detuvo el juicio. El Juez levantó las manos al cielo y como un Moisés pobre, las aguas pararon y la gente vio la actuación maravillosa de Cologuí y se preguntaba cómo pudo hacer eso.

Cologui: *En este día declararán las maestras. Ellas fueron y son las personas que más han visto al Gigante. Las maestras más viejas, mujeres que no cuentan en la historia de los hombres, ellas tendrán una voz importante en este juicio.*

Al decir estas palabras la multitud comenzó a aplaudir. No es costumbre de los jueces de mi pueblo el ser equilibrados, justos. El interés mostrado por la justicia de género, consta en los anales de la historia. Aun los ángeles escribientes del cielo bajaron ese día a tomar nota de las versiones de aquel grupo representativo de todas las maestras de todos los tiempos. Entre otras, en aquel grupo de mujeres docentes estaban: Mami Challenger, Doña Ramona, Epifanía Matos, Santa, Julieta James, Socorro, Gloria y Victorita. Aunque aquí no se agotan los nombres, se destacan las mencionadas porque se ofrecieron de voluntarias para testificar.

Doña Epifania: *El Gigante solo pidió y no dió. Eso resumiría las acciones de este ser que nunca paró de humear, moler, y conjugó todos los verbos como producir y ganar; ganar solo para gastar y matar*

Mammy Challenger: *Así fue. Nuestros niños aprendieron a leer debajo de los pisos, donde había poca luz, pocos cuadernos para cuatro materias y solo dos lápices para el año escolar. ¡El Gigante sabía esto!*

La gente se quedó muy atenta a las palabras de estas maestras del ayer. Tenían al hablar un ritmo de gente pausada y de conocimientos profundos de lo sucedido en el pasado del pueblo en materia de educación.

A decir verdad, las cosas no han cambiado mucho. Los pobres han sido víctimas de la falta de una educación adecuada y se han quedado a la espera de la capacitación para salir de la miseria diseñada por los fundadores del pueblo. Ha sido estratégico mantener el pueblo ignorante para manipularlo.

Doña Ramona: : *Siempre estuve segura que de esta escuela iban a surgir hombres y mujeres importantes; pero muchos murieron antes de tiempo, otros debieron irse lejos, muy lejos, y nunca más regresaron al pueblo. Pero aún los recuerdo; me parece verlos en el juego de pelota o con sus brincos en el patio; recuerdo sus caras de niños y aún los veo en mi recuerdo entre una nube de polvo en un patio limitado por el tiempo.*

Santa: *Nunca imaginé que se irían a New York, para luego venir algunos muertos o no llegar nunca más a tumbar almendras en este patio donde les enseñé.*

Cuando se hicieron estas declaraciones las lágrimas cayeron al suelo como un río y se confundieron con el agua de lluvia que ese día había 'caído' de abajo hacia arriba. Se oyeron llantos.

Cologuí: *Y.... ¿Qué tiene que ver el Gigante con esto?*

Doña Ramona: *¡Todo! Si no se hubiera sembrado tanto mal en este lugar, y los árboles además de sombra dieran fruto; si en este lugar hubiera prosperidad, ¿pero... para qué este lugar, este semi-desierto y lleno de un ayer nostálgico? Ya no hay más casas de colores y las calles no se pueden transitar; solo han aumentado los bares de putas decentes.*

Mamy Challenger: *Yo siempre soñé con una biblioteca hecha por el Gigante en este pueblo de santos. Pero han pasado casi cien años y no la hay, tampoco un buen teatro para entretener a la gente, ni un museo donde los niños aprendan la historia de estas tierras del Sur.*

Epifania: *¡Eso es verdad! Todavía hay que ir al pueblo a comprar los libros y lápices para escribir.*

Cologuí: *¿Pero...podemos responsabilizar al gigante por eso males?*

Doña Ramona: *Señor juez, no voy a establecer culpabilidad, eso es una facultad divina, pero solo tengo una pregunta simple para usted. ¿Cuántos millones de dólares se han exportado de azúcar en todos estos años, por el puerto del pueblo?*

Cologuí: *Me imagino que cuchucientos[63] millones... ¡ya entiendo!*

Aquellas legendarias maestras del pueblo del ayer lloraron de frustración porque los sueños pedagógicos nunca se realizaron, ni serán realidad en el cercano futuro.

El tiempo había pasado y los males del ayer continuaban, solo habían cambiado los apellidos de los niños, eran las mismas caras cenizas, desnutridas, y con un temor muy profundo aun al hablar, ese temor de ser perseguido y maltratado. Todo quedaba igual. Ellas eran esclavas de su tiza y pizarrón, nunca el gobierno se enteró de sus desvelos en la preparación de tantos niños que luego fueron hombres importantes en la nación.

Los niños del ayer educados por ellas, se habían hecho hombres y mujeres, padres y madres de familia y sus hijos estaban lejos, quizás no recordaban el pueblo; este ya solo era un recuerdo nostálgico en un día de lluvia, una imagen borrosa y exagerada de árboles, paisajes y brisas porque donde hubo abundancia, ahora hay escases. Esos seres quedaron en el recuerdo, a miles de kilómetros, en el pensamiento.

---

[63] Muchos

Terminaron las declaraciones de esas maestras eternas; marcharon poco a poco a su lugar, mientras los presentes se pusieron de pie, se quitaron sus sombreros y dieron un aplauso de diez minutos corridos en loor a todas las maestras del ayer y de hoy.

Ese día del juicio fue importante. El Juez pidió la continuación de las declaraciones y se pidió a las vendedoras de frituras y frutas, hicieran sus descargos. Ellas caminaron juntas.

Degas: *Yo sel......haitian......señol jue....pue yo declaral.... ute...que el señol Gigant...sel señol que da trabai a gente aquí... yo vende y fía.... aguacat, quenep.... y to...yo soy haitian...pero no pendeu... único que domincal sel un poc ganadol...coge...fiau.... y no pagal cuarta....*

Cologuí: *Ta' bien Degas. Siéntate, que tu espíritu esta viejo, pero yo entiendo muy bien.*

En eso, cuando Cologuí hizo una señal, se paró Santana el Loco, - era un loco cuerdo- y se situó frente al Juez y dijo con rapidez, moviendo las manos de una forma elocuente.

Santana: *Colo....yo soy un hombre buen...que viniendo de Haití chiquito...ete puebla pasando...tre...pai tranjer...Azua... Bani...San Cribobal... y yo vi el gigante tuel día, fuma, fuma y fuma no dió a Santana ni...un cigarrillo pa fuma a mi....*

Cologuí: *Siéntate Santana que no es contigo la cosa.*

Santana: *Pue...ta' bien...!*

Santana era conocido de todos; pocos sabían de su procedencia en el pueblo, lo conocían como uno de esos seres sin madre ni padre, ni casa, ni mujer, ni hijos, ni nada. Solo era un ser más. Mientras Santana tiraba sus brazos al aire y se despedía de la multitud, se levantó con paso muy lento uno de los hombres conocidos por todos: Don Chichí Cuna Languasco para sus amigos y demás, ese era su apodo.

Chichi: *Señor Juez...yo sé que aquí en este pueblo, no se puede hacer na'...el Gigante sabe muy bien que nosotros lo hicimos rico y ahora se hace el bobo. Pero aquí lo que hay es un grupo de gente que no quiere hablar, porque no quieren perder su trabajo.*

Cologuí: *Chichí, ¿Tu conoce a la gente del pueblo?*

Chichí: *Yo sé quienes son to'. Yo sé quien bebe ron, que clase bebe, yo sé con qué puta se acostó y con quien no. Yo fui el dueño de muchos bares en este pueblo. A mí no me jodan mucho.*

Cologuí: *Don Chichí, no hable de la gente, dígale al pueblo que pasó con el gigante.*

Chichí: *¿Qué pasó? ¡oh, oh! El gigante nos fumó como cigarrillo Hollywood; eso fue to', nos sacó los ojos, nos puso viejos y nos manda a la mierda; con ese gigante no hay quien pueda; él se fumó a las generaciones de ayer cuando había americanos*

viviendo en el pueblo y se fumaba a cualquier pendejo que
suba la cabeza del puente.

Don Chichí Cuna tomó asiento. Nadie se aguantaba
la curiosidad de mirar al Gigante; se le notaba un poco
enojado por las declaraciones del viejo Chichí, quien
en realidad era un hombre adelantado a los demás en
el pueblo. Él tenía bares, casas, carro y un poco más de
dinero que los hombres comunes compañeros de él en
el Ingenio.

Al llegar el octavo día las cosas seguían confusas, las
emisoras oficiales y las semi-oficiales se adelantaban a
emitir opiniones en torno al juicio. Se notaba en la voz de
algunos locutores la falta de objetividad y se sospechaba
de estar influenciados por los verdes[64]. La gente reunida
ponía presión sobre el Juez, ya con señales de cansancio.

Cologuí: *¡Que declaren los Cocolos!*

Se oyó esta convocatoria en todo el aquel valle. Un
hijo de un Cocolo se puso de pie, era Sony Edwin-Mills,
músico, poeta, ebanista, carpintero y come gato, quien
con voz firme dijo: *¡Protesto Señor Juez!*, y continuó:

Sonny: *Antes de la declaración de alguno de mis amigos*
    Cocolos, deseo una constancia por escrito como garantía
    de inmunidad; un documento donde diga que no serán
    perseguidos y se les reconozca un salvo conducto a ellos y a
    su familia para regresar a Saint Kitt o Jamaica o se larguen

---

[64] Dinero

a Nueva York, porque en este pueblo no hay quien hable y se quede igual. Lo persiguen.

Cologuí: Los cocolos están protegidos por las oraciones de Miss Donny y a ellos nadie los toca. Se mueren de viejos y en silencio, además ellos son neutrales.

Cuando el Juez dijo esto, los Cocolos presentes se quitaron sus gorras y boinas manchadas de grasa y pasadas de moda y dejaron ver sus múltiples canas y los despojos de pelo propinados por el tiempo; sus ojos estaban enrarecidos, casi rojos e hinchados, por unas lágrimas atrapadas en sus órbitas oculares.

_ Yo hablando dijo Don William Thomas. _ *El puebla ser sitio jodón, el gigante trayendo cosas buena, cosa mala. Yo siendo sucarera aquí compai...igualito que Elis, Chichí, Pay Castra y Ninita Castra y Enrique Potter. Todos trabaja, trabaja aun tiempo muelta... y nosotras criar muchacha aquí en batey to ta cerra u... no oportunidad al hombre compai...ese cosa no fácil... eh! eh!*

Al concluir Don William su alocución lo siguió un viejo eterno; todos miraron, todos lo conocían, era Sony James.

Sonny: *To gente aquí debe leer biblia. Siendo la palabra divina, pero gente en puebla bebiendo mucha ron y no guarda cuarta que gana en semana; gasta to bebiendo y bebiendo; yo no ha hablao mucho vaina porque yo siendo cocolo y ve gente aquí...mucha tiempo.*

Los Cocolos estaban muy cansados del trajín y sentían la carga moral en su pecho por haber abandonado sus islas y territorios. La nostalgia les había silenciado sus fuerzas y ya no podían ni pararse de sus asientos. Solo les quedaba seguir reuniéndose para toda la vida y la muerte, en la casa de Mr. Walley a beber sorbos de Mabí frío, cuando se calentaba el día y a conversar en un inglés británico/victoriano, que por desuso ya nadie entendía. Estos Cocolos se habían quedado varados en el tiempo y solamente sus espíritus iban de regreso a esas islas del Caribe donde nacieron. Ahora el sitio de reunión era el play para presenciar el juicio final.

El Gigante miraba a los asistentes y podía ver el temor en sus acusadores, estos sabían de sus acciones ejecutadas con mucho cuidado en los detalles: atento a su color, un tono de piel blanca-amarillenta, dientes finos, pelo rubio y pantalones cortos para dejar al medio descubierto sus órganos personales. Además, su hablar ronco causaba un temor profundo y casi reverencial en los allí presentes. Ese pueblo ha tenido la convicción que personajes con esas características tienen todo el poder, aun después de muertos. El blanco todo lo ha podido y lo podrá, repite sin reflexionar la gente de mi pueblo.

Tenían miedo a declarar sin tapujos lo sucedido. Tenían miedo de acusar al Gigante y decirles a todos la falta de misericordia con el pueblo, y que fue sangriento y egoísta porque su único interés era hacer azúcar.

Llegó el noveno día y se oyó la inconfundible voz ronca de Don Neri Martínez; salía de entre la multitud, como siempre, con una gorra de pelotero. Tomó la palabra para decir:

_ ¡*Señor jue....vamos a acabar esto pronto que es tarde y hay que jugar pelota en el play.*[65]

Neri Martínez tenía fama de haber jugado baseball con todos los semi-profesionales del Sur y sus grandes hazañas lo habían puesto junto a otros tantos, en el conjunto pelotero de los 'genios frustrados' porque nadie les dió la oportunidad de exponer todo el potencial.

Él estaba cansado y aburrido de escuchar asuntos inconclusos. Quería aprovechar la presencia de todos los compueblanos, juntos por primera vez en la historia, y hacer un juego de pelota para darles a todos la oportunidad de ver sus jugadores favoritos. La idea era comenzar temprano antes de la caída del sol. Pero antes de escuchar la versión de Neri y de la iniciación del juego propuesto, el Juez dijo:

_ ¡*Que hablen los deportistas!*

Se levantó el joven Fausto Brito.

_ *Señor Juez, aquí en este batey no había guantes, bates, pelotas, ni un buen play, aunque se hacía descuento a los trabajadores para asuntos deportivos.*

_¡Un momento! Interrumpió Frank Disla.

Yo hice un equipo de baseball con los muchachos e hicimos rifas y otras actividades para sacar fondos, fuimos campeones juveniles y recuerden que este pueblo ha producido buenos peloteros: Ricardo Joseph, Teófilo James, Teodoro Martínez y otros que han jugado en las menores allá en Estados Unidos.

---

[65] Campo de baseball

_ ¿Qué hizo el gigante por arreglar la cosa? preguntó el juez.

_ ¡Nada! siguió fumándose su pachuché[66] indiferente y hechando humo por todos los hoyos que tenía. Respondió Frank Disla.

No hubo suficiente claridad con el cúmulo de testimonios. Había dudas y un poco de confusión para dar un veredicto final; estaba por llegar el décimo día y del trabajo de los nueve días anteriores no se podía establecer una conclusión definitiva.

Pidieron de rodillas una intervención divina para llegar a una solución del trascendental asunto.

El Padre René prendió velas y algunos evangélicos esporádicos, con Biblias como amuletos debajo del brazo izquierdo, levantaron el derecho en actos de oración y alabanzas. Todos los religiosos del pueblo siguieron el ejemplo del Padre René y se formó una plegaria colectiva en ruegos para que la justicia divina fuera más grande que la humana. Hicieron esto toda la noche.

Ellos conocían las fallas de la justicia de mi pueblo; todo se compra o se vende, menos la voluntad de Dios... eso esperaban. Algunos haitianos también hicieron rituales en invocación a sus deidades. Todo cabía en un evento tan especial para un pueblo sin experiencia en la realización de esta clase de encuentros para enjuiciar a un todopoderoso.

Las plegarias se hacían más intensas ante las sospechas que despertaban el origen del Gigante; no era dominicano y a los extranjeros en mi pueblo no

---

[66] Cigar

le hacen justicia; son favorecidos por esta. Aunque no a todos los extranjeros; los haitianos por ejemplo son los más propensos a las condenas injustas, porque en los tribunales dominicanos no hay traductores y los haitianos entienden una cosa por otra, debido a sus limitaciones idiomáticas.

El décimo día llegó lento y caliente, como un verdadero día sureño, traía incorporado el vaporizo producido después de una lluvia torrencial y repentina y como aliciente una brisa refrescante para moderar la temperatura. De repente sonó en las alturas de los cielos una sirena y otra más; truenos, relámpagos y una voz se anunció en la bóveda celestial y llegó a la misma capital del país.

_Diez días de sol, lluvia y vientos huracanados; de mentiras y verdades; de juzgamiento sin justicia y de temor a un gigante inmóvil, mohoso, poco productivo con artritis paralizante de las coyunturas. ¿Cuál será el porvenir de este pueblo?

Como el Juez no tuvo claridad, pidió realizar deliberaciones por sectores e hizo un llamado a la conciencia de cada uno en el momento de votar si el Gigante era inocente o culpable. Dió dos horas para llegar a un veredicto y con base para dictar la sentencia sumaria. La gente se dispersó y se fue a su sector, donde había nacido o criado.

El primer sector del pueblo en votar fue el barrio Las Salinas y su votación fue clara: el Gigante era culpable por mantener tanta gente sumida en la mierda durante tanto tiempo y hacerla vivir en una situación de semi-esclavitud.

El segundo barrio en deliberar el asunto fue Los Block; los acudientes decidieron unir su voto a la gente de la Octava Avenida y la decisión a favor de la culpabilidad del Gigante fue neutralizada por el miedo de muchos a la policía y a la persecución del Gigante después de terminar el juicio.

Don Arcadio Encarnación trató de cobardes a quienes no resistieron la mirada del Gigante; se cagaron en los pantalones y optaron por vender su conciencia por un pedazo de caña.

En el barrio de La Quinta encontraron culpable al Gigante, pese a las discusiones casi a tiros de algunos conservadores y miedosos. Hubo peleas, trompones, manotazos, empujones y en ocasiones se rompieron las camisas y faldas e hicieron varios disparos al aire. Sin embargo, algunos jóvenes de ese sector con experiencia de participación en grupos revolucionarios, se aferraron a la dignidad y reafirmaron la idea de no estar dispuestos a comerle mierda a nadie.

En estos momentos el veredicto señalaba incertidumbre; la votación se repartía entre culpables, neutrales y la gente de barrios donde vivían los poderosos por ejemplo Casas de Ladrillos, votó inocente.

La decisión crucial correspondía a Juan Pablo Duarte y los demás barrios participantes de la discusión. La lucha por el voto se recrudeció; surgieron defensores y acusadores y en un principio no se identificaba una tendencia mayoritaria. Las cosas adquirieron claridad cuando los habitantes de los barrios se pusieron de acuerdo y lo declararon culpable; ellos eran propietarios de sus casas y le tenían menos temor al Gigante. Una delegación de cada barrio, sin más dilaciones, hizo llegar al Juez del caso la decisión del juicio.

Fue algo secreto y antes de leer la sentencia se acordó respetar el derecho del Gigante a declarar ante el Juez su propia versión de los hechos.

Con una señal, el Juez le pidió al Gigante ponerse de pie. La tierra tembló cuando el Gigante se paró, luego lanzó un grito espantoso y todos se taparon los oídos para evitar el aturdimiento. El pueblo estaba acostumbrado a escuchar sus rugidos estruendosos, sin embargo la agudeza de este sonido alcanzó a reventarles los tímpanos a unos cuantos asistentes. El Gigante hizo esto a propósito y dijo a gran voz:

> *Yo no teniendo declarar nada en este tribunal de gente loca...yo siguiendo teniendo poder para hacer zucar en esta puebla...culpable o no, yo ser el gigante, yo matando hambre al negrita de coñ...si queriendo...ademas yo tenienda muchas hijas en todo país y haciendo azúcar pa mi si tu vota gigante de esta puebla...yo ir rápida a otro isla pendeja...y haciendo zucar allá...Cologuí: pero, ¿tu estas listo para la sentencia?*

Cologuí: *pero, ¿Tu estás listo para la sentencia?*

El Gigante: *lista...yo naciendo lista.*

Cologuí: *Este pueblo donde has vivido, te condena Gigante a un deterioro lento; que las lluvias de mayo pudran el asbesto*

con que te fabricaron, que la tubería extranjera se cuartee
poco a poco y explote de repente. Que no puedas producir
para que no roben los malos hijos del pueblo. Que la sangre
de los inocentes, los que han caído y que caerán por tu culpa
sea carga sobre tu cabeza. El mar que está a tu espalda
gritará en cada ola por los siglos y dirá: 'Gigante abusador,
Gigante abusador...' y llegado el tiempo del tiempo y crecidos
los hijos de los hijos de este pueblo, serás substituido pieza a
pieza y la gente solo se acordará de ti como un mal sueño.

Al oír aquella sentencia, dictada por el pueblo y leída
por Cologuí, en la realidad un analfabeta. Temblaba
de alegría de ver por fin en mi pueblo el recto accionar
de la justicia y el fin de la existencia de aquel Gigante
todopoderoso. Me emocioné porque la explotación de
esos hombres engrasados y tristes había concluido y
porque un pueblo valiente se había levantado, incluso
con sus muertos, para señalar al culpable y condenarlo
por sus actos.

Después de anunciada la sentencia por el Juez
Cologuí, se registró el mayor escándalo en la historia de
mi pueblo desde los pasados doscientos cincuenta años.
Se oyeron sonidos espectaculares de setenta helicópteros
verdes en sobrevuelo por el entorno. Se trataba de una
operación militar con el fin de sacar al Gigante de
aquel pueblo en conflicto, que se atrevió a enjuiciarlo
sin reconocerlo como miembro de una familia de
privilegiados gigantones con poder sobre todo.

Nadie había tenido la osadía de meterse con un
fabricante de azúcar miembro de una gran familia de
gigantes. Encargada de endulzar todos los continentes.

En los análisis históricos de los poderosos eso parecía un acontecimiento apocalíptico.

Los muertos y los vivos se asustaron con los sonidos amedrentadores de las hélices y los mensajes por bocinas y en inglés con la orden de re plegamiento a la multitud. Los helicópteros comenzaron a soltar sogas y hombres de siete pies y cinco pulgadas comenzaron a descender. Sus caras tapadas. Solo las narices eran visibles porque medían diez pulgadas de largo.

_ Llegaron los gringos a buscar su hombre...esa gente no juega, ¡carajo! dijo Fausto Brito metiéndose en unas de las casas construidas frente al play.

El resto de la población comenzó a guarecerse donde podía. Los hombres de los helicópteros, ya en tierra, dispararon balas de goma a la multitud y gases lacrimógenos. Algunos interesados en curiosear la operación de rescate, terminaron cagándose en los calzones. Otros no se podían mover a pesar del escándalo; quedaron paralizados del miedo. Algunos jóvenes ex militantes de algunos grupos de izquierda sacaron revólveres y pistolas modelo 1945 para uso en la segunda guerra mundial; las armas se les trancaron por desuso. Ellos también comenzaron a esconderse.

Los soldados del operativo estaban seguros de su integridad física porque la estrategia consistió en esparcir por todo el Pueblo desde la noche anterior, un gas especial inodoro e incoloro fabricado en Texas - USA. Era una sustancia experimental llamada Pendigas, un tipo de adormecedor capaz de mantener empendejada las poblaciones por los próximos doscientos años. Por tanto, la tropa estaba ciento por ciento segura de que ni el Generalísimo Rafael Leónidas Trujillo, uno de los presentes en el juicio, reaccionaría. Todo estaba calculado con frialdad para este rescate impresionante y único.

También único e impresionante, a la manera como los helicópteros formaron la letra equis (X) en el aire. Treinta y cinco desde la punta del Curro a las montañas de la cordillera, para abarcar el Mar Caribe, en especial los dos puertos marítimos de mi pueblo; y los otros treinta cinco helicópteros, desde la entrada de las playas de la costa a la desembocadura del río Yaque del Sur. Era un cuadro vistoso y aterrador para dejarles claro a todos los habitantes del Valle de Neyba la seriedad del operativo y la capacidad para defender los intereses de cualquier miembro de la familia de gigantes.

Las fuerzas armadas del país ni se molestaron en moverse. Todos sabían de la capacidad de esa gente de cumplir la misión de llevarse su Gigante. Las autoridades de todo tipo estaban en Miami en una Cumbre por la Democracia convocada por El Norte e incluía todos los comandantes de los ejércitos.

_ Se jodió la cosa dijo el Alcalde Tancredo; con esa gente no hay quien pueda. Solo tengo dos celadores con escopeta y machete. Eso no da.

Caminó con paso lento y cabeza baja a su casa y dejó las cosas así; lo abatía un sentido de impotencia común en los hombres valientes frente al abuso. No obstante comprendió acerca de la existencia de otros intereses, superiores al poder ostentado por ser reconocido como la primera y mayor autoridad de su pequeño pueblo.

Como los integrantes de la tropa descendiente de los vehículos espaciales y ruidosos hablaban en inglés y hacían señales con los dedos, el Gigante entendió a la perfección la intención del operativo y se alistó para el rescate.

Tenía una gran sonrisa de satisfacción porque esas fuerzas eran especiales y de joven había servido en ese ejército, antes de venir a vivir por conveniencia a este pueblo.

Amarraron las cuatro patas del sillón, construido con exclusividad para la ocasión; uno de los helicópteros lo elevó con una grúa y lo paseó para exhibirlo por todo el territorio del Valle de Neyba. Lo metieron en ese aparato volador y otros setenta helicópteros aceleraron sus hélices hasta deshojar todos los árboles sembrados en el pueblo desde los tiempos del descubrimiento, incluso el Laurel plantado por el mismo Cristóbal Colón en la Quinta Avenida. Eso no importó un carajo.

Se cayeron todos los cocos, mangos, guanábanas, limones, almendras, guayabas, pan de fruta, tamarindo, cerezas, quenepas, granadas y los tres árboles de granadillo. Todo se arrancó de la arboleda sembrada con tanto cuidado en los últimos milenios y quedó vestido de rojo todo el contorno de la carretera rodeada de Flamboyanes. También perecieron las matas de yuca, batata, plátano y guineo. Se fue todo a pique. No se perdonó nada. El Sur quedó condenado a ser un desierto hasta el advenimiento de Cristo a reforestar la tierra con árboles celestiales porque ningún gobierno se atreverá a resembrar en un Sur tan alejado de El Norte, aunque en realidad a los políticos no les importa, solo en tiempo de elecciones.

Al elevar al Gigante en esos helicópteros verdes, todo mi pueblo lo contempló en pánico y estupor. Parecía la ascensión de Cristo por segunda vez; tal vez así lo contarán los próximos hijos del pueblo cuando vengan a contemplar su pasado y se pongan a mirar empendejados, lo ocurrido en el ayer. Todos estos acontecimientos fueron pronosticados por los profetas en sus advertencias sobre la suerte de un pueblo; es posible que algún día, los hijos del pueblo se atrevan a escuchar con mayor atención.

Las cuatrocientas cincuenta viejas vestidas de negro iniciaron un rosario para pedir clemencia. Los Evangélicos perdidos, se retiraron a orar; ya sus oraciones no tendrían el efecto deseado, no estaban preparados, eran falsos, hipócritas y no practicaban lo que predicaban.

No importó la celebración de un Juicio de Siglos. Al poder no le importa la justicia.

Con el paso del tiempo, los habitantes de mi pueblo se enteraron del nuevo albergue del Gigante; vive en Brasil, Sur América, dedicado a producir un nuevo producto para la combustión llamado Etanol. De esa forma engañará por los próximos siglos a los hermanos brasileños con eso de sembrar caña en todo el territorio apto para ello; acabará con una gran porción de la zona amazónica sin importar la reducción en la producción global de oxígeno.

El Gigante prometió construir una máquina para regenerar el oxígeno en la tierra y la gente le creyó porque los pueblos sin definición creen cualquier cosa. El Gigante también prometió sacar el oxígeno del mar con una especie de transformador. No hay motivos de preocupación. Que se joda el Amazonas. Por el momento conviene maximizar los beneficios económicos. El futuro será siempre incierto y algo se hará. Cuando todo esto acontezca y el Gigante no pueda cumplir sus promesas, como no lo ha hecho en los pasados quinientos años, nos tocará a todos irnos de este planeta a buscar otros pueblos en el espacio, más allá de las galaxias conocidas. Así podremos existir.

Quizás así se cumplan las profecías dadas por tantos oráculos en enésimas exhortaciones para cuidar el planeta y para recordarnos el papel de custodios de lo dado en mayordomía y así garantizar una sucesión constante de recursos a generaciones futuras de todas las culturas. En definitiva, si no hacemos lo apropiado, no tendremos la oportunidad de regreso a nuestros respectivos pueblos a encontrar nuestros ombligos y de paso recordar y esparcir el alma, porque la ambición lo acabará todo.

FIN

CPSIA information can be obtained
at www.ICGtesting.com
Printed in the USA
BVHW031658140819
555887BV00003B/21/P

9 781506 529530